De inútil a invencible
MIS 100 000 AÑOS EN UN LABERINTO

1

RIKISUI

Traducción: Humberto Guzmán

MONOGATARI NOVELS

ROSEMARY LOT AMELIA

—KAY HEINEMANN, ¿VERDAD? MI NOMBRE ES ROSEMARY, SERÉ SU COMPAÑERA DE VIAJE HASTA LA CAPITAL. POR FAVOR, LLÁMEME ROSE —SE PRESENTÓ DE REPENTE.

FAFNIR

KAY HEINEMANN

—DEBERÍAS DEJAR DE AYUDAR A GENTUZA COMO ESTA. APROVECHA MEJOR EL TIEMPO Y PIENSA BIEN EN EL MOTIVO POR EL QUE ASHBURN GASTREA TE CEDIÓ EL TÍTULO DE ESPADACHÍN IMPERIAL..

De inútil a invencible

a invencible

MIS 100 000 AÑOS EN UN LABERINTO

MONOGATARI NOVELS

DE INÚTIL A INVENCIBLE MIS 100.000 AÑOS EN UN LABERINTO 1

Título original: Cho nankan danjon de 10 man nen shugyo shita kekka sekaisaikyo ni saijakumuno no gekokujo 1
Copyright © Rikisui 2022
Copyright de las ilustraciones © 2022 Luna Lia
Edición original en japonés publicada por Futabasha Publishers Ltd. @ 20222

La edición en castellano se publica por Monogatari Novels de acuerdo con el contrato establecido con Futabasha Publishers Ltd., Tokio.
Monogatari Novels, es un sello de Monogatari Media Editorial SL
Girona 148 1º 2ª , 08037 Barcelona
www.monogatari-novels.com

Traducción: Humberto Guzmán
Edición y corrección: José Alejandro Vargas Arévalo, Daniel Ruiz Arjona y David Jurado Muñoz

ISBN: 978-84-10020-03-0
Depósito Legal: B 12920-2024
Reservados todos los derechos

Impreso en la UE

PRÓLOGO

Templo de Lemures, la Ciudad Fortaleza.

Había llegado el momento más importante en la vida de cualquier chaval de trece años del reino de Amelia: el día de la revelación de su don.

—Ya falta poquito, K. Qué nervios —dijo una chica pequeña y adorable que tenía el pelo moreno, largo hasta la cintura y decorado con líneas rojas. Mientras esperaba una respuesta, me observó con la mirada serena de siempre, carente del más mínimo nerviosismo, que contrastaba con sus palabras. Se trataba de Lena Groat, una amiga de la infancia.

—Cla-claro, tienes razón.

Yo sí que estaba nervioso. Era el día en el que recibiríamos el regalo de los dioses. La noche anterior estaba tan inquieto que no pude siquiera dormir.

—¿Qué será? ¿Qué me tocará…? Ojalá sea el don de la Princesa. Ah, aunque al del Conejito no le hago ascos —dijo mientras se ponía a girar a mi alrededor. No lo decía en broma, realmente quería que le tocara algo bonito. De hecho, en ese momento llevaba su prenda favorita: una capucha con orejas de conejo. Así es como era ella: espontánea y alegre. Por raro que suene, su forma de ser me recordaba a mi madre.

—No te hagas ilusiones con el de la Princesa. Y el del Conejo ni existe, eso lo primero.

Desear el don de la Princesa implicaba querer convertirse en miembro de la realeza. Tal afirmación podría considerarse una ofensa hacia la corona, pero como lo más probable era que se refiriera a una princesa de cuentos de hadas, nadie se lo tomó tan a pecho. Es más, la chica que estaba en la fila detrás de Lena no pudo evitar reírse con disimulo al escucharla.

—¿De verdad? Jo, qué pena… —dijo Lena poniendo cara larga.

Como de costumbre, le acaricié la cabeza, y al notar mi mano, entrecerró los ojos como un gatito.

—¿Tú cuál quieres, K?

—Mmm… Pues creo que no me vendría mal un don que me permita dominar la espada —dije mintiendo.

En realidad, no quería ninguno que tuviera que ver con la espada. Esos eran mis abuelos, que así lo deseaban para que pudiera cumplir mi papel como sucesor de la familia Heinemann. Lo que yo quería era más bien un don que me ayudara a convertirme en un cazador excelente, como mi madre.

El trabajo de cazador era extremadamente peligroso, ya que incluía aventurarse en regiones donde los humanos nunca habían puesto los pies y en zonas dominadas por demonios, además de tener que derrotar a monstruos que amenazaban nuestras tierras. Para convertirme en cazador, necesitaba un don que me volviera un diestro aventurero.

Para ser sincero, mi habilidad con la espada era casi nula. Aprender las cosas me costaba mucho más que a los demás y, por si fuera poco, era el más incompetente de todos los chicos de mi edad. Sin embargo, en mi familia también estaba Roman, un chico con un talento absoluto en todos los campos habidos y por haber. Vamos, que si lo nombraban sucesor de la familia, todo quedaría zanjado.

De repente, empezaron a escucharse felicitaciones en el templo. Al parecer, alguien había recibido un don inusual.

—¿Qué le habrá tocado? Ahora tengo curiosidad.

—Sí, yo también —asentí, mirando absorto el constante bullicio que provenía del centro del templo.

Al cabo de un rato…

—¡Kay! ¡Lena!

Una chica preciosa de cabello largo, verde claro y ondulado se acercó a nosotros a paso ligero.

—¡Ah! ¡Es Lailita!

Lena no tardó en saludarla. La cogió de las manos y sonrió de oreja a oreja.

Se trataba de mi otra amiga de la infancia, Lyla Hellner, una chica cuya familia llevaba un gran *dojo* que competía con el de mi familia. Además de mi amiga, era mi prometida.

—¿Cómo te ha ido?

—Sin sorpresas. He conseguido lo que ya se esperaba —dijo Lyla un poco desanimada y encogiéndose de hombros.

Al igual que en mi caso, el camino que ella debía seguir había sido decidido por otras personas, pero el don que acababa de conseguir había sellado su destino. He de decir que me dio pena, por eso intenté encontrar las palabras más apropiadas para animarla, pero en ese momento dos chicos llegaron al templo.

Uno tenía rasgos faciales atractivos y cabello castaño, mientras que el otro tenía un cabello largo y azul, recogido por detrás. Al ver a sus espaldas un grupo de adultos con armaduras blancas, dije con curiosidad:

—Roman, Keith, ¿vosotros qué...?

—Señorita Lyla, acabo de conseguir el don del Lancero Soberano.

Antes de que pudiera terminar mi pregunta, Roman se abrió paso y le dirigió la palabra a Lyla.

—Ya lo sé, te he estado mirando.

—¡Cla-claro, ya veo!

Luego, Roman me miró con cara de triunfo y mandó una señal con la mirada a los adultos que estaban detrás. Al recibirla, uno de los hombres con armadura y aspecto de caballero dio un paso al frente.

—Imagino que eres Lyla Hellner. Soy del Escuadrón de Caballeros Mago del Santo Monarca, quisiera hablar contigo sobre el don que acabas de obtener. ¿Te importaría acompañarme un momento? —preguntó, acercándose a Lyla.

—¿Por qué? Mi don no es nada raro ni tan poderoso como los de Roman y Keith.

—Comparto tu opinión, pero sigues siendo la hija de los Hellner. Las artes marciales no se aprenden de la noche a la mañana. Por lo tanto, lo que importa es que una persona que practica día a día el arte de la espada ha obtenido el don de Espadachín Superior. ¿Te importaría acompañarme? Por supuesto, no estás obligada a hacerlo, pero me gustaría que escuchases lo que tengo que decirte —pidió de nuevo el hombre mayor que llevaba una armadura blanca, pero esta vez con una reverencia.

El Escuadrón de Caballeros Mago del Santo Monarca era una organización militar de élite del reino de Amelia. Dada su autoridad, al habérselo pedido haciendo una reverencia era imposible que pudiera negarse.

—De acuerdo.

Lyla nos miró y se mordió el labio, pero al final se resignó.

—No es un tema de conversación adecuado para este lugar… ¡Ya sé! Resulta que también tenemos un cuartel en la ciudad, allí podremos hablar tranquilamente —propuso rápidamente el hombre ya mayor y de armadura blanca mientras miraba a Lyla, Roman y Keith. Luego comenzó a caminar hacia el cuartel.

—Señorita Lyla, vamos.

—Vale…

Tras las palabras de Roman, Lyla empezó a caminar, pero no sin antes dirigir la mirada hacia nosotros un par de veces, con cara de no querer irse.

—Perdona, Kay, Roman está muy emocionado —me susurró Keith al oído, cubriéndose la boca con las manos.

—Tranquilo. Date prisa, que te dejan atrás —le respondí haciéndole una señal con la mano. Luego, Keith Steinberg asintió ligeramente y empezó a correr hacia los demás.

—¡K, ya casi es nuestro turno!

Me quedé mirando cómo Lyla se iba con los demás, pero Lena me tiró de la mano y volvimos a la fila.

Al fin llegaba nuestro turno. Una vez recibida la bendición de Dios, Lena puso las manos sobre el cristal que estaba sobre el altar, del que comenzó a escapar una luz plateada. Entonces…

—L-la Espadachín Maestra… —musitó uno de los sacerdotes, y, en cuestión de segundos, todo el templo volvió a estremecerse.

—Tiene que ser una broma… ¡Primero el Lancero Soberano, luego el Archimago y, ahora, la Espadachín Maestra! ¿¡Por qué están saliendo dones tan importantes este año!? —dijo exaltado uno de los miembros del Escuadrón de Caballeros Mago del Santo Monarca.

Estaba claro. El don de Espadachín Maestro era el más alto de su clase. Al igual que el don del Héroe o del Sabio, era uno de los dones que te convertían en un representante de los dioses, aquellos que solo aparecían para recuperar el equilibrio del mundo cuando las razas demoníacas experimentaban un aumento de su poder. En otras palabras, significaba que…

—Significa que los demonios no tardarán en atacar, ¿no…? —preguntó uno de los miembros del Escuadrón de Caballeros Mago lleno de inseguridad y temor.

—¡Recuerden en qué lugar estamos! ¡Esto es un templo! ¡Que no cunda el pánico de forma innecesaria!

Con rapidez, regañaron al hombre por orden de los sacerdotes.

—Mi-mil disculpas.

El caballero se quedó callado.

—Sigamos con la ceremonia. Que suba el siguiente.

Caminé hacia el altar con el corazón en un puño. Al llegar, el sacerdote me puso la mano sobre la frente y recitó un cántico. Casi al mismo tiempo, mi cuerpo empezó a brillar, pero por dentro sentí una gran presión apoderándose de mí, como si estuviera cargando una armadura hecha por completo de placas de acero.

«¿Qué es esto? ¿Al recibir la revelación se aplica alguna restricción sobre el cuerpo o qué? Porque no me suena algo así, qué raro», pensé.

Todavía con dudas, caminé hacia el altar y puse las manos sobre el cristal.

—¿Eh?

El cristal, que hasta ahora había brillado siempre que una mano se posaba encima, no reaccionó en absoluto. El sacerdote se extrañó y, al acercarse para revisarlo, me miró como si estuviera viendo un montón de basura. Entonces, exclamó…:

—El Más Inútil del Mundo.

CAPÍTULO 1
INICIO DEL VIAJE

Ciudad de Lemures, dos años desde la revelación.

Lemures era una ciudad amurallada del Sacro Reino de Amelia que contaba con unos cincuenta mil habitantes, como cualquier otra ciudad de tamaño medio. Sin embargo, había algo que la hacía particularmente especial en comparación con el resto de ciudades: durante los momentos álgidos de transición entre eras, en ella nacían muchas más personas destinadas a recibir un don de Dios.

Además, el reino se encontraba al borde de una crisis sin precedentes debido a la amenaza de Ashmedia, uno de los Cuatro Reyes Demoníacos. Al percatarse del peligro en ciernes, la princesa del reino, Rosemary lot Amelia, santa y primera en la línea de sucesión, realizó los rituales de invocación del Héroe, el Sabio y el Caballero Sagrado uno detrás de otro. Al hacerlo, como si hubieran respondido a la invocación, tres niños de la ciudad de Lemures recibieron los dones del Lancero Soberano, la Espadachín Maestra y el Archimago.

Mientras tanto, yo estaba allí, en mitad de un combate de prueba con el chico que recibió el don de Lancero Soberano.

—¡Vamos, venga! ¿¡Eso es todo, Kay!? ¡Con razón eres El Más Inútil del Mundo!

El chico atractivo de cabello castaño estaba lanzando estocadas hacia mi cabeza, pecho y plexo con un palo de madera a la par que yo intentaba defenderme. Para ser sincero, la única razón por la que podía hacerle frente era porque él estaba usando solo una mano, es decir, ni siquiera estaba peleando en serio, solamente estaba jugando conmigo, mientras que yo sí que tenía que darlo todo para poder seguirle el juego.

—¡Ey, Roman, te estás equivocando! ¡No es «El Más Inútil del Mundo», sino el mayor inútil de la historia! —dijo uno de los amigos del chico de cabello castaño. Este otro, también atractivo, pero rubio, se burlaba de mí mientras que a los demás del *dojo* se les escapaba la risa.

—¡Te tengo! —gritó Roman con ímpetu, y, tan pronto como me golpeó en la frente con el palo de madera, perdí el conocimiento *ipso facto*.

Al sentir una suave y agradable brisa recorriéndome la mejilla, así como un gran dolor en la frente, abrí los ojos y lo primero que vi fue el rostro de una chica de pelo verde claro mirándome disimuladamente, incapaz de ocultar su preocupación.

—¿Lyla?

Moví la cabeza y me di cuenta de que me encontraba a la sombra de un árbol, al lado del campo de entrenamiento. Lo sabía porque todavía se podía escuchar las voces de gente entrenando en el *dojo*.

—Kay, ¿cómo te sientes? Ese golpe en la frente no tenía buena pinta —me preguntó Lyla mientras se sostenía el cabello, que se mecía con la brisa.

Lyla Hellner y yo, Kay Heinemann, habíamos estado prometidos, aunque solo hasta los trece años. Anularon nuestro compromiso el día en que recibí el don de El Más Inútil del Mundo.

—La verdad es que sí. Estoy segurísimo de que me saldrá un chichón.

Al oírme, se me acercó a la cara, ligeramente preocupada. Al ver sus grandes pechos sobresaliendo de su chaqueta a rayas de color blanco puro, me puse rojo como un tomate, y aún nervioso, decidí ponerme de pie antes de que se diera cuenta. Después, me toqué la frente con ambas manos y noté un pequeño bulto.

Tras recibir el don de El Más Inútil del Mundo, mi capacidad física disminuyó de forma exagerada, y desde entonces fui incapaz de mejorarla sin importar lo duro que entrenase. Por eso, en ese momento, era más débil que una niña cualquiera que no hubiera entrenado en su vida, por lo que, en ese sentido, resultaba sorprendente que solo hubiera acabado con un chichón.

Lyla me tocó la frente con suavidad mientras soltaba un suspiro. Parecía sentir una preocupación genuina por mí.

—Kay, ¿es cierto que te vas a ir pronto a la capital?

—Ese es el plan. Ya no me siento muy bienvenido por aquí.

Lemures era una tierra orgullosa de ser la que más dones recibía, y, dentro de una sociedad como la de Amelia, donde la persona con el don más fuerte era la ley, se despreciaba a los que teníamos dones mediocres. La actitud de Roman de hacía un rato era mi pan de cada día, y él no era el único que me trataba así, sino también otras personas que ni siquiera conocía, hasta el punto de que algunos incluso me tiraban piedras por la calle. Tal vez mi madre imaginaba lo que me estaba sucediendo y por eso me ordenó ir a la capital a reunirme con ella.

—¿Entonces vas a trabajar en la capital?

—Eso quiere mi madre, pero yo pienso ir a Babel, que está al lado. Ya sabes, es famosa por ser una ciudad neutral, así que es el lugar perfecto para alguien con un don tan malo como el mío.

La ciudad neutral de Babel, hogar del Instituto Mágico Internacional, era una enorme ciudad-academia donde los hijos e hijas de las personas más influyentes de todos los países asistían a las diferentes escuelas construidas en ella. Desde siempre, la ciudad había aceptado a razas sin dones, así que personas como yo, con un don inútil, tampoco sufrían la discriminación que se experimentaba en Lemures. En un lugar así, hasta yo podría conseguir un trabajo sin mucho esfuerzo.

—Entiendo. Entonces irás a Babel…

Para mi sorpresa, Lyla solo asintió. Al principio, la idea de separarse de Lena y de mí, sus amigos de la infancia, no le hacía gracia, pero finalmente pareció comenzar a asimilarlo.

—Te escribiré.

—No será necesario. De todas formas, yo…

Esbozó una tierna sonrisa mientras trataba de decirme algo, pero se detuvo antes de terminar y, en su lugar, se levantó del suelo.

—Si me disculpas, debo ir a ordenar las cosas de mi habitación. Ya nos veremos, Kay.

—Cla-claro, adiós.

Aunque extrañado por la forma en la que se despidió, dije adiós con la mano en alto y, acto seguido, yo también me levanté. Era momento de ir a despedirme de mis abuelos, así que pensaba en ir a su casa cuando...

—¡Oye, tú!

Una vez Lyla se marchó, Roman se acercó a mí de nuevo y me habló con un tono amenazante.

—¿Mmm? ¿Qué pasa?

—¡Recuerda que soy el poseedor del don del Lancero Soberano! —dijo de forma abrupta. Como siempre, vamos.

—Sí, lo sé bien.

—¡Y tú ya no eres el prometido de la señorita Lyla! Soy yo quien sigue siendo parte de la familia Heinemann, así que tengo derecho a casarme con ella. Qué digo: ¡solo yo tengo ese derecho!

Desde hacía un tiempo me había dado cuenta de que Roman estaba loco por Lyla, y por eso me veía como a un enemigo a pesar de ser primos. No sería exagerado afirmar que el don que se le había otorgado lo convertiría en una de las mayores fuerzas del país en un futuro. Por lo tanto, el gobierno de Amelia insistió a Lena, a Keith y a él para que continuaran su entrenamiento en la capital, pero Roman se negó y pidió permanecer en Lemures. Al principio, el gobierno trató de persuadirlo, pero Roman no dio su brazo a torcer, por lo que al gobierno no le quedó otra que dar el permiso, pero con la condición de que no faltara a ninguno de los entrenamientos de la familia Heinemann. Era probable que insistiera tanto en quedarse porque sabía que Lyla había rechazado la propuesta de reclutamiento que el gobierno le hizo a ella también, con tal de seguir viviendo allí.

—Eso lo decidirá Lyla, no tú.

Al poco tiempo de que nuestras familias rompieran nuestro compromiso, Lyla declaró que ella misma elegiría al hombre con quien se casaría, lo cual no fue sorpresa para nadie, ya que siempre estuvo en contra de las costumbres anticuadas de su familia. Al final, la cancelación le sirvió como excusa perfecta para alejarse de las tonterías de los Hellner.

—Vaya, ¿y esa confianza? ¿Acaso piensas que te va a elegir a ti? —dijo Roman.

—Pues no. Además, yo no siento por Lyla lo mismo que tú, así que no te preocupes. Lyla y yo hemos crecido juntos y somos casi como hermanos, por lo que ni siquiera llegamos a hacernos a la idea de casarnos.

—Déjate de insinuaciones y dime las cosas cla…

—¡Roman! ¡Deja de hablar con el fracasado ese y vuelve de una vez! ¡Que no hemos terminado de entrenar!

Uno de los instructores auxiliares, un hombre enorme con un mentón con hoyuelo y la cabeza afeitada, echó una fuerte bronca a Roman, sin dejar de mirarme con desprecio. Su nombre era Shiga, una persona que, de hecho, había sido muy amigable conmigo antes de que recibiera mi don. «Menuda facilidad con la que cambia la gente», pensé.

—Roman, el instructor tiene razón, no seas idiota. ¿No ves que pareces tonto malgastando tu tiempo con un inútil redomado como ese? —dijo Rick, el chico rubio y atractivo que estaba de pie al lado del instructor, sonriendo.

—¡Tsch! ¡Ya lo sé! ¡Mira, tú, te lo diré una vez más! ¡No vuelvas a acercarte a la señorita Lyla! —me advirtió Roman tras chasquear la lengua, y corrió hacia el *dojo* otra vez. Solté un breve suspiro y luego me dirigí hacia la casa principal, donde se encontraba mi abuelo.

—Muchas gracias por cuidarme.

Corregí mi postura e hice una ligera reverencia.

—Perdóname por todo lo que te hemos hecho pasar —dijo mi abuelo.

—¿Disculpa?

—Me refiero al compromiso entre Lyla y tú. Y también porque, se mire como se mire, prácticamente te estamos echando de tu propia casa.

—Por favor, no seas tan pesimista. Lyla y yo siempre nos hemos considerado como hermanos, y, de todos modos, ir a Babel es mi sueño.

Eso último lo dije de corazón. Desde hacía tiempo, había anhelado en secreto ir a Babel, la tierra de los cazadores, y convertirme en uno. Por eso estaba muy contento de tener al fin la oportunidad, sin importar las circunstancias que hubiera detrás. Hasta Lyla había salido bien parada de todo esto al conseguir la oportunidad de cambiar las tornas a su favor por su cuenta.

—Siempre tendrás las puertas abiertas, no lo olvides.

—No creo que vaya a volver. Está claro que no soy bien recibido en esta ciudad, así que es mejor que…

—¡¡Escucha, Kay!! ¡¡Lo que quiero decir es que siempre estaremos dispuestos a recibirte!! —gritó mi abuelo antes de que pudiera terminar de hablar, y se marchó de la habitación.

«Claro…», pensé. Entendía cómo se sentía hasta cierto punto. Desde pequeño, puesto que era mi deber ser el próximo cabeza de familia, mi abuelo había tenido que tragarse mis problemas. Por mucho que fuera un inútil irremediable, los lazos familiares que formamos no se iban a romper. Volví a agachar la cabeza en señal de reverencia, con un gran sentimiento de gratitud en mi corazón.

Después de preparar las maletas, salí a primera hora de la mañana y fui caminando hasta la puerta sur de la ciudad, donde aparcaban los carruajes.

Allí se encontraban unas veinte o treinta personas frente a un carruaje muy lujoso. De entre ellas, destacaba una chica de melena rosa y vestido blanco puro, con una belleza comparable a la de una diosa. Con una sonrisa en la cara, la chica se agarró el dobladillo de la falda y…

—Kay Heinemann, ¿verdad? Mi nombre es Rosemary, seré su compañera de viaje hasta la capital. Por favor, llámeme Rose —se presentó de repente.

«¿Rosemary? Pues se llama igual que la santa del país», pensé. Aunque tampoco era muy raro, ya que muchas chicas tenían ese nombre en este reino.

—Un placer, Rose —dije saludándola con una ligera reverencia.

—¿¡Con quién te crees que estás hablando, incompeten-te!?

De repente, una mujer apareció de detrás de ella y me aga-rró el cuello de la camisa, enfadada. Tenía un cabello rojo con un corte de pelo asimétrico y llevaba un vestido blanco de falda bastante corta.

—¡Anna, suéltalo! Fui yo quien pidió acompañarlo ¡Que sepas que tu comportamiento nos está dejando en evidencia tanto al Espadachín Maestro como a mí!

—¡¡Lo-lo lamento mucho!!

Rose la regañó con una agresividad que uno no se imagi-naría que pudiera provenir de una persona con una apariencia tan delicada como la suya. Tras escucharla, Anna me soltó con una prisa descontrolada e irguió la espalda.

Cuando Rose mencionó al Espadachín Maestro, me di cuenta de que probablemente se refería a mi abuelo, ya que fue él quien organizó el viaje a la capital para ese día. Era in-capaz de comprender a qué venía todo eso, pero lo que estaba claro era que él nunca haría nada que me pudiera perjudicar, por lo que no debería de haber problema en viajar con estas personas…, en teoría.

—Mi señora, por favor, entienda que las acciones de Anna ejemplifican su gran lealtad hacia su persona. Le ruego que la perdone —dijo inmediatamente un hombre, dando un paso al frente y haciendo una reverencia con una de las manos sobre el pecho. Era un hombre de pelo corto, bigote ondulando, y vestido de negro de pies a cabeza, a excepción de la chorrera blanca de su pecho.

—¡Ya lo sé! —contestó con un grito, y acto seguido se golpeó las mejillas con las manos abiertas para recuperar su sonrisa inicial.

La chica actuaba con familiaridad hacia nosotros, la gente del pueblo llano, pero debido a su apariencia de noble hacía que sintiera como si un muro nos separase. Daba la impresión de que estaba pasando por niveles considerables de estrés al verse rodeada por personas de clases tan diferentes. Intenté imaginármelo, pero no me dio la cabeza. Eso sí, tampoco es que me fuera a morir por no saberlo.

—Vamos, nuestro carruaje está a punto de salir.

Rose me cogió de la mano y comenzó a tirar de ella en dirección a uno de los carruajes. Yo me limité a suspirar profundamente al sentir cómo las miradas asesinas de todos aquellos a nuestro alrededor se clavaban sobre mí.

Y pasó una semana. Como normalmente tomaba unas tres llegar a la capital desde Lemures, cuando cayó la noche la caravana hizo un alto en el camino para que la gente descansara. Cada día había que hacer fila para la cena.

—Disculpe…, ¿solo me va a dar esto? —pregunté al hombre de mediana edad con traje de cocinero al bajar la mirada sobre el trozo de pan rígido y negro que me había dado.

Al comienzo del viaje, me había estado dando la misma cantidad de comida que a los demás, pero comencé a darme cuenta de que cada vez me estaba dando menos, hasta que ese día me dio directamente pan negro. Mis gastos de viaje ya estaban pagados por adelantado, o eso me dijo mi abuelo, así que no entendía a qué venía tratarme así.

—Órdenes de lord Fracton. ¡Y ahora lárgate! ¡Que hay más gente esperando en la fila! —dijo el hombre con traje de cocinero mientras meneaba la mano, como si estuviera espantando a una mosca.

Fracton era el noble arrogante con bigote del otro día. Estaba claro que ese hombre me odiaba. Cada vez que me veía, me llamaba cosas como «inútil» e «incompetente», y empezaba a comportarse como un niño pequeño. Aunque, bueno, en realidad no había mucha diferencia en cómo los demás sirvientes de Rose me trataban, a excepción de unos pocos. No valía la pena resistirme, ni ahora ni nunca, así que decidí volver a mi tienda, pero, de camino, alguien me dio una patada en la espalda y acabé de cara contra el suelo.

—¡Eh, bueno para nada! ¿¡Qué te crees que haces!? —me gritó cabreado un viejo barbudo y un poco obeso, vestido como un espadachín, y entonces me propinó una patada en el estómago.

—¡Guh!

Perdí el aliento antes siquiera de poder sentir el golpe.

—¿¡Acaso querías pegarme tu asquerosa ineptitud?! ¡Responde!

El hombre barbudo volvió a patearme. Me acurruqué como una tortuga para cubrirme, pero no se detuvo. «¿Si no quiere que le pegue nada por qué me sigue tocando? Si hasta un niño se daría cuenta», pensé. Mientras tanto, los otros sirvientes seguían a lo suyo: hacían la vista gorda o se quedaban observando, por muy injusto que fuera todo. «Están podridos hasta la médula», pensé desde lo más profundo de mi corazón.

E innumerables patadas después, de repente…

—¡Suficiente!

… se escuchó la voz iracunda de una joven, y, casi al instante, el hombre dejó de patearme. Levanté el rostro y vi a la chica pelirroja de corte asimétrico del otro día. Con una expresión que evidenciaba su enfado, agarró del hombro al gordo barbudo con traje de espadachín.

—Anna…, ¿¡acaso te compadeces de este renegado!? —preguntó el hombre gordo, más enfurecido que antes.

—El chico este me es indiferente…, ¡pero la señorita Rose dio una orden específica: «trátalo como a un invitado»!

Sin embargo, Anna, la mujer más devota a Rose, no retrocedió ni un poco, y ambos se quedaron mirándose fijamente.

—¿¡Qué está pasando aquí!?

Un hombre alto de cabello azul claro y barba descuidada que cargaba una espada enorme en la espalda apareció. El hombre gordo chasqueó la lengua y se fue en dirección al cocinero, aunque no sin antes escupir en el suelo.

—Gra-gracias —dije inclinándome ante Anna.

—¡De no ser por la orden de la señorita no habría movido un dedo, que lo sepas! ¡Ahora lárgate a tu tienda! —respondió Anna lo más rápido posible y, sin perder el tiempo, se alejó de mí tanto como pudo.

El hombre de cabello azul se me acercó. Después de observarme agachado por unos segundos, dirigió una mirada tan penetrante como la de un halcón hacia todos los presentes.

—¡Será mejor que os preparéis, porque os daré solo diez minutos para que me lo expliquéis todo! —declaró con una voz tan fría que helaba la sangre. Los hombres de armadura blanca comenzaron a alejarse mientras temblaban, como si estuvieran huyendo de él. El espadachín, el señor Arn, era uno de los empleados de Rose y de los pocos que me trataban como a un ser humano—. Kay, parece que he vuelto a llegar tarde, perdóname —se disculpó con una reverencia.

—De-descuide, ya estoy acostumbrado.

Ya lo había dicho: en la ciudad de Lemures, discriminaban a los que éramos mediocres. Era lo natural en un país como el reino santo de Amelia, en el cual había una devoción férrea hacia el dios de la guerra, Ares. En mi tierra natal ocurría lo mismo, pero sin llegar al extremo de Lemures. En esa ciudad el valor de una persona también se decidía por la importancia del don otorgado por el dios Ares. Por tanto, al recibir el don de El Más Inútil del Mundo, me convertí en la persona con menos valor y, al mismo tiempo, en un renegado, un traidor a la fe odiado por Dios desde el punto de vista de sus creyentes. Las palabras del espadachín gordo, la actitud de Anna y las miradas de desprecio de todas las demás personas… Todo se debía al ser un renegado a quien Dios le dio la espalda.

Al responderle con conformidad, el señor Arn apretó los dientes con fuerza por un momento, pero…

—De acuerdo. Entonces mejor que te lleve yo la comida hasta tu tienda —dijo con gran convicción.

—No es necesario, señor, yo pu…

—Kay, todavía eres un niño. Deberías comportarte como tal —dijo el señor Arn y se acercó al cocinero. Al hacerlo, los demás sirvientes de Rose le abrieron paso casi de inmediato—. Dale mi comida. —El señor Arn le dio una orden contundente al cocinero.

—Pe-pero, señor, lord Fracton me ordenó que…

—¡Te lo puedo decir más alto, pero no más claro! ¡Dale más comida, es una orden! —gritó al cocinero mientras le agarraba de la camisa, cambiando de nuevo su mirada a la de un halcón.

—¡Cla-claro que sí, señor, enseguida! —respondió gritando un poco asustado, y rápidamente comenzó a preparar la comida con las manos temblorosas, dejándola en una bandeja de madera.

—Me encargaré personalmente de educar a estos sinvergüenzas. No te preocupes, chico, no te volverán a hacer nada.

Tras terminar de hablarme, el señor Arn caminó con una expresión similar a la de un demonio hacia la tienda donde se encontraba el noble llamado Fracton. Yo me quedé quieto, haciéndole una reverencia en agradecimiento, y después me llevé la comida a mi tienda de campaña.

Carretera montañosa de la gran arboleda de Silke.

Habían pasado unos cuantos días y estábamos a punto de entrar en la gran arboleda de Silke. Como era costumbre, al atardecer, la caravana se detuvo para montar el campamento. Después de lo acontecido aquel día, el señor Arn comenzó a traerme la cena a mi tienda, y todo ese abuso público hacia mí de los sirvientes de Rose se esfumó por completo. Aun así, tampoco es que dejaran de verme como si fuera un montón de basura andante, por lo que me evitaban todo lo posible. A pesar de eso, la cosa había mejorado: después de todo, ya no podían seguir metiéndose conmigo.

En fin, que nunca habían dejado de ocurrir situaciones así desde que recibí mi don. Aquel día, mi vida pegó un vuelco. Todos comenzaron a evitarme y a insultarme, desde la gente con la que nunca me había llevado bien hasta aquellos que consideraba amigos. Al principio me hizo daño, pero mi consuelo fue que al menos me quedaban Lyla, Lena y Keith, los únicos de mis amigos que nunca me vieron de otra forma, a pesar ser catalogado como alguien defectuoso.

—Lena y Keith…, me pregunto qué estaréis haciendo ahora mismo…

El día de la entrega de dones, Lena y Keith recibieron los dones «Espadachín Maestra» y «Archimago», respectivamente, por lo que en ese momento estaban viviendo y entrenando en la capital. Claro que los dos habían rehusado ir a entrenar allí, pero, a diferencia de Roman, a ellos dos no les dieron la oportunidad de negarse. La razón era sencilla: sus dones eran muy «peculiares». En el caso de Keith, el don se enfocaba en la magia, y el problema era que Lemures se centraba en las artes marciales, por lo que era imposible llevar a cabo su entrenamiento allí. Dicho eso, parecía que el gobierno de Amelia dio la orden de que Keith se convirtiera en el aprendiz del mago de la Corte Real. En el caso de Lena, su título era considerado el emblema de la cruzada contra la raza demoníaca. El gobierno de Amelia necesitaba hacer pública la existencia de una joven poseedora de ese don lo antes posible, así que dio la orden estricta de que se uniera al equipo del «Héroe», el mayor cuerpo de élite en la guerra contra los demonios. El problema era que, a diferencia de Lyla o de mí, que habíamos recibido un duro entrenamiento desde muy jóvenes, Lena jamás había tocado una espada, ni siquiera una de madera. No era nada razonable mandar a una chica tan poco curtida al Cuerpo de Subyugación Demoníaca junto al Héroe. Me opuse a la idea, por supuesto, pero ¿quién iba a escuchar a un desgraciado como yo? De hecho, hasta empezaron a decir que lo decía por envidia. Y, de repente…

—Kay, ¿estás dormido?

Una voz clara y femenina llegó a mis oídos desde fuera de la tienda

—No, sigo despierto —respondí de inmediato y me levanté. Al hacerlo, una chica con un cabello rosado encantador, cubierto por una capucha blanca, entró a la tienda. Era Rose, la señora de todos los sirvientes del campamento. Siendo totalmente sincero, estar cerca de ella me resultaba incómodo en muchos sentidos, por eso prefería evitarla todo lo posible.

—¿Necesita algo? —pregunté, un poco nervioso.

—¡Lo siento mucho! —respondió, agachando la cabeza en señal de disculpa.

—¿Qué? ¿Por qué? —exclamé perplejo, sin entender por qué se disculpaba.

—Es que… Arn me contó todo lo que te hicieron mis caballeros —dijo con tono débil mientras juntaba ambas manos, claramente incómoda. Su expresión de preocupación me pilló por sorpresa, sobre todo viniendo de una persona tan jovial como ella.

—No se preocupe, no me ha molestado… Un poco sí, pero mejor no darle demasiadas vueltas.

Al menos había un par de personas que me trataban como a un ser humano, y con eso de verdad que me bastaba. Además, una vez terminase el viaje, no iba a involucrarme de nuevo con alguien de la alta nobleza como Rose, así que sería una pérdida de tiempo acercarme a ella.

—Te creo, Kay, pero me sabe mal por ti. Quería viajar contigo, así que le pedí al Espadachín Maestro que me dejase acompañarte hasta la capital…

«¿Para viajar conmigo?», pensé. Normalmente a nadie se le ocurriría tal cosa, y menos si me hubiera conocido desde antes. No negaré que, en cierto sentido, la fama del nombre Kay Heinemann provenía de ser el único deshonor del Espadachín Maestro que era mi abuelo, pero Rose no me parecía el tipo de persona que hubiera querido organizar todo ese viaje solo para saciar una curiosidad tan banal.

—Señorita Rose, si no le molesta que le pregunte, ¿por qué quiso acompañarme en este viaje?

—Porque sé que Lena, Keith y tú habéis sido amigos desde pequeños.

—¿¡Conoce a Lena y a Keith!?

—Claro que sí, Lena es mi mejor amiga. Y como el mago de la Corte es mi maestro y Keith es su aprendiz, eso nos convierte en compañeros.

«¿Que esta chica es una estudiante del mismísimo mago de la Corte? ¿Quién es? ¿Acaso estoy hablando con la santa en carne y hueso? No, eso no tiene sentido. De ser así, se habría armado una buena en Lemures», pensé.

—¿Y le hablaron sobre mí? —pregunté.

—No sabes tú cuánto. Aunque era Lena la que se pasaba día y noche hablando sobre ti. Es más, es probable que ahora yo te conozca más que el propio Keith.

«De ser así, esta chica ahora conoce cada detalle de mi infancia, incluyendo mis anécdotas más vergonzosas. Después de todo, Lena y yo hemos estado juntos desde que tengo uso de razón»

—Entiendo. ¿Por eso decidió acompañarme?

—Exacto. Hablan de ti siempre que pueden, y eso hizo que me dieran muchas ganas de conocerte en persona, así que insistí al anterior Espadachín Maestro para que me dejara acompañarte.

—Y, dígame, ¿a Lena le va bien en el equipo del Héroe?

Lena siempre había sido una chica algo despreocupada y tontorrona, y, desde que se fue a la capital, no había día que no estuviera preocupado por ella. Me preguntaba continuamente si no habría sufrido alguna lesión grave o si sus compañeros la estaban tratando bien.

—No tienes que preocuparte por nada, ya sabes cómo es ella: inocente y espontánea. De hecho, gracias a eso se ha ganado el cariño de todos, empezando por el Héroe.

Me alegré por ella y respiré con alivio. Solo por esa información el viaje había valido la pena.

—Le agradezco mucho que me haya contado todo esto, señorita Rose.

Hice una reverencia para mostrar toda mi gratitud.

Me quedé un buen rato hablando con Rose sobre qué solíamos hacer mis amigos y yo de niños, hasta que su sirvienta pelirroja, Anna, llegó furiosa a la tienda y se la llevó a la suya.

Ahora entendía la razón de por qué a Lena le agradaba tanto Rose, hasta el punto de ser su amiga. Rose no poseía la prepotencia desagradable y exagerada tan característica de la alta nobleza. Al contrario, era una chica amable, tanto que había venido a disculparse con un renegado como yo por las acciones de sus sirvientes, aun cuando ella no había tenido nada que ver. Sin mencionar que, a simple vista, parecía una chica tan delicada que hasta un inútil como yo no dudaría en protegerla de cualquier mal. Para alguien tan sobreprotector como Lena, tenía sentido. Me alegró y tranquilizó saber que Lena tenía una amiga en quien confiar. Ahora ya podía irme a Babel sin nada de lo que preocuparme.

Mientras estaba absorto en mis pensamientos, un hombre de mediana edad de complexión fuerte, cabello azul, barba de tres días, y cuya altura sobrepasaba los dos *mels* entró a mi tienda. Se trataba del señor Arn.

—Hola, chico, perdón por molestarte a esta hora.

—No se preocupe, señor Arn. ¿Ocurre algo?

No me molestaba que viniera a esta hora, pero, ciertamente, no era lo habitual, así que era probable que hubiera una razón detrás.

—Nada en especial, solo quería darte las gracias por hablar con la señorita Rose a pesar de todo lo ocurrido estos días. Está muy contenta por haber podido hablar contigo con

tanta sinceridad y sin tapujos —dijo con firmeza, y agachó la cabeza ante mí.

—¡Pe-pero, señor Arn! ¡No se incline ante mí! Además, soy yo el que debería agradecerle a ella por hablar con tanta naturalidad con un inútil como yo. Ya sabe, es que…

—¿Sabes qué? Yo también obtuve un don bastante mediocre. Mi situación no fue exactamente igual que la tuya, pero, en fin, que entiendo por lo que estás pasando, chico.

—¿Entonces no obtuvo un don asombroso? ¿No me está tomando del pelo?

—Para nada. Y escucha lo que te voy a decir: ¡No te rindas! ¡Tus esfuerzos darán sus frutos algún día! —dijo el señor Arn, poniéndome el puño derecho contra el pecho mientras me miraba con los ojos llenos de confianza. Era una mirada que parecía capaz de oponerse hasta al destino mismo. Tras pronunciar esas palabras, se marchó.

«¿Si no me rindo, mi esfuerzo dará su fruto?», pensé. Era la primera vez que alguien me decía tal cosa. Entonces, analizando todo lo que había visto y escuchado hasta el momento, llegué a la conclusión de que Rose podría ser la hija de algún noble muy famoso incluso dentro de la alta nobleza, al menos tan influyente como para que el señor Arn trabajara para ella como jefe y organizador de sus sirvientes. Era increíble, simplemente asombroso. «¿Algún día podré llegar a ser yo también alguien a quien todos necesiten?». Me quedé dándole vueltas acostado en el suelo de la tienda y cerré los ojos.

Interior de la gran arboleda de Silke.

La arboleda era un mar de color verde lleno de vegetación que cubría todo el espacio a su alrededor. Fracton Salmarge caminaba entre árboles tan altos que no dejaban pasar la luz, y respiró con tranquilidad al encontrarse con las dos personas con las que había quedado. Era un alto funcionario en el palacio real del reino de Amalia. No tenía talento para nada relacionado con las artes de la guerra o la batalla, así que era la primera vez que caminaba por su cuenta por un lugar así de inhóspito y peligroso.

—¿Cómo van los preparativos?

—Todo listo. Tenemos el área rodeada con panteras negras y ogros invocados por los mejores invocadores del imperio. Además, nosotros dos también participaremos en la misión. Ni uno solo podrá escapar de este bosque —respondió un hombre muy alto a la pregunta de Fracton. El hombre vestía un uniforme militar de color rojo con la insignia de un ave sagrada en el pecho. Tenía la cabeza afeitada, aunque la llevaba cubierta con una capucha, y en la boca tenía lo que parecía ser una especie de mascarilla negra.

—Veo que los rumores del escuadrón liderado por don Enz, el Invocador Supremo del imperio, eran ciertos. Sus habilidades lo preceden.

El hombre tenía los brazos tan gruesos como el tronco de un árbol, sobresaliendo de las rasgadas mangas de su uniforme militar, y un cuerpo musculoso que superaba los tres *mels* de altura. Tenía el físico perfecto para ser un soldado de primera línea de batalla, pero, en realidad, era uno de los seis grandes generales del Imperio Glitnir. Se trataba del más fuerte de su país, el invocador que pactó con el Rey de los Espíritus. Este hombre era el arma más poderosa del imperio.

—Ahórrate tus halagos cutres, ¿dónde está la princesa?

—La princesa Rose estaba hablando con el del don del inútil hace un momento, pero ahora está durmiendo. Primero debemos provocar un gran escándalo que aleje a la princesa del capitán de los caballeros. Con Arnold fuera de juego, podremos proceder como hemos planeado.

Si se deshacían de Rose, quien muy probablemente sería la próxima reina de ese país, lo más probable era que el heredero al trono fuese la persona a la que Fracton estaba apoyando: el príncipe Gilbert.

—¡Ja! Me sigue pareciendo increíble que sean capaces de vender tan fácilmente a la hija de su rey. Ni siquiera nosotros, los del imperio, haríamos algo así —dijo un hombre de aspecto salvaje, cabello negro y con ropa militar que estaba apoyado en el tronco de un árbol.

—Sir Espadachín Imperial, ¿acaso está insinuando que somos unos desvergonzados?

Aquel hombre era el Espadachín Imperial, Siegniel Gastrea, un joven prodigio en las artes marciales que heredó aquel título de su predecesor, Ashburn Gastrea. Eso decían los rumores, pero, al parecer, ninguno mencionaba nada sobre su personalidad extremadamente engreída e irrespetuosa.

—Vaya, ¿no ha quedado claro? Perdone «usted». Si «lo desea», reformulo mis palabras.

Las palabras del joven provocaron tal humillación a Fracton que no pudo soportarlo. No se iba a quedar callado, ¿por qué lo haría? Para Fracton, esta alianza era la única forma de velar por el orden en su país y evitar que se sumiera en la ruina. Por esa razón, a sus ojos, el chico no era más que un mocoso que no sabía lo que estaba diciendo.

—¡Sus palabras, más que carecer de claridad, demuestran su ignorancia! ¡Además, son una falta de respeto! ¡Le sugiero que se retracte de inmediato!

—¿Retractarme de qué, vejestorio? A ver, que estáis vendiendo a la persona a la que deberíais servir.

—¡No estamos vendiendo a nadie! ¡Ella estará mejor si se casa con un miembro de la familia imperial!

—¡Ja, ja! ¿¡En serio!? ¡Pues a mí me huele a que la princesita acabará convirtiéndose en uno de los juguetes de los apestosos invocadores hasta el fin de sus días!

El don de su alteza Rosemary le permitía invocar a un héroe desde otro mundo. Si bien eso la convertía en una santa, también provocaba que el imperio la codiciase. De caer en sus garras, podría ser preocupante para el reino que la princesa invocase a un nuevo héroe, pero Fracton prefería apostar por la reconciliación con Glitnir, haciendo que la princesa contrajera matrimonio con uno de sus miembros. Le era mucho más beneficioso, y con una amplia diferencia, fortalecer a un país aliado antes que quedarse con una persona que podía amenazar el orden del suyo.

—¡Cierra la boca, Siegniel! Lord Fracton, le pido disculpas por las palabras de este mocoso. Solo está algo alterado por estar en tierras ajenas.

Mientras Enz se disculpaba con firmeza, Siegniel chasqueó la lengua y cerró los ojos con fuerza y obstinación. «A joderse y aguantarse», pensó Fracton al darse cuenta de que no valía la pena discutir, y menos llegados a ese punto de la misión, así que recobró la compostura.

—No se preocupe. Ahora, si me disculpan, iré a cumplir con mi parte. Sir Siegniel, por favor, no se olvide de su trabajo de pararle los pies a Arnold.

—… … …

Siegniel asintió sin decir nada y desapareció entre la maleza. Tras realizar una pequeña reverencia, Enz hizo lo mismo.

«Al fin», pensó Fracton. Finalmente había llegado el momento que tanto esperaba: el día en que por fin libraría a su patria de aquella mujer. Todos sus problemas se debían a que la princesa Rose había proclamado que le gustaría permitir que todos los civiles participaran en las decisiones del país sin importar su clase social. Para gente como Fracton, eso no haría otra cosa que detonar un caos inimaginable.

Desde la fundación de la dinastía de Amelia, los herederos siempre habían sido hombres, pero eso no era más que una costumbre, ya que la palabra final siempre recaía sobre el rey. Pero, para disgusto de Fracton, Rose era una santa, una persona elegida por Dios, una chica con un don divino. Por ende, su popularidad entre los ciudadanos era inconmensurable, y, en especial, entre los creyentes. El rey, consciente de eso, estaba planeando sentarla en el trono para elevar la moral de los soldados en la guerra que estaba por venir.

Pero ¿qué pasaría si una lunática como ella se convirtiera de verdad en la próxima reina? Lo más probable era que el sistema que velaba por la aristocracia se viera afectado o, incluso, destruido, y Fracton no lo podía permitir. Su código de justicia por y para el *statu quo* le decía que debía evitarlo, que debía salvar a su clase a toda costa, y eso fue lo que le llevó a traicionar a su rey, a pesar de haber nacido en una familia fiel a la corona desde hacía generaciones.

«Es imposible que la misión falle, y menos con esos dos involucrados», pensó Fracton. Tenía como aliados a dos de los seis generales de Glitnir, la fuerza militar más poderosa del imperio. Arnold, el capitán de los caballeros, era fuerte. Sin embargo, Siegniel quizá lo era tanto o incluso más. Y, aunque no lo fuera, estaba seguro de que tenía la habilidad suficiente como para frenarlo, y era lo único que Fracton necesitaba mientras él secuestraba a la princesa para llevarla al imperio. Una vez lo lograra, la victoria sería suya.

«¡Toda mi lealtad está puesta en vos, príncipe Gilbert!», pensó Fracton, convencido de que llevaría buenas noticias a su amo. Con esta seguridad, se puso en marcha para cumplir con su deber.

Me invadieron unas ganas enormes de ir a mear, así que me desperté, me levanté, salí de la tienda de campaña y me adentré en el bosque. Lo más normal habría sido echar el río en alguna esquina, pero no quería que los sirvientes de Rose me vieran y se armara otro problemón, así que opté por alejarme lo suficiente como para estar seguro de que no me iban a ver. El señor Arn me había dicho que por estos lares no había animales ni monstruos peligrosos, pero, por si acaso, cogí una navaja para poder defenderme de ser necesario.

El bosque estaba sumido en la oscuridad. Las ramas estaban entrelazadas las unas con las otras, y los enormes troncos de los árboles no dejaban pasar la luz de la luna, lo que me hizo sentir como si estuviera entrando en un pantano sin fondo. Caminé con rapidez en medio de la noche, con el cuerpo encogido como un animal pequeño asustado, y temblando con cada chirrido de las aves nocturnas.

De repente, de entre los árboles, apareció ante mí un hombre pelirrojo con el rostro cubierto casi por completo por una túnica negra.

«¡Qué susto!», pensé mientras casi me lo hacía encima. «Un segundo, ese no me suena de la caravana, creo». Tenía grabados los rostros de todos los que me acompañaban en el viaje, en especial los de las personas que se metieron conmigo antes de que el señor Arn interviniera. Por esa misma razón, la única posibilidad que se me ocurrió sobre la identidad del pelirrojo fue la más lógica.

—Di-disculpe, señor, ¿es usted de por aquí?

Mi madre era cazadora y una vez me contó que no era raro encontrar personas viviendo en zonas boscosas. Eran personas que se adentraban en lugares así para estudiar a los monstruos, y aquel hombre encajaba con la descripción. Más aún considerando que llevaba puesta una túnica como la de un cazador.

—Qué raro… —dijo para sí, y calló unos instantes—. Será casualidad…

El hombre no me respondió. Sin moverse de su posición, se rascó la barbilla unos segundos, y luego…

—Bueno, mientras no interfiera con el plan, nadie dirá nada si me entretengo un poco —pensó en voz alta. En cuanto terminó de hablar, el rostro se le deformó con una expresión de pura malicia. Con un simple vistazo, se veía el regocijo que estaba experimentando, y su sonrisa me provocó tanto miedo y desagrado que pensé que se me congelaría la sangre. No me lo pensé dos veces, di un paso atrás y…

—Ah, ¿vas a huir? Adelante. Pero date prisa y corre, o no será divertido.

El hombre chasqueó los dedos, y aparecieron de inmediato varias bestias de ojos brillantes a su espalda.

—¿¡Eh?! —grité, mientras un escalofrío me recorría el cuerpo, que ya estaba helado del miedo. Poco a poco, me di cuenta de que las bestias controladas por el hombre tenían forma de perros negros. Según lo que había dicho el hombre pelirrojo, iba a enviarlos a por mí, y lo peor era que no parecía estar bromeando.

«¿¡Por qué me tiene que pasar esto a mí!?», pensé mientras contenía las ganas de echarme a llorar y huía con todas mis fuerzas.

No podía respirar. El corazón se me salía del pecho y las piernas me suplicaban a gritos que me detuviera, pero sabiendo que todavía tenía a aquellas criaturas detrás de mí, no podía quedarme quieto. Por culpa de mi don, era malo hasta para correr, por lo que lo normal habría sido que los perros me hubieran atrapado en cuestión de segundos. Pero no, solo me estaban persiguiendo. Por muy irónico que sonara, la única razón por la que seguía vivo era que, a ojos del hombre pelirrojo que los controlaba, era como un conejo al que cazar, y la persecución, una mera distracción.

Ya ni siquiera sabía hacia dónde correr, solo seguía dando vueltas y vueltas para que no me atraparan y me adentré cada vez más en el bosque, hasta que llegué a una pequeña cascada.

«¡Mierda! ¡Ya no tengo por dónde escapar! ¡Lo único que me queda es tirarme por la cascada…!», pensé, considerándolo mejor opción que convertirme en la comida de esas bestias.

Ya me había resignado a mi destino, pero en ese mismo momento vislumbré un hueco detrás del torrente de agua de la cascada. «¿¡Podré escapar por ahí!?», pensé, y poco tardé en meterme en la cascada, guiado por el único rayo de esperanza que tenía en medio de aquel lugar oscuro.

Para mi sorpresa, se trataba de una cueva. Tuve una suerte milagrosa, así que, ya aliviado, avancé más y más, refugiándome en su interior.

Había corrido tanto que perdí la cuenta del tiempo que llevaba caminando. Las piedras rojizas que recubrían las paredes habían pasado a ser piedras que parecían artificiales y, llegados a ese punto, podrían haber pasado tanto unos pocos minutos como poco más de una hora. Tenía los brazos y las piernas al límite y la fatiga ya me podía, pero no paré hasta que vi una luz más adelante. «Bien, he encontrado la salida», pensé, pero al mismo tiempo recordé que todavía era de noche.

—¿Qué?

Al salir de la cueva, me encontré con un desierto. Un espacio enorme e inhabitado, con el sol brillando en todo su esplendor.

«Pero ¿esto qué es? Cuando entré a la cueva era de noche, ¿por qué al salir de repente es mediodía? ¿¡Qué clase de magia es esta!?», grité para mis adentros, confundido. Sin embargo, logré calmarme. La prioridad era encontrar un lugar donde esconderme, pero la pregunta era dónde. Miré a mi alrededor y lo único que veía era un gran espacio de unos mil *mels* rodeado por precipicios enormes.

Había unos cuantos árboles plantados en el suelo, y también vi algo que parecía ser un manantial. Justo en el centro, se erguía un templo de forma majestuosa. A simple vista, parecía el único lugar donde podría esconderme, pero tampoco es que tuviera mucho tiempo para pensármelo antes de que aparecieran las bestias. Habría sido genial que se hubieran perdido dentro de la cueva, pero habría que ser muy ingenuo para pensar que no podrían seguirme el rastro gracias a su olfato.

Dirigí la mirada hacia la entrada por la que había llegado, esperando ver en qué momento podrían aparecer, pero…

—No me jodas —dije, atónito.

El lugar por donde había entrado ahora estaba sellado. Aún perplejo, me acerqué a echar un vistazo, pero la entrada no solo estaba cerrada: ni siquiera había indicios de que hubiera existido una entrada allí antes.

Según me había contado mi madre, en lugares como cuevas o ruinas antiguas existían trampas que sellaban la entrada, así que lo más lógico era pensar que había caído en una de ellas. Trampa o no, las bestias no iban a poder entrar, así que no podía quejarme. Para el hombre pelirrojo, solo era un juguete, así que se acabaría olvidando de mí en poco tiempo, por lo que decidí pasar unos días allí. «¿Y luego cómo salgo?», pensé. Visto lo visto, decidí empezar a investigar la zona más sospechosa de todas: el templo.

Subí unas escaleras que llevaban hasta el templo. El interior estaba construido con roca azul translúcido desde el suelo hasta el techo y las paredes. En estas últimas, cristales con formas extrañas, colocados en intervalos regulares iluminaban el recinto. Al fondo, se encontraba un pedestal cilíndrico que tenía dibujado un círculo mágico, y, a su lado, una especie de losa negra de piedra mágica.

—Vaya…

Era una construcción demasiado hermosa y hecha con demasiado cuidado como para ser obra de la mano humana.

Caminé hacia el centro de la sala y empecé a inspeccionar la losa, en la que había una marca parecida a la de una mano.

«¿Tengo que poner la mía o qué?», pensé. Tragué saliva y me decidí a hacerlo. En ese momento…

Se ha verificado un don de rango divino o superior.

Registrando la información del jugador Kay Heinemann.

………

Registro completado.
Bienvenido al Reto de los dioses. Le deseo la mejor de las suertes en las pruebas, estimado jugador.

Sin previo aviso, apareció un tablón transparente frente a mis ojos. Mi asombro fue tal que quité de inmediato la mano de la piedra. Al mismo tiempo, el tablero desapareció. «¿Qué ha sido eso? Parecían letras…», pensé, intrigado, así que volví a ponerla, pero no pasaba nada por mucho que lo repitiera.

—¿Y esto?

Durante un instante, vi una pequeña silueta parecida a una barra luminosa asomarse por el rabillo del ojo. La toqué, y entonces apareció otra placa transparente mostrando las siguientes palabras:

Regla #1
Para salir de este lugar, es necesario completar el juego.

Regla #2
Una vez registrado, el jugador dejará de envejecer y el tiempo fuera de este espacio se detendrá.

Regla #3
El jugador recibirá una bolsa de objetos ilimitada, la habilidad «Análisis especial» y dos objetos básicos: «Calzado de escape» y «Vara irrompible».

Regla #4
Solo se puede almacenar hasta un máximo de 20 copas de Elixir en la bolsa de objetos.

«Supongo que con lo del "juego" se explica por qué estoy atrapado. Es decir, si no completo los retos… ¿me voy a quedar aquí para siempre? ¡Ya, claro! ¿¡Cómo!? ¡Normalmente los cazadores forman equipos para poder explorar ruinas y laberintos, es imposible que yo pueda hacer eso solo! Lo peor es que el tiempo permanecerá detenido mientras esté aquí. En otras palabras, ¡si gano, me volveré a encontrar a esas bestias! ¡Qué guay!», pensé enfadado.

—¡¡Tenía que venir a parar al lugar más inútil del mundo!!

«No, debo tranquilizarme. Alterarse más de la cuenta no servirá de nada». Lo indispensable era analizar la situación con la cabeza fría. Mientras no completara el juego, no iba a poder salir. Además, no envejecería y el tiempo no iba a pasar mientras estuviera en las ruinas. Y, por último, me habían otorgado cinco cosas.

Primero, la bolsa de objetos ilimitada. Mi sueño siempre había sido convertirme en cazador, así que conocía la habilidad. La bolsa de objetos era una habilidad que venía con los dones para comerciantes. Permitía almacenar cierta cantidad de objetos de forma segura.

Segundo, análisis especial, habilidad para visualizar y leer la información de cualquier cosa.

Tercero, el calzado de escape, objeto para escapar, valga la redundancia.

Cuarto, la vara irrompible, que imaginé que sería una vara que no se rompería, sin importar contra qué la golpeara.

Y, por último, los elixires, brebajes mágicos de los que se decía que curaban cualquier enfermedad y herida en un abrir y cerrar de ojos. Para ser sincero, creía que solo existían en los cuentos de hadas.

Lo extraño de todo eso era que se suponía que las habilidades solo las podía aprender la persona que recibiera el don ligado a cada una de ellas. Mi don era el que era, así que, en teoría, debería serme imposible usarlas. De todos modos, tampoco perdía nada por intentarlo.

—Bolsa de objetos… ¡¿Ehh?!

Con solo susurrarlo, una tabla transparente apareció de repente delante de mí, con la palabra «lista» escrita en ella. Moví la lista desplazando un dedo sobre la tabla transparente, y allí estaban el calzado de escape y la vara irrompible.

—¿De verdad es una bolsa de objetos?

Con el dedo índice temblando, toqué el cazado de escape. Al instante, un par de botas negras apareció frente a mí. Contuve la emoción y las toqué mientras en mi mente daba la orden de «guardar».

—H-han desaparecido…

Revisé la lista otra vez y allí estaba de nuevo el calzado de escape.

—¡Cómo mola! ¡Esto es genial!

Ya de por sí la habilidad de bolsa de objetos era muy rara y valiosa porque solo aquellos con el don de Comerciante podían aprenderla. «Si ahora puedo usarla, ¿significa que lo de usar análisis será verdad?», pensé. Saqué el calzado de escape y, tras tocarlo…

—¡Análisis! —grité, y al instante una tabla transparente llenó mi visión.

Calzado de escape:
Objeto que otorga una alta probabilidad de escapar de un enemigo. Pierden efecto si quien inicia el combate es el usuario.

Nivel del objeto:
Máximo.

—Joder…

Sin darme cuenta, estaba apretando ambos puños de lo emocionado que estaba. Jamás había oído hablar de un objeto como ese. Era de un rango equivalente al de un tesoro nacional. Lo que más me alegró fue pensar que, mientras lo tuviera, era muy probable que lograse escapar de esas bestias una vez completara el juego. Decidí investigar también la vara irrompible, y la información que apareció decía, como cabía esperar, que era una vara indestructible e inmutable, y de nivel máximo, al igual que el calzado de escape. Era evidente que algo así tampoco podía haber sido cosa de humanos.

Lo mejor de todo era saber que, incluso con mi basura de don, podría llegar a ser cazador gracias a la habilidad de análisis especial y a la bolsa de objetos. Con una gran motivación por delante, me decidí a terminar el juego.

«¿Será posible analizarme a mí mismo usando la habilidad de análisis especial?», pensé, y la curiosidad me pudo. Al gritar «¡Análisis!» apareció un mensaje:

Estadísticas:
Nombre: Kay Heinemann.
Edad: 15 años (envejecimiento detenido).
Don: El Más Inútil del Mundo (Rango divino).

Parámetros:
PV: 5 || PM: 3[1]|| Fuerza: 0,1 || Resistencia: 0,1 || Agilidad: 0,1 || Energía mágica: 0,1 || Resistencia mágica: 0,1 || Suerte: 0,1

Habilidades actuales:
Calzado de escape, Análisis especial.

---

1 PV: Puntos de vida. PM: Puntos de magia.

«¡Bien! ¡También sirve para evaluar personas! ¿Entonces es así como se calcula la habilidad de cada cazador en el gremio?», pensé. De hecho, recientemente se decía por ahí que el gremio iba a implementar un sistema de análisis y evaluación de habilidades para los cazadores empleando una herramienta mágica experimental desarrollada con la ayuda de aquellos que tenían la habilidad de analizar sus propias habilidades. Por mi parte, desconocía por completo el rango mínimo de las habilidades de los cazadores, pero considerando que las mías no llegaban ni al 1... se podía apreciar que, por culpa de mi don, daban pena. Dejando eso de lado, algo más había captado mi atención: mi título en la tabla transparente estaba parpadeando, así que lo toqué.

Nombre del don:
El Más Inútil del Mundo.

Detalles:
Un don que solo puede poseer la persona más inútil del mundo. Este don otorga a su poseedor la fuerza y el potencial de crecimiento más bajo entre todos los seres vivos. No obstante, bajo ciertas condiciones, también alberga el potencial de superar con creces el límite de absolutamente todo en este mundo.

Rango del don:
Divino.

«¿Cómo que superar el límite de todo? Suena demasiado ambiguo y tiene poco sentido. Entonces, ¿se trata de un don que recompensa el esfuerzo de su usuario? Encima es de rango divino, ¿quiere decir que es un don con truco?», pensé. Pero bueno, una cosa era el don, y otra quién lo tuviera. En ese caso era yo, y lo del rango no me importaba demasiado porque ni siquiera entendía cómo funcionaba eso de los rangos de los dones. Por tanto, decidí no hacerme ilusiones. De todas formas, tenía la sensación de que estaba a punto de comprobar si era verdad o no.

Lo siguiente que revisé fue el elixir. Este tipo de elixires eran medicinas misteriosas que no existían fuera de los cuentos, por lo que era difícil de creer que tuviera uno. Pero como ya había confirmado que incluso un inútil como yo ahora era capaz de usar habilidades como análisis especial y la bolsa de objetos…, decidí analizar el elixir, ya que no perdía nada por intentarlo.

—Tiene que ser una broma…

Sin contener mi asombro, observé los resultados del análisis del agua del manantial que estaba cerca de los árboles.

Manantial de Elixires:
Un manantial ilimitado de donde brota un elixir capaz de curarlo todo.

«¿¡Y ahora resulta que existe un manantial infinito de elixir!?». Nada más verlo quise ponerlo a prueba, así que saqué una pequeña navaja, me hice un pequeño corte en un dedo y lo sumergí en el manantial.

—Se ha curado…

Era tan surrealista que me quedé atónito. Sin embargo, al cabo de unos segundos una emoción inmensa surgió desde lo más profundo de mi alma y la dejé escapar con un grito que casi me destroza la garganta.

Sí, una reacción lamentable.

Y no era para menos. Incluso después de haber sido nombrado El Más Inútil del Mundo, estaba siendo capaz de aprender habilidades tan únicas como esas y, por si fuera poco, la fuente era el descubrimiento del siglo. Ni siquiera los mejores cazadores del mundo habían logrado tanto. Si informaba al gremio sobre todo eso, seguro que me premiarían con honores.

«Ahora podré ser un cazador de primera, como mi madre», pensé.

En ese momento apenas era consciente de la situación en la que me encontraba. Si algo es demasiado bueno, hay que desconfiar, cosa que olvidé por completo. Ni los milagros son gratis.

Para completar el juego y salir de allí, lo primero que hice fue investigar de nuevo, empezando por explorar el templo. Al poco de ponerme manos a la obra, encontré el lugar que estaba buscando.

—Supongo que esto es…

En el fondo del templo había una puerta. Al abrirla, un pasaje subterráneo construido con piedras celestes se extendió ante mis ojos. No importaba cómo se mirase, era claramente una mazmorra, un laberinto. Supuse que el objetivo del juego era completarla, ya que no podía salir del templo ni sabía qué más hacer. No tenía más opción que seguir hacia adelante.

Me equipé el calzado de escape, saqué la navaja y me la colgué de la cintura. Yo era débil, muy débil, así que llevar algo que cortara me daba más seguridad que una simple vara.

Un escalofrío me recorrió todo el cuerpo como si me hubiera sumergido en agua fría, y comencé a bajar por el pasillo de piedras azules. La tensión al dar los primeros pasos me abrumaba, pero, por otro lado, estaba emocionado por emprender la aventura de ensueño que había dado por perdida el día en el que se me catalogó como inútil.

Antes de recibir mi don, mi familia me estaba educando para ser el próximo heredero de la familia Heinemann, pero desde pequeño mi mayor anhelo era ser como mi madre, no entrenar en casa. Deseé no obtener ningún don relacionado con la esgrima, pero, en su lugar, recibí el don del inútil y no solo tuve que abandonar mi sueño, sino que también me arrebataron la posibilidad de vivir del mundo de la espada para el que tanto me habían entrenado. Tal vez, a eso se debía el nerviosismo y la tensión que sentía, pero por raro que suene, provocaba que me emocionara más.

Avancé pegado a la pared del pasillo, vigilando mis alrededores, pero sin perder de vista el camino por el que había venido. Esas eran reglas básicas dentro del mundo de los cazadores. Aunque, bueno… no lo sabía por experiencia, sino porque lo había leído en uno de los libros sobre cazadores que mi madre tenía en su habitación. Al cabo de unos minutos, llegué a un cruce. «¿Por dónde debería ir?», me pregunté. «Probablemente la mejor opción sea seguir recto», concluí.

—¿Eh?

Cuando di un paso al frente, mis pensamientos se detuvieron por un segundo y de repente vi, aunque no muy bien, a una criatura comiéndose algo en el camino que conducía a la derecha. Al instante, sentí un gran dolor, un dolor agudo, como si me hubieran clavado algo en la espalda, y tardé más de lo normal en percatarme del líquido rojo que me salía a borbotones del hombro, que me faltaba un brazo y qué era lo que la criatura se estaba comiendo. Sí, en efecto, lo que se estaba comiendo la criatura con cabeza de saltamontes era mi brazo derecho.

—¡¡Aaaaaaargh!! —grité desesperado. El grito fue como el de un cerdo en el matadero, pero reaccioné rápido, me di la vuelta y volví sobre mis pasos.

«¿Qué me ha pasado? ¿Esa cosa me ha atacado? ¿Qué era esa criatura? Ni siquiera he podido ver el ataque», pensé. No tenía ni idea de nada. Además, tampoco entendía por qué me tenía que pasar esto a mí. Era incomprensible. Lo único que entendía era que tenía miedo y que pensar en lo que había pasado me aterrorizaba. «¡Tengo miedo, tengo miedo, tengo miedo, tengo mucho miedo…!». El dolor intenso que había sentido hacía un rato desapareció por arte de magia, y lo único que quedó fue un calor que me abrasaba por dentro debido al miedo que se apoderaba de mi mente a cada paso que daba.

No estoy muy seguro de lo que pasó después. Salí del templo construido en tierras áridas e hice todo lo posible por no desmayarme hasta llegar al manantial, donde me lancé y, finalmente, perdí el conocimiento.

Cuando abrí los ojos, la luz del sol me deslumbró. Sus rayos me hicieron entrecerrar los párpados un poco, y entonces miré a mi alrededor. Al parecer, estaba flotando de espaldas con suavidad sobre la superficie del manantial. Notaba pesadez en el cuerpo y cierta pereza, pero logré arrastrarme por la fuente sin que dejara de inquietarme el hecho de que mi cuerpo no se hundiera.

Una vez fuera, me quedé un rato mirando a la nada con la mente todavía nublada. «¿Qué me ha pasado? ¿Cómo he llegado hasta aquí?», pensé, tratando de recordar todo lo sucedido: «Capital... carruaje... viaje... Rose... pelirrojo...».

—¿¡...!?

En ese instante, empecé a recordar todo lo que faltaba. Una serie de fragmentos de recuerdos que parecían pesadillas me asaltaron de golpe, y un escalofrío me recorrió todo el cuerpo. «¡Es verdad! ¡La mazmorra! ¡El monstruo saltamontes! ¡Ese monstruo me arrancó el brazo! ¿¡Dónde está mi brazo!?».

—To-todavía está en su sitio...

Verlo aún conectado al hombro me dio tanta tranquilidad que casi se me saltaron las lágrimas. Suspiré y me senté en el suelo. Por un momento, pensé que todo había sido una pesadilla, porque si todo eso hubiera sido real, ¿por qué volvía a tener el brazo?

Al cabo de un rato, cuando finalmente se me despejó la cabeza...

—¿Mmm? ¿Y mi manga?

Sí, no tenía ni un solo rasguño, solo que la tela de la manga de uno de los brazos estaba arrancada y el borde tenía manchas que a simple vista parecían ser rastros de sangre…

Solo se me vino una posibilidad a la cabeza:

—El elixir…

«Es verdad, si uno se para a pensarlo, tiene sentido. Si todo por lo que he pasado hace un rato no ha sido un sueño, significa que esa criatura con forma de saltamontes me ha arrancado el brazo de verdad, pero he logrado escapar y el elixir ha regenerado mi brazo por completo tras desmayarme en el manantial… Pero, de ser verdad, eso quiere decir que tendré que forzarme a volver a pasar por ese infierno una vez más», pensé.

—¡Ni muerto! ¡Me niego! ¡Jamás volveré a ese maldito lugar!

No pude percatarme del más mínimo movimiento del saltamontes humanoide. Que solo me arrancara el brazo fue demasiada suerte. Si me hubiera arrancado la cabeza, ya estaría muerto.

—No, debo pensármelo mejor. Nada me asegura que realmente vaya a morir. El elixir me ha curado el brazo por completo, así que tal vez no sea tan arriesgado…

Me di la vuelta y miré hacia el templo para recobrar algo de valor. Entonces me topé con un enorme rastro de sangre.

—Ja, ja…

Las cosas nunca cambiaban. Todo lo que deseaba siempre se cumplía de la peor forma posible. Y, tras darme cuenta del cruel destino que se interponía en mi camino, como un muro grueso color gris ceniza, no pude hacer otra cosa más que reír sin apenas proferir sonido alguno, sin ganas, hasta que la risa se transformó en un llanto. Era la primera vez en años que lloraba maldiciendo mi destino.

Tras llorar a pleno pulmón durante un rato, comencé a recuperar la compostura. Con la cabeza fría, volví a analizar la situación y concluí que no tenía ninguna posibilidad de vencer a esa criatura con forma de saltamontes, pero, a su vez, si no lo superaba, nunca podría salir de la mazmorra. Entonces, ¿qué debería hacer? ¿Esperar al amanecer y que la señorita Rosemary viniera con ayuda? No. Como si los sirvientes de la señorita Rosemary fueran a arriesgarse por alguien como yo. Si se lo ordenase el señor Arn, se negarían a acatar la orden. Además, se suponía que el tiempo fuera del juego estaba detenido, así que era inútil esperar a que amaneciera.

Menudo problemón, ¿verdad? Estaba completamente acorralado, pero ni de coña quería morir en un lugar así. Aunque todavía existía la posibilidad de que la situación mejorase. Por ejemplo, existía la posibilidad de que no fuera el único atrapado, que alguien más estuviera en la mazmorra. De ser así, era posible que nos acabásemos encontrando en la entrada si esperaba con calma. Por lo demás, solo había un par de problemas prioritarios: el agua y la comida. Al menos, seguía teniendo elixir de sobra saliendo de la fuente. Lo que me faltaba era la comida.

—Como esperaba… Nada de nada…

Revisé el templo y los alrededores todo lo que pude, pero no encontré nada. No había ni rastro de fruta, de hojas o siquiera de roedores que comer. Lo que sí encontré fueron insectos escondidos en las piedras, pero, como existía la posibilidad de que fueran venenosos, decidí no comerlos. Bueno, para ser sincero, no lo habría hecho aunque no fueran venenosos.

«¡Ngh! ¡Todavía hay esperanza!». Según las reglas, dentro de esa dimensión no podía envejecer, así que era probable que tampoco sintiera hambre. También existía la posibilidad de que el elixir pudiera «curarme» el hambre. Había muchas cosas que probar todavía, y lo único prohibido era desperdiciar energías. Con eso en mente, me tumbé en el suelo y cerré los ojos.

Tras un buen tiempo desde que llegué a esa dimensión, me di cuenta de que dentro también existían el día y la noche. Pasaron siete días, y, a lo largo de esa semana, mis esperanzas diminutas e ingenuas se estamparon una vez más contra la realidad. Sí, era capaz de sentir hambre, y el elixir no la saciaba. En el bolsillo solo llevaba un trozo de pan negro, y ya me lo había comido.

«Tengo hambre. El estómago se me está metiendo hacia dentro», me dije a mí mismo. Después, volví a investigarlo todo no sé cuántas veces, pero no había ni rastro de plantas comestibles. Solo había insectos, y ni eso podía comerme porque probablemente eran venenosos. Pero todavía era muy pronto para rendirse. Si había insectos, también tenía que haber larvas bajo tierra. Por suerte, todavía tenía algo de fuerzas para moverme, por lo que intenté buscar comida una vez más.

Pasaron diez días. Me tiré varios hurgando en la tierra con la vara irrompible, pero no encontré ni un solo bicho que fuera comestible. Ya no tenía fuerzas para seguir cavando agujeros, y notaba cómo se iba acercando mi hora. Tenía la sensación de que moriría en un par de días si no encontraba algo de comer. Lo peor era que tenía un hambre tan intensa que no podía pensar con claridad. Me daba tanto miedo morir de inanición que cualquier locura me parecía una buena idea.

—¡A la mierda! ¡Si voy a morir, prefiero que sea con algo en el estómago!

Atrapé a una oruga con la mano, la analicé y el resultado fue el siguiente: «Oruga Ponzoñosa. Insecto tóxico que se disuelve en el ácido del estómago y libera un veneno tan potente que es capaz de matar incluso a un dragón. Sin embargo, es muy nutritivo».

«Incluso a un dragón...», pensé tras leer la descripción. Antes de comérmelo, vertí elixir en una copa de madera que tenía en la bolsa y empecé a beberlo sin parar, repitiendo el proceso varias veces antes de tragarme la oruga.

Nada más llegó al estómago, sentí una gran onda de calor esparcirse por todo mi cuerpo y mi visión se tornó rojo sangre.

—Las condiciones para la adquisición de «Toxorresistencia» han sido cumplidas. «Toxorresistencia» se ha añadido a la lista de habilidades.

Nada más terminar de escuchar esa voz antinatural de mujer, perdí el conocimiento.

—¿Estoy… vivo?

La cabeza me dolía un montón y tenía unas ganas incontrolables de vomitar, pero seguía con vida. Bebí un poco de elixir, y el dolor de cabeza, las náuseas y todo el malestar general desaparecieron al instante. Entonces, recordé lo que aquella voz dijo, y me analicé.

Habilidad - Toxorresistencia leve:
Otorga una resistencia débil al veneno.

Condiciones para obtenerla:
Consumir un organismo cuyo veneno sea 1000 veces más mortal que la media y sobrevivir.

Rango:
Inicial.

Condiciones para subir de rango:
Consumir 100 organismos cuyo veneno sea 1000 veces más mortal que la media y sobrevivir.

«¿Resistencia al veneno? ¿En serio? Supongo que será por sobrevivir al insecto venenoso gracias al elixir, pero jamás había oído hablar de una habilidad así. ¿Tendrá algo que ver con mi don? En la tabla ponía que tengo la capacidad de sobrepasar todo tipo de límites bajo ciertas condiciones, así que… … … Nah. Es imposible que un don tan mierdoso pueda ser así de útil, es ridículo. Además, tiene que ser imposible sobrevivir a un veneno mil veces más potente que la media sin usar un elixir. Normal que nadie haya obtenido esta habilidad».

Lo bueno era que al menos el insecto que me había comido me llenó el estómago y me salvó de la inanición, pero si me llegara a quedar sin insectos venenosos acabaría volviendo a las mismas.

Pasaron cien días. Gracias al elixir, pude continuar comiendo insectos venenosos sin desmayarme, aunque el dolor de cabeza y la irritación seguían persistiendo. Al menos, conseguí subir de rango la habilidad, y evolucionó tras cumplir la condición de los cien insectos, por lo que ahora estaba en el nivel intermedio. La siguiente condición para subirla era comer mil insectos venenosos y sobrevivir, cosa que lograría un día de estos, en vistas de que no había nada más para comer.

En esos más de tres meses que pasé quitándome las náuseas y el dolor de cabeza a base de elixir, me di cuenta de otra cosa: por más insectos venenosos que comiera, no se acababan. No sabía si se debía a que tenían una gran habilidad de reproducción o a algún poder extraño de la dimensión en la que estaba encerrado, pero el caso era que siempre había un número específico de insectos en la zona. Estas criaturas no realizaban la metamorfosis, por lo que no se convertían en polillas ni mariposas, así que, al no llegar a su fase de reproducción, podía afirmar que la segunda conjetura era la correcta.

Al final, resultaba que las orugas ponzoñosas se habían vuelto indispensables para mi supervivencia.

CAPÍTULO 2
UN ENTRENAMIENTO DE CIEN MIL AÑOS

Había pasado un año desde que me quedé encerrado. Me encontraba blandiendo la vara irrompible como si fuera una espada, tratando de no pensar demasiado. ¿Que por qué? Pues porque estaba seguro de que, si me quedaba sin hacer nada, acabaría perdiendo la cabeza.

Aunque esa no era la única razón. Tenía la esperanza de que mis estadísticas mejorarían si entrenaba lo suficiente, pero no sirvió para nada; seguían tan bajas como antes. Si es que estaba siendo demasiado ingenuo. En todo caso, gracias al entrenamiento severo que había recibido desde pequeño, cada vez que blandía la vara la sentía como si fuera una espada de verdad. Cortar el aire con ella me ayudaba a olvidarme de todos mis problemas.

Diez años desde el inicio del juego.

Los meses y los años fueron pasando. Al principio, estuve dibujando puntos en las paredes por cada día que pasaba hasta que llegué a completar un mes, pero me di cuenta de que en el tablero de piedra del templo había unos números que indicaban los días que habían transcurrido, así que dejé de hacer marcas.

Como es normal, los primeros años eché mucho de menos mi hogar y a mi familia, pero después comencé a combatir la soledad imaginando que me enfrentaba con gente con la que ya había entrenado antes. Mi abuelo siempre me decía que, al entrenar, nunca dejase de imaginarme un oponente, por lo que decidí hacerle caso y empezar un entrenamiento tanto físico como mental. A veces, incluso ponía nombre a mis oponentes. Por alguna razón que no llegaba a comprender, cuanto más entrenaba con la vara, con mayor claridad podía visualizar a mi oponente, hasta que logré darle la apariencia de una persona. Así, conseguí tener a alguien con quien poder socializar durante mis duelos de entrenamiento.

Cuarenta años desde el inicio del juego.

Por fin había logrado derrotar a todos mis compañeros de entrenamiento de mi edad e incluso a los adultos del *dojo* de mi familia… A los que había conseguido imaginar, claro está. Y luego, cuando también pude vencer al maestro sustituto…

—Las condiciones para la adquisición de «Esgrima estilo Kay - Principiante» han sido cumplidas. «Esgrima estilo Kay - Principiante» se ha añadido a la lista de habilidades.

La misma voz antinatural de mujer de la última vez resonó dentro de mi cabeza.

—¿Eh?

Debido a lo mucho que había llovido desde la última actualización de habilidades, decidí utilizar la habilidad de análisis, emocionado.

Habilidad – Esgrima estilo Kay: Principiante.
Esta habilidad mejora ligeramente las estadísticas con cada duelo con espadas que se experimente.

Condiciones para obtenerla:
Entrenar con la espada 12 horas seguidas al día durante 40 años.

Rango:
Inicial.

Condiciones para subir de rango:
Entrenar con la espada 12 horas seguidas al día durante 120 años.

Seguía sin tener ni idea de cómo la había conseguido. Los requisitos estaban claros, pero lo raro era que yo no había hecho ningún duelo de entrenamiento… a no ser que el sistema contara los duelos imaginarios que tenía cada día. Fuera como fuera, yo seguiría practicando a base de explotar mi imaginación, pero no para mejorar la habilidad, sino por la necesidad de sentir que tenía la compañía de alguien.

Ochocientos años desde el inicio del juego.

Vara en mano, me moví conectando un ataque tras otro con la fluidez de un río. Ahora era capaz de controlar la vara como si fuera una extensión de mi cuerpo. La habilidad de espada que había conseguido subió rápidamente a nivel intermedio, y ahora estaba en el nivel superior.

En teoría, mis estadísticas debían mejorar con cada duelo de entrenamiento, pero puede que no lograse percibir que me estuviera volviendo más fuerte debido a que las batallas eran producto de mi imaginación. Aunque, bueno, entre una cosa y otra, aprendí que el arte de la espada no era lo que yo pensaba. No había otra forma de explicar que alguien como yo, que no era más diestro que un niño de diez años, hubiera logrado derrotar al legendario Espadachín Maestro, Elm Heinemann. La gente me solía contar que Elm era un gran hombre, una persona que luchó contra los Cuatro Reyes Demoníacos junto al grupo del Héroe. Y no era ninguna exageración, su fuerza era innegable. Pero si había conseguido vencer a una persona como él, quería decir que la fuerza de un espadachín no podía medirse en valores superficiales. En otras palabras: la esgrima iba más allá de la maña, la fuerza y los dones.

—Bueno, estaría mintiendo si negara que la imagen que tengo de mi abuelo es la de un hombre desgastado por la edad. Todavía quedan muchas personas más fuertes que él en el mundo.

Hace mucho tiempo, antes de quedar atrapado, mi abuelo me solía llevar a ver duelos y torneos en los que se presentaban eminencias del mundo de la esgrima. Cada día que asistía salía deseando usar una espada para batirme en duelo y ganar una y otra vez hasta que se me considerara un espadachín invencible. Aunque ya me había olvidado por completo de casi todo lo anterior a mi entrada en el juego, las técnicas y personas que vi por aquel entonces seguían frescas en mi mente.

Una de esas personas era el caballero más fuerte de Isawell: Gram, el de las Espadas gemelas, un guerrero que hacía honor a su nombre por su gran destreza blandiendo dos espadas. Otro era Silver, la Espada mágica, el elfo que se rumoreaba que era el más fuerte de todos, capaz de pelear combinando espada y magia. Además de esos dos, también estaba Ashburn, el antiguo Espadachín Imperial de Glitnir.

«Hay montones de grandes guerreros en este mundo», pensé. Por eso me mantuve firme y no me desvié del camino de la espada.

Mil quinientos años desde el inicio del juego.

Los años seguían pasando uno tras otro. Décadas, siglos... Tras derrotar a todos los espadachines que aún recordaba, entre ellos una versión más joven de mi abuelo, decidí ir más allá e imaginar a aquel al que se consideraba el espadachín más fuerte de todos: el primer Espadachín Maestro. Yo nunca lo conocí en persona, eso sí, por lo que en el fondo no era más que un producto de mi imaginación. Aun así, estaba seguro de que sería capaz de imaginarlo casi a la perfección.

Y cuando finalmente lo derroté, supe que había llegado al pináculo del arte de la espada.

Tres mil años desde el inicio del juego.

Tras derrotar al primer Espadachín Maestro, decidí que había llegado el momento de enfrentarme al oponente más fuerte de todos. Aquel que había decidido dejar para el final. Según mi abuelo, fue el guerrero más grande que jamás había existido. El hombre que dominó todas las artes existentes y que se coronó como «Espadachín Todopoderoso Supremo». Ahora que había derrotado al maestro espadachín más poderoso de todos, tenía que ser capaz de darle forma a aquel legendario guerrero. Sin embargo, por irónico que suene, cuando imaginé al hombre más poderoso de cuantos habían existido, al hombre considerado como el dios de las artes marciales, la imagen que se creó en mi mente fue la de Kay Heinemann, mi yo actual.

Pero eso no cambiaba las cosas, así que en ese instante comenzó mi larga batalla contra el más poderoso oponente que mi imaginación podía forjar: yo mismo.

Tras una descabellada cantidad de años entrenando con la vara por un objetivo perverso y contradictorio, finalmente fui capaz de lograr la victoria contra mí mismo y así conseguí desbloquear la habilidad «Esgrima estilo Kay - Supremo». Esa habilidad tenía la capacidad de aumentar drásticamente mis estadísticas cuando combatía usando espadas. Pero como en el fondo las estadísticas no eran más que un añadido en el arte de la espada, no se trataba de una habilidad especialmente útil.

Por otro lado, tras tantos años alimentándome a diario de insectos venenosos, mis habilidades de resistencia e inmunidad al veneno se convirtieron en «Toxiabsorción». Esta versión de la habilidad funcionaba tal y como se entiende por su nombre: permitía recuperar PV y PM al consumir veneno. No era una habilidad muy útil teniendo en cuenta que mi vida se basaba en entrenar con una vara de madera, pero es lo que había.

—Bien, creo que ya va siendo hora.

Terminé de comer mi ración diaria de insectos venenosos, cogí mi vara irrompible y me levanté. Habían pasado muchísimos años, tantos que era incapaz de recordar resquicio alguno de mi pasado. Lo único que me daba fuerzas para seguir adelante era completar el camino de la espada. Todo lo demás carecía de importancia. Por esa razón, cuando alcancé el pináculo de la espada y logré derrotar incluso a una copia de mí mismo, me encontré consternado. Ya no sabía qué hacer, pues había perdido el único objetivo que me había marcado en la vida. Aquello que justificaba todo cuanto había hecho hasta ahora… ya no estaba. Tenía que encontrar una nueva motivación, un nuevo objetivo. Si no lo hacía, mi mente se rompería en pedazos. Y no estaba exagerando, lo sentía como una verdad innegable. El problema era que, tras derrotarme a mí mismo, ¿qué otro enemigo me quedaba por enfrentar?

En ese instante, una duda existencial me asaltó: ¿por qué había decidido dedicarme a mejorar mi habilidad con la espada?

La respuesta había estado ante mí desde el principio. Al darme la vuelta hacia el templo, recordé como por arte de magia que lo que anhelaba con toda mi alma seguía allí dentro, en lo más profundo de aquel edificio. Había estado tan concentrado en la espada que me había olvidado por completo de su existencia. Me había olvidado del lugar en el que me esperaba un poderoso oponente contra el que tener un duelo a muerte.

A mi yo del pasado jamás se le habría pasado por la cabeza la idea de llegar a completar ese laberinto, y no era para menos. Se trataba de un lugar prodigioso en el que la muerte acechaba en cada esquina. Una zona llena de batallas tan imposibles que cualquier persona cuerda diría que de «prodigioso» no tenía nada. En todo caso, era un nuevo obstáculo que superar.

—Hum. Qué emocionante.

Empuñé con fuerza la vara irrompible y caminé hacia el corredor de la muerte mientras hacía todo lo posible por contener la sonrisa que enmarcaba mi rostro.

Vi a un hombre con forma de saltamontes caminar con lentitud hacia mí. Utilicé la habilidad de análisis y el único resultado que obtuve fue su nombre: «Hombre saltamontes».

«Oh, interesante. Así que el análisis no muestra la fuerza del enemigo. Será una medida para forzar a los jugadores a enfrentarse a sus rivales a medir sus fuerzas, evitando así que se centren exclusivamente en los más débiles. ¡Qué sistema más ingenioso!», pensé.

Gracias a mi habilidad de espada de nivel superior, tenía cien puntos en todas mis habilidades. Ahora solo faltaba comprobar si resultarían útiles contra un enemigo real.

—Escúchame, hombre saltamonjes o como quiera que te llames, ¡vas a hacerme el favor de mostrarme el camino! —grité con gran ímpetu, mientras caminaba hacia él con paso firme y calmado.

Esquivé con bastante facilidad cada uno de los ataques que el hombre saltamontes me lanzó con sus enormes garras. No me movía demasiado, pero aun así no lograba alcanzarme. Al final, dio un salto considerable para efectuar la que parecía ser su técnica secreta: una poderosa patada a media altura, pero la contrarresté con la vara.

—Sinceramente, esperaba un poco más de ti…

Solo hicieron falta unos pocos ataques para que me diera cuenta de que ninguno de sus golpes me podría llegar a alcanzar ni en el hipotético caso de que la lucha se alargara durante cien años. Eran tan débiles como los de un saltamontes normal y corriente.

Me guardé el sentimiento de decepción para otro momento y me dispuse a atacar con la vara.

—Esgrima estilo Kay: primera forma, Línea mortal.

De repente, una línea se dibujó en el cuerpo del saltamontes y comenzó a extenderse por su torso, sus cuatro extremidades y finalmente su cabeza.

—¡*Giaak*! —fueron las últimas palabras del hombre insecto. Tan pronto como las líneas llegaron a su cabeza, todas las partes de su cuerpo comenzaron a separarse, y de los pedazos de su cuerpo descuartizado salió a borbotones una repugnante sangre verde.

Tras agitar la vara con fuerza para quitarle la sangre, me analicé a mí mismo. Mis estadísticas habían subido de 0,1 a 0,2. Al parecer, la fuerza de mi cuerpo aumentaba con cada enemigo derrotado. Sinceramente, estaba decepcionado. El enemigo no había sido más que un piltrafilla.

A pesar de todo, no perdí la esperanza de encontrarme con un contrincante poderoso. Estaba seguro de que debía de existir alguien capaz de derrotar a un pazguato como yo. Por eso, decidí mejorar poco a poco mi fuerza física, y así prepararme para el día en el que me topara con mi enemigo soñado.

—Sea como sea, creo que lo mejor será seguir matando monstruos.

«De todas formas, ese siempre ha sido mi objetivo principal en la vida», pensé, y cogí con fuerza la vara irrompible. La cacería había comenzado.

Reto de los Dioses, sala subterránea más profunda del noveno piso.

Después de derrotar al hombre saltamontes, seguí descendiendo por el corredor lapislázuli en busca de un oponente decente, pero fue inútil. Solo me encontré con más piltrafillas.

Todos los enemigos me atacaron como si fueran bestias salvajes carentes de raciocinio. Sus ataques eran inútiles contra mí, a pesar de que mi fuerza física era menor que la suya. Tal desperdicio de cualidades daba ganas de llorar.

Apunté a las articulaciones del insectoide al que me enfrentaba y bastó con un suave movimiento de mi espada de madera para hacerlo añicos.

—Ojalá haya algún enemigo que utilice una espada, así las cosas se pondrían más interesantes.

Habían pasado tres años, y durante ese periodo mis estadísticas habían subido hasta casi 5, en comparación con el 0,1 que tenía al empezar a explorar el laberinto. Los enemigos eran débiles, no tenía sentido negarlo, pero me había tomado tres años llegar hasta aquel punto por culpa del inmenso tamaño de la mazmorra. Para colmo, estaba diseñada de forma que cada piso era más grande que el anterior.

En el laberinto existían zonas seguras en las que los monstruos no podían entrar, y dentro de ellas también había círculos de teletransporte que servían para regresar a la superficie. El problema era que para moverse de un punto seguro a otro era necesario esperar al menos diez días. Como era de esperar, ya me había cansado de comer insectos venenosos, así que empecé a alimentarme de los monstruos insecto gigantes de la mazmorra. Los mataba y me los iba comiendo conforme avanzaba hacia el siguiente piso.

Bajé por unas escaleras que encontré en la parte posterior de la última sala del piso nueve, y allí me topé con una enorme abeja.

—El primer desafío: «Acaba con la Abeja asesina» va a comenzar.

Las palabras, proviniendo de la misma voz antinatural de mujer de las veces anteriores, resonaron directamente en mi cabeza. Agarré la vara de madera con fuerza, emocionado ante la idea de haber encontrado por fin un oponente digno.

—¡Es hora de divertirse! ¡Que empiece el duelo a muerte! —dije, con tanta emoción que me hice daño en la garganta. Lleno de regocijo, empuñé la vara y avancé hacia la abeja.

De repente, el cuerpo de la monstruosa abeja comenzó a temblar y desapareció. Lo primero que sentí fue un leve escalofrío, pero luego me di cuenta de que algo había alterado mi equilibrio y de que tenía el brazo derecho ligeramente inflamado.

—Hum, ¿puedes hacerte invisible? Bien, fantástico.

Hacía muchos años que no sentía dolor, tantos que el placer que me provocó aquel ataque me dibujó una expresión más propia de un loco. Agarré la vara con fuerza. Nunca había visto un enemigo tan impresionante. El hecho de no poder verlo lo convertía en un oponente más que formidable, y la emoción aceleró el latido de mi corazón. Intentando no emocionarme de más, sujeté con gran fuerza la vara irrompible.

—Otra decepción...

Y fue la más grande hasta el momento. Mis expectativas con ese enemigo habían sido demasiado altas. Su habilidad de invisibilidad era formidable, claro que sí, pero la invisibilidad solo afecta a la vista, no a todos los sentidos. Antes de cada uno de sus veloces ataques, el monstruo se quedaba quieto en un lugar, zumbando y vibrando en el aire, y no hay forma más obvia de hacer saber a tu enemigo cuándo vas a atacar.

Lo peor de todo fue el ataque final: un líquido venenoso de color púrpura. La abeja lo disparó desde el abdomen, sostuve la espada de madera, y...

—Esgrima estilo Kay: tercera forma, Espejo de luna.

El líquido púrpura ni me tocó, sino que regresó por la misma dirección por la que había venido, como si el tiempo se estuviera rebobinando. Entró por el aguijón de la abeja y lo derritió por completo.

—Qué pena, pero ese tipo de técnicas no sirven contra mí.

Espejo de luna era una técnica de contraataque que creé para contrarrestar los ataques mágicos a distancia de Silver, la Espada mágica. No servía de mucho contra sus técnicas mágicas de alta velocidad, pero contra ataques tan pobres como el de la abeja eran todo cuanto hacía falta.

Considerando que el veneno había disuelto el aguijón de la abeja hasta no dejar rastro, debía de poder disolver cualquier cosa. Por eso, una vez la abeja se dio cuenta del peligro que corría, voló hasta el techo para ganar distancia mientras gritaba a causa del gran dolor que sentía.

«Hum, esta abeja no es como los demás monstruos», pensé. A pesar de que era consciente de sus nulas probabilidades de victoria, se negaba a huir de la batalla. Era una abeja con el espíritu de un guerrero.

—Acabemos con esto.

Me preparé para responder a su valentía con la técnica más poderosa que conocía. Apreté con fuerza la vara de madera con la mano izquierda, adopté una posición firme y toqué el mango con suavidad con la mano derecha. En ese momento, el cuerpo del enemigo comenzó a vibrar y…

—Esgrima estilo Kay: segunda forma, Destello eléctrico.

Todo terminó en un instante. Nada más pronunciar aquellas palabras, un destello recorrió toda la habitación y, en cuestión de un segundo, aparecí detrás de la abeja.

—¿*Ghigu*?

En el momento en el que intentó darse la vuelta, cabeza y torso se separaron. Justo después, las extremidades de la abeja cayeron al suelo.

—Descansa en paz.

Agité la vara de madera con fuerza para quitarle el líquido venenoso con el que se había manchado, y al tratar de envainármela en la cintura…

—Se ha confirmado la muerte de la Abeja asesina. El primer desafío ha sido completado. Las recompensas se mostrarán a continuación.

La voz femenina de siempre volvió a resonar en mi cabeza.

Una caja de madera larga y estrecha apareció de la nada casi de inmediato. Dentro había una espada de hoja larga, de un brillante color rojo. Sin pensármelo, probé a analizarla:

Espada de fuego:
Una espada que utiliza la energía mágica del ambiente para quemar todo lo que toca.

Nivel del objeto:
Avanzado.

«Suena interesante. De hecho, hasta podría usarla para asarme los insectos. Seguro que así sabrán un poco mejor», pensé.

Tras usar un elixir para curarme las heridas que había recibido en la batalla contra la Abeja asesina, bajé hasta el decimoprimer piso. Allí, decir que el suelo estaba caliente sería quedarse más que corto, pues lo que uno tenía a sus pies era lava.

«¡Excelente! ¡Fabuloso!», pensé. Por retos como ese merecía la pena haber bajado tanto. El problema era que no podía avanzar así, sin más. Habría estado bien tener algún tipo de calzado con resistencia al fuego, pero, por desgracia, no tenía ningún objeto por el estilo.

—Hum, me falta resistencia… Bueno, tal vez sea una buena oportunidad para ganarla.

Por suerte, el décimo piso era una zona segura, así que podía volver sobre mis pasos en caso de que sucediera lo peor.

Me armé de valor y me quité el calzado de escape, lo guardé en la bolsa de objetos y metí los pies en el magma sin nada que los protegiera. Sin embargo, me vi obligado a sacarlos al instante, y proferí un chasquido de dolor:

—¡Tsch! Con una vez no basta —dije.

Tenía el pie derecho calcinado desde el tobillo hasta la punta de los dedos, así que bebí un poco de elixir para curarlo y repetí el proceso.

Realicé la misma acción al menos cincuenta veces, y finalmente…

—Las condiciones para la adquisición de «Pirorresistencia leve» han sido cumplidas. La habilidad «Pirorresistencia» se ha agregado a la lista de habilidades.

Una voz femenina resonó en mi cabeza y frente a mí apareció una tabla transparente.

Habilidad – Pirorresistencia leve:
Otorga una resistencia débil al calor.

Condiciones para obtenerla:
Exponer una parte del cuerpo a altas temperaturas 50 veces.

Rango:
Inicial.

Condiciones para subir de rango:
Exponer una parte del cuerpo a una gran temperatura
500 veces.

—¡Perfecto, tal y como pensaba!

Ahora solo tenía que seguir haciendo lo mismo una y otra vez, y si algo me sobraba en el laberinto eran tiempo y elixires. Seguí sumergiendo partes del cuerpo en lava hasta conseguir «Piroabsorción».

Seis mil cuatrocientos treinta y tres años desde el inicio del juego. Piso 300 del Reto de los Dioses.

Ya había pasado una cantidad de tiempo abrumadora desde que me adentré en el laberinto. «¿Cómo no lo había completado aún?», se preguntaría cualquiera. La respuesta era sencilla: el tamaño de los pisos iba aumentando cada vez más, y cada uno tenía características especiales.

Por ejemplo, la zona del piso 11 al 50 consistía en un mar de llamas lleno de lava que liberaba un calor abrasador. Por el contrario, del piso 51 al 100 era una tundra tan helada que acababa congelado con tan solo dar un paso sobre su suelo. Del piso 101 al 150 salían lanzas de arena por doquier que intentaban atravesarme el cuerpo, y la arena, además, se movía por su propia cuenta para matarme. Los pisos del 151 al 200 consistían en una zona sumergida bajo el agua que me drenaba los PV poco a poco. Y los pisos del 201 al 250 estaban plagados de espadas de viento que se cernían sobre mí. Me saltaré los detalles de estas habilidades y cómo las conseguí, así que me limitaré a decir que no pude avanzar hasta que conseguí «Glacioabsorción», «Terrabsorción», «Aquabsorción » y «Eoloabsorción». Gracias a todas esas habilidades pude avanzar hasta el piso 251, en el que surgían rayos por todos lados, y después de ser electrocutado varias veces y acabar chamuscado hasta los huesos, conseguí «Eletroabsorción» y avancé hasta el piso 300.

En ese momento estaba avanzando por una zona árida, rodeado de montañas y piedras. Caminé con una intensa tormenta de rayos sobre mí mientras unos pájaros relámpago me perseguían, hasta que con la espada de fuego los acabé reduciendo a cenizas.

—Hum, ¿otra caja?

Solté un suspiro al encontrar dos cajas de metal escondidas entre las rocas. Por alguna razón, en todos los pisos había encontrado gran cantidad de cajas extrañas que solían contener pociones y objetos utilizables. Pero, mezcladas entre ellas, hubo algunas un tanto extrañas. Con eso en mente, abrí una de las cajas de metal usando la punta de mi espada de fuego, y…

—¡¡*Giiiigigigig*!!

Al hacerlo, la caja de metal se abrió y la tapa adoptó la forma de una gran boca que trató de devorarme.

—Estoy hasta los huevos…

Utilicé la espada de fuego para cortar en dos al monstruo con forma de caja.

Esas·eran las cajas extrañas que había mencionado. Algunas de ellas solo manifestaban una boca, mientras que otras adoptaban la forma completa de un monstruo. Siendo sincero: ¿de verdad colaba? Porque se veía a leguas que eran monstruos. Si realmente querían cazarme, deberían tratar de ser un poco menos obvios y ocultar su presencia. Me irritaba más lo cutres que eran que el hecho de que intentaran devorarme.

Chasqueé la lengua antes de abrir la otra caja, la de oro, y vi que no tenía nada raro. Dentro encontré un objeto llamado «Guantes de la bestia del trueno». Al parecer, era un objeto de nivel alto capaz de utilizar la energía mágica del ambiente para crear y controlar bestias eléctricas. Encima el nombre no sonaba nada mal, pero como era un espadachín tampoco me resultaban demasiado útiles. Al final, decidí limitarme a guardarlos en la bolsa de objetos.

—He bajado bastante. Creo que ya debería de estar llegando al final.

Me pasé unos cien años viendo el mismo paisaje a base de dar vueltas y vueltas por el mismo piso. Me habría quedado más tiempo si hubiera habido algún enemigo fuerte por los alrededores, pero ningún ser vivo me podía plantar cara.

Como ya no quedaba nada de mi interés por allí, decidí avanzar hacia el siguiente piso. Al poco de emprender el paso, vi una enorme cascada en la lejanía. Al parecer, la salida estaba bastante cerca. Llegué a una zona en cuyo centro había una enorme estructura circular rodeada por varias cascadas que caían sin cesar. El agua fluía hasta un fondo acuático en el que se podían ver peces y reptiles marinos con cuernos. Y mirando más fijamente...

«Oh, al parecer en este piso me tienen preparada una tanda de enemigos como gesto de despedida. ¡Magnífico! ¡Así deberían ser todos!», pensé. Con el corazón palpitándome en los oídos, comencé a caminar por un puente de piedra que conectaba con la cascada cuando, de repente, vi en la cima de un pilar de rocas un majestuoso tigre de varios *mels* de altura del que brotaban rayos. «Supongo que primero tendré que pelear contra él, ¿no?».

—Prueba final del piso superior desbloqueada: Derrota al «Rey de los Tigres Trueno».

Como era costumbre, la voz de siempre resonó en mi cabeza.

Por un instante pensé que el tigre podría ser un gran enemigo, pero cambié de opinión en cuanto me detuve a pensarlo un poco mejor: «Vamos a ver, debería de ser un oponente digno, pero… se ve débil. Demasiado». De hecho, los peces y las criaturas con cuernos que nadaban bajo las cascadas parecían mucho más interesantes. Es más, la emoción que solo sentía frente a oponentes poderosos me decía que habría alguno decente bajo el agua. Estaba convencido.

No obstante, el tigre empezó a correr hacia mí e intentó clavarme sus afilados colmillos en el cuello.

—Esgrima estilo Kay: primera forma, Línea mortal —dije, y el cuerpo del tigre se separó en pedacitos frente a mí nada más recibir el ataque. Tras acabar con él, sin más dilación corrí hacia el plato fuerte...

—Derrota del Rey de los Tigres de Trueno confir…

Y salté al agua mientras la voz informaba de la derrota del tigre.

—¿Ah? ¿¡Eh…!? ¡E-e-e-e-espera! ¿¡Qué!? ¡No, en serio, espera un momento! ¿¡Estás de broma!?

Mientras me lanzaba al agua, escuché a la voz femenina gritar sorprendida, pero decidí hacer caso a mis ansias de batalla e ignorarla.

Al cabo de un rato terminé de pelear. La batalla había sido tan intensa que mi alma temblaba de la emoción. El Rey de los Tigres Trueno no le llegaba ni a la suela de los zapatos a los peces y demás criaturas marinas del lago de la cascada. Eran mil veces más poderosos. De hecho, estuve a punto de morir muchas veces y tuve que usar casi todos los elixires que llevaba para sobrevivir y matar a los monstruos del lago. Me terminé el último de los elixires para recuperar fuerzas y subí la cascada.

—E-el desafío del último nivel superior ha sido completado. La de-derrota del «Rey de los Tigres de Trueno» y otras condiciones super raras no requeridas han sido confirmadas. A continuación, se mostrarán las recompensas normales por completar el nivel, además de las especiales —dijo la voz, esta vez con un tono un poco menos robótico que de costumbre. Parecía alterada.

De inmediato, dos cofres de metal aparecieron en el centro de la estructura circular, y pensé: «Un momento... ¿Cómo? Si la recompensa normal era por vencer al tigre, ¿entonces la especial es por los monstruos del agua? ¿Me estás diciendo que el tigre era la condición normal para completar el piso? No tiene sentido. Se supone que este era el último nivel superior, ¿no ha sido muy poca cosa?». En cualquier caso, al menos había conseguido más recompensas.

El cofre de color plateado era la recompensa por acabar con el Rey de los Tigres Trueno. Teniendo en cuenta lo débil que había resultado ser, reduje al mínimo mis expectativas. Al abrir la caja encontré un libro de los gordos en cuya portada ponía «Libro de introducción a la magia».

«Ya, conque una guía», pensé. Me preguntaba si hasta un inútil como yo sería capaz de utilizar magia. Siendo optimista, la posibilidad existía, así que la recompensa quizá no había sido tan mala como esperaba.

El cofre de oro sí que parecía más interesante, ya que era la recompensa especial. Al abrirlo, vi un arma cuya forma no se parecía a nada que hubiera visto en mi vida.

—¿Será una espada?

La cogí, la agité un poco y comprobé que mi suposición estaba en lo correcto. Era un arma de hoja delgada, alargada y no demasiado pesada.

Raikiri:
Katana. Una espada originaria de otro mundo. Se dice que es capaz de cortar incluso al Dios del rayo.

Nivel del objeto:
Legendario.

«¿Cómo que "de otro mundo"? En fin, sea verdad o no, es sorprendentemente cómoda de blandir», pensé tras ver los resultados del análisis. Estaba seguro de que la espada me acompañaría por mucho tiempo.

«Gracias por la recompensa, monstruos de la cascada, ha valido la pena ir a por vosotros», pensé mientras asentía una y otra vez. Satisfecho, me puse la espada en la cintura y retomé mi camino.

Siete mil seiscientos doce años desde el inicio del juego. Reto de los Dioses, piso 350.

La zona llena de rayos fue la última de los peligrosos páramos basados en los elementos. Tras ella, entré en el paraíso de los dragones, una región en la que una gran variedad de razas campaba a sus anchas. Esperaba librar una feroz batalla a muerte con esas criaturas, pero mis expectativas se vieron traicionadas de nuevo. Por el camino, maté a un dragón tras otro, y sin que ni uno solo supusiera dificultad alguna, llegué al piso 350.

Dentro de una habitación construida con enormes rocas encontré a un hermoso dragón de pequeño tamaño. Me acerqué y la criatura intentó intimidarme sin siquiera levantarse. La presión que ejercía era notable y a la vez distinta de la de los otros dragones con los que había peleado. Estaba hecho de otra pasta.

Desenfundé desde la cintura la Raikiri, la katana que había conseguido varios pisos atrás. Me tomó algún tiempo implementarla a mi estilo de combate, pero al final el esfuerzo valió la pena.

—¡Ha llegado tu hora, dragón dorado! ¡Tengamos un duelo a muerte que haga temblar nuestras almas! —grité, apuntando al monstruo con la punta de la Raikiri, tras lo cual levantó la cabeza hacia mí con mucha pereza.

—El octavo desafío, «Derrota a Fafnir, la Dragona Áurea», va a comenzar. ¡Faf, acaba con ese insolente! ¡Confío en ti, sé que puedes hacerlo!

«Oye, espera un segundo. ¿Desde cuándo la voz que oigo en mi cabeza da órdenes a los monstruos?», pensé. De hecho, me resultaba curioso cómo su tono había cambiado desde el incidente de los monstruos acuáticos. Había ido perdiendo neutralidad y empezaba a reflejar personalidad propia y emociones. No tenía ni idea de si sería solo cosa de mi imaginación, pero, en cualquier caso, lo único que importaba en ese momento era que mi batalla a muerte estaba a punto de comenzar.

Poco después, acabé huyendo por mi vida hacia el piso 349.

—¡Ja! ¡Aja, ja, ja, ja, ja! —reí a pleno pulmón, y luego me derrumbé boca arriba sobre el frío pavimento.

Había perdido. Y había sido una derrota estrepitosa. Ni siquiera fue porque mi fuerza, velocidad o resistencia fueran insuficientes. Simple y llanamente, todos mis ataques y habilidades resultaron ser totalmente inútiles. No me sorprendió que la espada no le hiciera mella, pero la onda de choque que producían los cortes tampoco tenía efecto alguno sobre el monstruo, por lo que lo más probable era que el problema fuera el tipo de ataque en sí. No sería una locura dar por sentado que tuviera alguna habilidad de resistencia a ataques físicos, o incluso: «Inmunidad física». De ser así, era invencible. Sin importar cuánto entrenase, cuánto mejorase mi capacidad física, cuánto incrementase mi fuerza... mis ataques no le podían hacer daño… ¡Pero eso era lo más interesante! Es más, ¡era emocionante! Al fin había encontrado un nuevo objetivo. Lleno de emoción, me puse en pie y regresé a la entrada del laberinto.

Lo primero que tenía que hacer para superar aquel desafío era buscar la forma de contrarrestar la habilidad de negación de ataques físicos de la dragona. Como las espadas no servían, no tenía más opción que buscar un método distinto. Eso me llevó a pensar que mi única opción podía ser recurrir a ataques que no fueran físicos.

«¿Magia, tal vez?», pensé. El problema era que yo no podía utilizarla. Aunque si lo pensaba mejor, quizá había más libros como el de introducción a la magia que conseguí en el desafío final del último nivel superior. Algo me decía que aún existía la posibilidad de que pudiera aprender a usar magia.

Por entonces el libro de introducción a la magia no era para mí más que un simple libro, pero luego descubrí por las malas que ese tipo de grimorios no se leían sin más, sino que había que pactar un contrato antes de usarlos. Si intentabas saltarte ese paso, el libro te comenzaba a quemar el cerebro. Por simple curiosidad, intenté ojear la primera página y en cuestión de segundos sufrí unos fuertes mareos y ganas de vomitar. Después, probé a hacerlo de la forma correcta e intenté efectuar un contrato con el libro, pero, por más que lo intentaba, siempre fallaba. Tal vez fuera culpa de mi don de El Más Inútil del Mundo.

Al final, no solo no pude leerlo, sino que tampoco conseguí usar magia. Lo único que pude aprender sobre el libro fue que tenía información básica sobre magia, grimorios y poco más. Sobre su adquisición no ponía nada, así que no servía de mucho.

Había decidido olvidarme del grimorio, pero entonces me paré a reconsiderarlo. Entre los contenidos del libro había partes que explicaban conceptos elementales sobre la magia.

Entonces, quizá si conseguía leerlo podría aprender algo útil. Por motivos obvios, no me sería de ayuda leerlo a las malas y acabar con el cerebro chamuscado, así que debía hacer algo al respecto. «Aún tengo elixires… Si la protección del libro causa daño cerebral, digo yo que deberían poder curarlo», supuse. Incluso contando con elixires, era una apuesta arriesgada. Si me equivocaba, podía acabar en estado vegetal, pero sabía que eso no bastaba para detenerme. No hay mayor gozo que el de conseguir lo que parece inalcanzable, y tampoco es que tuviera mejores opciones.

Me llevé un elixir a la boca, y sin dejar de beber ni por un instante comencé a leer el libro de magia.

Siete mil seiscientos setenta y tres años desde el inicio del juego.

Tal y como predije, había dado justo en el clavo. Gracias al elixir, mi cerebro era capaz de soportar la protección del libro mágico y con el tiempo conseguí leerlo entero. Al principio necesitaba beberme un elixir cada cinco minutos, pero acabé consiguiendo otra habilidad que desconocía hasta ese momento: «Magirresistencia (Corrupción)», volviéndome resistente a la corrupción mágica. Desde entonces, mi condición física mejoró y mi eficiencia en la lectura se incrementó de forma considerable. Una vez mi habilidad evolucionó en «Magiinmunidad (Corrupción)» me volví capaz de leer libros enteros sin sufrir daño.

El grimorio estaba conformado por un conjunto de signos y trazos que no conocía, pero pude seguir con la ayuda de otro libro que contenía las transcripciones, y que había encontrado en el mismo cofre. Una vez lo terminé, entendí que definitivamente no iba a poder usar magia como tal, pero también descubrí que lo que conocíamos como magia estaba dividido en diferentes elementos, y los elementos estaban repartidos en dos categorías: por un lado, los generales, y por el otro, los superiores.

Los generales eran cuatro elementos básicos: fuego, viento, tierra y agua; y cuatro elementos superiores: rayo, hielo, luz y oscuridad, lo que daba un total de ocho elementos. Los elementos superiores eran los que se usaban en toda magia que no tuviera relación con los elementos generales.

Al parecer, solo las personas con talento mágico podían aprender a usar magia y realizar un contrato con un libro mágico. Dicho talento no parecía estar ligado a las habilidades o dones de las personas, sino que se trataba de un concepto diferente. Aquellos que no tenían el talento necesario carecían de la capacidad para desarrollarlo, al margen de lo mucho que practicasen. Como yo no pude formar un contrato con el libro, entonces tampoco podía usar magia. Sin embargo, no había pasado sesenta años leyendo en balde. Aprendí que existía una tercera categoría llamada «elemento nulo». Era el elemento más fácil y rápido de dominar, porque solo consistía en infundir energía mágica a un cuerpo u objeto. Por suerte, no se requería talento ni nada parecido para manipular la energía mágica, así que me venía como anillo al dedo. No obstante, una vez lo descubrí, me tuve que pasar los siguientes sesenta años leyendo tanto el libro de magia que ya tenía, como otros libros que se enfocaban en áreas distintas. Los leí una y otra vez, hasta la extenuación, y al final entendí que la mayoría de las hechicerías de elemento nulo eran total y absolutamente inútiles.

Pero un día, mientras leía un libro de medicina, descubrí algo que lo cambiaría todo. Según estaba escrito, en el cuerpo humano existe una cantidad innumerable de algo llamado «células», que se juntan para formar tejidos, que a su vez forman órganos más complejos con funciones específicas. Esos órganos son las vísceras que tenemos en el interior de nuestro cuerpo, vamos. Resulta que los grimorios enfocados en las magias nulas, como «Aumento de fuerza física» o «Ultracuración» usaban estos tejidos a la hora de explicar la manipulación de la energía mágica sobre un ser vivo u objeto. En líneas generales, si la energía mágica se manipulaba a una escala mucho menor, a escala «celular», era posible producir una magia más precisa y eficiente. El problema era que para lograrlo se necesitaba ser muy preciso en la manipulación de energía mágica. Eso sí, una vez se alcanzaba ese nivel, se podía explotar su verdadero potencial y llegar a lanzar pequeños ataques mágicos de larga distancia.

Visto lo visto, poder derrotar a la dragona iba a requerir mucho más tiempo del que estimaba.

—¡Me gusta, me gusta! ¡¡Ahora que tengo un nuevo objetivo, podré enfocarme en ser más y más fuerte!!

Elevé un grito de júbilo al cielo y, sin más dilación, empecé a entrenar la manipulación de energía mágica.

Ocho mil ciento sesenta y siete años desde el inicio del juego.

La magia es una energía de alta densidad almacenada en el *dantian*, que se encuentra en el cuerpo humano, cerca del hígado. La idea era extraer esa energía de la susodicha fuente y controlarla. Al principio fue algo complicado de entender, pero al cabo de unos cien años me volví capaz de manipular la energía con naturalidad. Llegados a ese punto, ya podía extenderla a un radio de decenas de *mels* desde mi posición o incluso dibujar cosas en el aire. Lo que venía después era aprender a implementarla, a darle uso. Por supuesto, la mejor forma de utilizarla era transformándola a través de hechizos.

Gracias a un grimorio que usé de referencia conseguí crear cuatro nuevos hechizos:

El primero era «Fuerza adamantina», hechizo que aumentaba mi capacidad física. Al utilizar la energía mágica en cada una de mis células, mejoraba la capacidad de mi cuerpo.

El segundo era «Panacea», un tipo de hechizo curativo que me permitía sanar cualquier daño a nivel celular. La idea se me ocurrió gracias a un grimorio medicinal.

El tercero era «Revestimiendo mágico», y servía para aumentar la fuerza de mis armas. Esta técnica utilizaba energía mágica para manipular las moléculas de las armas. La idea se me ocurrió mientras leía un libro de química.

Y el cuarto era «Ojo divino», un hechizo de exploración. Utilizaba la energía mágica para mostrarme una vista panorámica de todo lo que había en un radio de 500 *mels*.

Los nombres no los decidí yo, aparecieron por su cuenta frente a mí mientras estaba practicando con ellos.

En todo caso, los preparativos ya estaban listos. Lo siguiente era desarrollar una técnica de ataque a larga distancia. «Un arco podría estar bien, pero yo ya tengo mi espada y usar otra arma no es una opción. De modo que solo me queda una alternativa…», pensé, y acto seguido cogí una piedra con la mano y la lancé al aire.

Once mil sesenta y cinco años desde el inicio del juego.

Una vez más, los años se sucedieron fugazmente. Todo ese tiempo seguí entrenando hasta conseguir la habilidad «Técnica de lanzamiento: rango inicial». Tras obtenerla, la subí a rango intermedio y, posteriormente, al alto. Seguí entrenando durante más y más tiempo hasta que alcanzó el rango extremo. Tal y como su nombre indicaba, consistía en lanzar cosas. Se podía usar con todo lo que quisiera y, por supuesto, eso incluía la energía mágica. Ahora que era capaz de crear espadas de energía mágica también podía lanzarlas a voluntad. Todo gracias a los quinientos años que pasé puliendo mi manipulación de energía mágica para poder darle diferentes formas.

Como ya he mencionado, yo era un espadachín, no un mago. No tenía la intención de usar esa habilidad tal cual en batalla. Por ende, lo que hice fue implementarla en mi estilo de combate basado en la espada. Así, logré combinar mi «Técnica de lanzamiento estilo Kay» con «Esgrima estilo Kay», y como resultado creé la «Auténtica esgrima estilo Kay». Esta técnica me otorgó tres nuevas formas, aparte de las que ya tenía, que eran «Línea mortal», «Destello de luz» y «Espejo de luna».

Una vez terminé mi entrenamiento, aproveché que el laberinto revivía a los monstruos previamente erradicados y avancé del piso 301 al 349 matando a todos los dragones que fuera posible. Como resultado, gané el título de Asesino de dragones. Al parecer, ese tipo de títulos se conseguía al cumplir ciertas condiciones preestablecidas, y ese en concreto me aumentaba las estadísticas exponencialmente cuando luchaba contra dragones. Me vendría de perlas para matar a esa dragona dorada.

En fin, que mis estadísticas en ese momento eran las siguientes:

Estadísticas:
Nombre: Kay Heinemann.
Edad: 15 años (Envejecimiento detenido).
Don: El Más Inútil del Mundo (Rango divino).

Parámetros:
PV: 9 000 || PM: 8 000 || Fuerza: 3 214 || Resistencia: 2 955 || Agilidad: 3 428 || Energía mágica: 3 699 || Resistencia mágica: 3 026 || Suerte: 1 020.

Habilidades actuales:
Bolsa de objetos, Análisis especial, Auténtica esgrima estilo Kay, Toxibsorción, Piroabsorción, Aquabsorción, Terrabsorción, Aeroabsorción, Glacioabsorción, Electroabsorción, Magiinmunidad (Corrupción).

Títulos:
Asesino de dragones.

Hechizos:
Fuerza adamantina, Panacea, Revestimiento mágico, Ojo divino.

Aun así, todavía existía la posibilidad de que las de la dragona dorada fueran superiores. Además, no sabía hasta qué punto mi plan funcionaría contra esa habilidad defensiva tan injusta que tenía la dragona. Pero bueno, todo lo que podía hacer ya estaba hecho. «¡La suerte está echada!», pensé.

Volví al piso 349 y bajé las escaleras.

Al igual que la vez anterior, la dragona levantó la cabeza hacia mí con pereza y me miró de forma amenazante. Desenfundé la Raikiri y observé a la criatura con precaución, intentando no dejarme llevar por la emoción que sentía.

—¿¡Otra vez tú!? ¡No importa cuánto lo intentes, gracias a su habilidad anuladora de ataques, es imposible que puedas derrotar a Faf!

De repente, una presuntuosa voz de mujer resonó en mi cabeza. Era la misma que al principio sonaba antinatural, sin emoción alguna, pero cuyo tono ahora expresaba claramente sus sentimientos... aunque no fueran precisamente positivos.

La mujer tosió para aclararse la garganta y se apresuró a volver a su papel de siempre:

—El octavo desafío: «Derrota a Fafnir, la dragona áurea», va a retomarse.

«¡Eso es! ¡Al fin ha llegado el momento que tanto tiempo llevo esperando!», pensé. A su manera, era como un amor que había tenido que esperar tres mil quinientos años. Un amor que me moría fervientemente por consumar. Y el momento había llegado por fin: el momento de nuestra batalla a muerte.

«Adelante», pensé. Lo primero que hice fue imbuir mi espada eléctrica con una gran cantidad de energía mágica utilizando Revestimiento mágico. Con ello aumenté su poder, y lo rematé utilizando Fuerza adamantina para reforzar mi fuerza física. El primer ataque iba a ser un mero saludo, pero eso no significaba que no fuera a ser un golpe poderoso. Y en ese momento, gracias a que ya era capaz de manipular con naturalidad la energía mágica, podía extraer todo el potencial de la espada.

La hoja de la espada tronó cuando lancé un enorme corte a distancia hacia una de las patas de la dragona. El ataque liberó una tormenta de rayos que iluminó de dorado toda la sala. En solo un instante, la onda cruzó la distancia que nos separaba y se oyó un estruendo devastador. El ataque no había chocado contra la dragona, sino contra una pared que esta tenía a sus espaldas, disolviéndola hasta hacerla parecer magma.

Lentamente, Fafnir giró la cabeza hacia atrás. Al ver el estado de la pared, se quedó consternada y soltó un gemido que hizo temblar el suelo.

—Adelante, tengamos un due...

Y cuando estaba a punto de declarar el inicio de nuestra verdadera batalla...

—Me rindo.

De repente escuché la voz de una chica.

—¿Eh?

Las dudas me asaltaron al instante. Arqueé una ceja, y tras soltar un breve suspiro...

—No puede ser... tiene que ser broma... ¡¡¡¡Dime que estás de broma!!!!

Volví a escuchar la voz de mujer, que gritaba en mi cabeza y balbuceaba para sí misma, pero al final...

—Se ha confirmado la admisión de derrota de Fafnir, la dragona áurea… El octavo desafío ha sido completado. Se otorgará una bonificación por no haber recibido daño en la batalla —dijo, a regañadientes, como si no tuviera más remedio que anunciar mi victoria.

Lo que estaba pasando no tenía sentido. No habíamos llegado a intercambiar ni un solo ataque… Pero, para mi sorpresa, estaba a punto de presenciar un sinsentido aún mayor. De repente, la tabla transparente de siempre apareció ante mis ojos y…

—Oh, vaya sorpresa. Fafnir, la dragona dorada, sigue en pie. Al parecer, quiere unirse a tu grupo. ¿Deseas que Fafnir se te una? Por favor, seleccione «Sí» o «No» —decía el mensaje.

Tenía serias dudas acerca de que la dragona realmente quisiera unirse a mí, sobre todo considerando que claramente se estaba muriendo de miedo. Además, ¿cómo se suponía que iba a llevar conmigo a una criatura tan grande?

Aunque el laberinto estaba construido para darle todo tipo de ventajas a los contendientes, así que probablemente la dragona podía transformarse y hacerse más pequeña. De ser así, no estaría tan mal tener a una dragona parlanchina a mi lado. Después de todo, llevaba más de diez mil años sin hablar con nadie, hasta el punto de que incluso la insufrible voz de mujer que resonaba en mi cabeza me resultaba reconfortante.

—Bien, elijo «Sí».

Nada más elegir, la dragona dorada comenzó a brillar y se hizo más pequeña. Mi conjetura era correcta: esa dragona podía modificar su tamaño. Me quedé mirándola, expectante por saber cómo iba a ser su nueva apariencia. Pero…

—¿Cuánto se va a encoger?

La dragona se encogió tanto que adoptó el tamaño, o mejor dicho, la forma exacta de un humano. Su cuerpo era más pequeño que el mío y llevaba puestas prendas femeninas de tonos blancos y negros. Su cara era infantil, como la de una niña pequeña, y su hermoso cabello era de un dorado resplandeciente. Era tan largo que le tapaba las orejas y se extendía hasta el suelo desde los lazos que lo ataban a ambos lados.

—Mi nombre es Fafnir. ¡Mucho gusto, mi amo!

La dragona, que se había transformado en una niña, me saludó con una reverencia.

La bonificación especial por haber derrotado a la dragona dorada era una serie de objetos temáticos: «Vestimenta del Dios Dragón», «Capa del Dios Dragón» y «Zapatos del Dios Dragón». Los tres eran bastante resistentes y tenían antideterioro y una increíble anulación de daño físico. Lo cierto es que me vinieron de maravilla, ya que la ropa con la que había llegado al laberinto ya estaba muy desgastada. Una vez terminé de revisar todo de cabo a rabo, dio comienzo mi nueva y extraña vida junto a Fafnir.

Como quería poder leer un libro sin que nadie me molestara, cogí toda la madera de los árboles que encontré por los alrededores y me construí una casa. Entre los libros que había recolectado todos esos años también había varios sobre construcción, y gracias a ellos me pude construir una casa en condiciones.

Tras terminar la casa, conseguí algo de carne de las vacas relámpago que habitaban el piso 290 y empecé a hacerle la comida a Fafnir. Para darle sabor, usé la sal que se podía encontrar en los pisos del 170 al 180 que tenía guardada en la bolsa, y para calentarla saqué el horno rústico que conseguí en el laberinto y lo encendí con la espada de fuego. Por suerte, tenía mucho tiempo para practicar y una fuente inagotable de ingredientes.

—¡Está muy rico! —dijo Fafnir, feliz y con la boca llena de carne.

—Me alegro, pero come despacio —dije, y procedí a hincarle el diente yo también. Tenía un sabor difícil de describir, pero lo que sí tenía claro era que compartir una comida con alguien le daba un sabor especial.

Sin duda, estaba emocionado, pero no tanto por la comida sino por tener, al fin, alguien con quien poder hablar. Tras haber estado solo la mayor parte de mi vida, tener compañía aplacaba el hastío en mi interior. Antes de ese momento, lo único que me llenaba era mi gran deseo de pelear contra oponentes poderosos, pero con la aparición de la niña dragón, mi sed de batalla disminuyó de forma considerable. Además, no solo salía ganando yo: a Fafnir le encantaba mi comida y se lo pasaba genial durante nuestras incursiones al laberinto.

Trece mil años desde el inicio del juego.

Por fin había llegado hasta el piso 400. Estaba en la sala del desafío, peleando contra una enorme criatura de nariz larga que llevaba una gruesa armadura.

Ya había visto a aquella criatura en uno de los muchos libros que había conseguido en el laberinto. Según había leído, se trataba de un animal llamado «elefante», aunque en los dibujos del libro el animal era cuadrúpedo, mientras que el ser contra el que me estaba enfrentando era bípedo.

—Tiembla ante mi nombre, pues soy el gran dios pérfido, Girimekhala. ¡Escúchame bien, dios novicio! ¡Deberías estar orgulloso de haber podido llegar hasta este piso!

«Increíble, esta vez me ha tocado un monstruo egocéntrico. ¿No le da vergüenza ir por ahí autoproclamándose "dios pérfido"? Me recuerda al síndrome ese que sufrían los adolescentes y los volvía unos flipados. O algo así ponía en el libro», pensé.

—Faf, ¿qué hacemos con este?

En los últimos cien años había comenzado a llamar a Fafnir por su apodo. Su nombre no era cómodo de pronunciar, y encima la voz de mi cabeza también la llamaba Faf, así que imaginaba que ya estaría acostumbrada.

—¡Matémoslo! —respondió, levantando el puño al cielo. Cuando se emocionaba, siempre recurría a la violencia. Por aburrimiento, un día me dio por enseñarle a pelear, pero se ve que le cogió tanto el gusto que en un abrir y cerrar de ojos se había vuelto toda una bestia de combate. La verdad es que no podía evitar pensar que había sido un mal padre, así que decidí aprovechar la ocasión para enmendar mi error y predicar con el ejemplo.

—A ver, monstruo, escúchame bien: si te rindes y te postras ante mí, no te haremos daño, ¿aceptas?

Es decir, le propuse la solución más pacífica posible.

—¿Osas… amenazarme…? —dijo la criatura de nariz larga con lentitud, estremeciéndose un poco.

«Vaya, no quería asustarlo tanto», pensé. Con echarle un vistazo rápido pude darme cuenta de que ese monstruo no me llegaba ni a la suela del zapato. Nuestra fuerza estaba a un nivel completamente diferente. Su comportamiento me hizo recordar algo que leí en un libro de biología, en el que ponía que los animales más pequeños presentían el peligro ante un depredador, y en el fondo no iba mal encaminado.

—Algo así, pero no tengas miedo. Debe de ser difícil de creer, pero yo no le haría daño a un insecto sin motivo. Ni a un insecto ni a un dragón.

Tiempo atrás lo habría matado sin titubear, pero desde que tenía a Faf a mi lado me había dado cuenta de que mi agresividad contra los monstruos la estaba influenciando negativamente, así que empecé a contener mi lado violento.

—¡Ma-ma-maldito renacuajo! ¿¡Acaso te das cuenta de con quién estás hablando!? ¡Soy el gran Girimekhala! ¡El primer y más grande siervo del gran dios Mara! Un dios menor como tú debería arrodillarse en agradecimiento por poder dirigirme la…

—Ah, bueno. Me tomaré eso como un no.

Harto de escucharlo alardear usé Revestimiento mágico e imbuí la Raikiri por completo de energía mágica. Una cantidad anormal de luz blanca se acumuló alrededor de la hoja y al liberarla en un solo ataque el supuesto dios del mal desapareció sin dejar rastro.

—¡Bien hecho, amo! ¡Ha sido una muerte rápida y asombrosa!

Otra vez había vuelto a ser un mal ejemplo para Faf. Pero bueno, lo hecho, hecho está. El sentido común y la moral no se aprenden de un día para otro, así que todavía había esperanza para ella.

Con la derrota de aquel que afirmaba ser un dios del mal, obtuve otra recompensa especial.

Bestiario del cazador:

Este objeto permite al usuario guardar las almas de los enemigos derrotados dentro del laberinto y reproducir su cuerpo con energía mágica de forma similar a una invocación. Sin embargo, solo la primera persona en usarlo tiene derecho a poseer este libro. La capacidad y cantidad de monstruos invocados dependerá totalmente de la cantidad de energía mágica puesta en el bestiario.

Nivel del objeto:
Avanzado.

Una vez había leído la información del objeto, una tabla transparente apareció y me mostró el siguiente mensaje: «Se ha encontrado el alma de Girimekhala. ¿Desea guardarla en el bestiario?».

Era una buena oportunidad para probar el nuevo objeto, así que seleccioné «Sí» con el dedo. El libro comenzó a brillar con intensidad y se abrió por su cuenta. En una de las páginas apareció una ilustración del mismo monstruo de nariz alargada que acababa de derrotar. Como pensaba, el bestiario era un objeto muy interesante y de gran utilidad, así que para poder dominarlo decidí volver a recorrer todos los pisos y llenar sus páginas de monstruos.

Volví a la superficie y saqué el bestiario del cazador de la bolsa de objetos. Lo primero era comprobar si realmente podía hacer uso del libro sin tener talento mágico, y vaya si me moría de ganas de probarlo.

Faf se me subió a la espalda, como de costumbre, y, desde atrás, preguntó con curiosidad por el libro de aspecto robusto que tenía en las manos:

—Amo, ¿qué es eso?

—Es el libro que absorbió a ese supuesto dios pérfido.

—¿Supuesto qué? ¿Quién? —preguntó con intriga. Suspiré con incredulidad. Faf ya se había olvidado de Girimekhala y de su discurso, o más bien creo que jamás llegó a prestarles la más mínima atención. Podía ser más lista que el hambre, pero solo para lo que le interesaba. Seguro que para ella el monstruo narigudo no era diferente a las demás piltrafillas con las que nos habíamos topado.

—¿Ya te has olvidado? Me refiero al narizón.

—¡Aaah, ya! ¡El bicharraco ese al que le partiste la cara!

—Faf, no seas vulgar, y menos con tanto júbilo. Recuerda que eres una señorita —dije mientras le acariciaba la cabecita. No era la primera vez que se lo decía, y su respuesta siempre era la misma: un «¡Sí, amo!» levantando el brazo derecho al cielo.

«Seguro que lo dice por la costumbre y que en realidad le ha entrado por un oído y salido por el otro», pensé. Sea como fuere, sabiendo que Faf me imitaba, la solución era tan simple como actuar con propiedad.

Dejando eso a un lado, empecé con la revisión del bestiario.

—Veamos... —dije, pasando la primera página. En la siguiente estaba escrito «Bestiario del cazador Ω».

—¿Mmm? ¿Cómo que «Ω»?

Volví a mirar la portada y en ella también estaba el mismo símbolo. Me resultó extraño porque antes no estaba ahí. Pasé unas pocas páginas más, con la intención de aprender a usarlo. El libro ahora tenía instrucciones, que decían lo siguiente:

Manual del Bestiario del cazador:

1. Derrote al objetivo y luego enciérrelo en el bestiario. Si el enemigo se rinde sin oponer ninguna resistencia, es posible encerrarlo mientras siga con vida y luego recrear su cuerpo con energía mágica.

2. Según la energía mágica que el propietario introduzca en el bestiario, este será capaz de expandir y transformar el espacio en el que se encerrará a las criaturas. La forma y el tamaño del mundo dependen únicamente de la energía mágica del propietario.

3. Al liberar a la criatura encerrada, el propietario podrá obligarla a que lo obedezca. La criatura atrapada podrá moverse libremente entre el mundo del bestiario y el mundo del propietario siempre y cuando se le permita hacerlo.

No estaba seguro de haberlo entendido muy bien. «Básicamente, ¿al usarlo creo un mundo para almacenar las criaturas y luego invocarlas?», pensé. Para que me quedara más claro, decidí intentarlo. Pasé las páginas hasta llegar a la de los dioses pérfidos, donde solo había un nombre escrito: Girimekhala.

«¡Libéralo! ¡Adelante, Girimekhala!».

Siguiendo las instrucciones del libro, recité mentalmente el conjuro, y el mismo monstruo de nariz larga que había derrotado hacía poco apareció derrumbado en el suelo. Aún en Babia, miró de un lado a otro, y en cuanto alzó la barbilla y por fin pudo reconocerme, retrocedió como si alguien le hubiera empujado con fuerza.

—¡Yo te recuerdo! ¡Eres el dios menor de hace un rato! —dijo, volviendo a gritar las mismas chorradas. Qué dios pérfido más pesado, sí que le gustaba ir por ahí soltando grandilocuencias sin sentido. Pobrecillo. Dejando eso a un lado, se suponía que la invocación del bestiario obligaba a todas sus criaturas a mostrar una actitud sumisa para evitar que pudieran hacer daño al propietario, pero a juzgar por su intención de volver a dar guerra, no parecía ser el caso. Pero no pasaba nada. Personalmente, prefiero hacer que los demás me obedezcan tras doblegar su voluntad por mi propia mano que recurrir a poderes mágicos que ni siquiera entendía.

De todos modos, si la explicación del manual era correcta, eso quería decir que el autoproclamado dios pérfido sería mi primer vasallo, mi primera invocación. Pero, a juzgar por su actitud, se veía a leguas que tenía el orgullo por las nubes. No solo no iba a aceptar aquella situación, sino que ni siquiera parecía dispuesto a escucharme por las buenas. Estaba seguro de que diría alguna flipada de las suyas como «Cómo osas oponerte a un dios» y cosas así.

«¿Qué debería hacer?», me pregunté. Lo único que se me ocurría era recurrir a lo que había aprendido de los muchos libros que había leído en el laberinto. Uno de ellos se llamaba «Guía de entrenamiento para nuevos reclutas: edición infernal». Según leí, la mejor forma de enseñar a un nuevo subordinado a acatar órdenes era dejándole clara su posición en la jerarquía. Suponiendo que un «recluta» fuera lo mismo que un «vasallo», la verdad es que sonaba como una buena forma de adiestramiento, así que decidí ponerla a prueba.

—Bueno, recluta, parece que vas a necesitar adiestramiento.

Saqué la vara irrompible de la bolsa de objetos y la alcé.

—¡Qué desfachatez! ¡Un dios como yo no necesita adies…!

Girimekhala estuvo a punto de responderme con enfado, pero antes de que pudiera terminar de hacerlo le propiné un golpe fuerte con la vara irrompible. En menos de un segundo, el monstruo de nariz larga salió disparado y dio varias vueltas en el aire hasta que se estrelló contra los acantilados que había en la superficie.

—Gag, uh…

Me acerqué al moribundo Girimekhala y le eché una botella de elixir encima. Elixires que ya no estaba usando tanto, por cierto.

—Mira, ya estás como nuevo. Ahora levántate, que no hemos terminado —dije, apuntándole con la vara irrompible.

—¿Qui-quién… demonios eres? —dijo lentamente, con una voz temblorosa que parecía poder percibir mi sed de sangre.

—¿Cómo? ¿Que quieres saber quién soy? Ah, es cierto. No me había presentado. Me llamo Kay Heinemann y desde hoy seré tu nuevo amo.

—¡Menuda estupidez! Mi único amo es… —intentó responder con enfado, así que me puse frente a él en un instante, lo golpeé sin vacilar y voló por los aires de nuevo. Se veía que no tenía muchas luces.

Una vez más, me acerqué hasta su cuerpo moribundo para echarle el elixir. Esta vez se había quedado atrapado entre los precipicios de piedra. Estaba agonizando como una alimaña antes de morir.

—¿Qu-qué diablos está pasan…?

Girimekhala se levantó, tambaleante, me miró de frente y al instante su cuerpo comenzó a sudar a mares mientras la boca le temblaba a causa del terror.

—¿Por fin te has dado cuenta de tu situación actual? Venga, que esto no va a parar hasta que ese orgullo tan podrido que tienes esté por los suelos.

Me metí de lleno en el papel de instructor, repitiendo una tras otra las mismas palabras que había leído en el libro, y luego…

—¡Haré que entierres tu soberbia!

Faf me imitó adoptando su típica pose del puño hacia al cielo.

—¡Aaaaaaaaaaaaaaaaaaaaaaaaaaah…! —gritó Girimekhala con desesperación antes de que volviera a mandar su enorme cuerpo por los aires. Así empezó un nuevo entrenamiento al que llamé «corrección completa».

Todos los días, al salir el sol, ese monstruo me mandaba volando por los aires con su palo de madera una y otra vez, y el sufrimiento solo terminaba al llegar la noche. Al principio intenté acabar con él mientras dormía, pero parecía tener ojos en la espalda y no fui capaz de hacerle nada. Lo único que conseguía era que me devolviera el golpe. La rutina continuó hasta que mi mente ya no pudo más y no me quedaron fuerzas para ofrecer resistencia. Como consecuencia, comencé a obedecerle y a aceptar su entrenamiento disciplinario de cada día sin rechistar.

«¿Quién era Kay Heinemann en realidad?», me preguntaba. La diferencia de poder entre los dos era abismal. Mis ataques no le hacían más efecto que un mosquito tratando de picar a un dragón, sensación que solo me había provocado antes mi auténtico amo, el gran Mara.

El laberinto del Reto de los Dioses era un mecanismo que permitía a las divinidades que cumplieran ciertos requisitos enfrentarse a otros seres superiores, poniendo sus vidas en juego para ascender como divinidad y convertirse en un dios supremo. Te permitía convertirte en un ser legendario en todos los sentidos. El juego era cruel, quien fallara sería eliminado. Pero valía la pena alcanzar la victoria, ya que te convertías en un nuevo pilar del panteón. En otras palabras, el laberinto se construyó con la idea de que los participantes pudieran conseguir el poder necesario para plantarle cara al dios superior que residía en el último y más profundo de los pisos. El problema era que las acciones de Kay Heinemann se contradecían con la razón de ser del laberinto.

Existían dos formas de completar el desafío:

La primera era la normal, que consistía simplemente en descender y pasar por todos los pisos de forma lineal. Si se seguía la ruta por defecto, era necesario enfrentarse a dioses y seres mitológicos de alto rango cuya fuerza aumentaba a medida que se avanzaba. En especial, desde el piso 800 hasta el último. En ese tramo se encontraban los seres más fuertes del laberinto. Tras lograr derrotarlos se llegaba a la sala en la que «ese ser» aguardaba, y entonces tenía lugar la mayor prueba de poder que podía existir. Sin embargo, si se seguía esa ruta, no era necesario derrotar a «ese ser». Bastaba con que reconociera la fuerza del retador.

Por otro lado, la segunda ruta consistía en usar la clave de acceso que poseía toda divinidad en el laberinto para llegar hasta el último desafío y derrotar a «ese ser». La divinidad que yacía en el último piso tenía un poder que, incluso entre los dioses, desafiaba los límites de lo razonable. Pero nadie era tan estúpido como para usar la clave de acceso a la sala final y todos sabíamos que la forma más segura era limitarse a seguir por la ruta normal. No obstante, Kay Heinemann no tenía motivos para seguirla. Ese chico ya poseía el poder necesario para derrotar incluso a aquel que se escondía al final del laberinto. Toda esta información era bien conocida por todos aquellos con derecho a participar en el Reto. Es decir, todos los dioses, por lo que no tenía sentido que un dios menor siguiera aceptando los demás desafíos de la mazmorra.

Seguía intentando encontrarle sentido a aquella incógnita cuando el sol de la mañana iluminó el paisaje. En ese momento, Kay Heinemann salió de su pequeña casa de madera, y entonces, con fuerza, gritó:

—¡Atención! ¡Fiiiiirme!

—¡Sí, señor!

Al escuchar el grito, mi cuerpo se enderezó de forma instintiva, erguí la espalda como un resorte y puse la mano derecha sobre la frente.

—¡Responde! ¿¡Qué eres!?

—¡Señor, sí, señor! ¡Soy un gusano sin ningún valor, señor! —repetí la misma respuesta que llevaba dándole cada mañana desde hacía un tiempo. Al principio fue humillante, claro que lo fue. Pero a esas alturas las palabras ya me salían de la boca con suma naturalidad.

—Muy bien, recluta. Parece que, después de treinta años, incluso un gusano como tú es capaz de aprender. Alégrate, pues desde hoy dejarás de ser un insecto. ¡A partir de ahora serás un guerrero!

—¡Ah…! ¡Sí, señor! ¡S-sus palabras me placen de sobremanera, señor!

Un líquido cálido me bajó por las mejillas. «¿Por qué me tiembla la voz? ¿Por qué estoy llorando?», pensé. Un sentimiento inexplicable me estremecía y, todavía emocionado, Kay Heinemann me sonrió y me dijo:

—Girimekhala, ahora que eres un guerrero, te daré una recompensa. Dime, ¿qué tipo de mundo deseas?

Su repentina pregunta me hizo dudar. No estaba seguro de haberle entendido.

—¿Acaso me va a regalar literalmente un mundo, señor?

—Exacto. He recordado que este libro me lo permite.

—Si le soy sincero, no sé qué responderle…

—¿Cómo? ¿No se te ocurre nada? En ese caso, crearé para ti un mundo con elefantes, como el que vi hace tiempo en un libro.

Kay Heinemann comenzó a hablar en voz baja para sí mismo, y casi de inmediato la visión se me distorsionó. Lo siguiente que vi fue el paisaje nostálgico que tanto había visto en mis sueños. Una gran llanura con un majestuoso palacio. Se trataba de mi hogar.

—No… puedo… creerlo…

Entonces me quedé sin palabras. Nada que dijera podría describir lo que estaba sintiendo en ese momento. «¿De verdad Kay Heinemann tiene semejante poder?», me pregunté. Un poder como ese era inusual, un milagro incluso entre los dioses supremos. No, de hecho, crear mundos tan inmensos estaba fuera del alcance hasta de un dios supremo.

Seguía dándole vueltas cuando mi visión se distorsionó de nuevo y volví a estar frente a Kay Heinemann.

—Dime, ¿qué te parece? ¿Te gusta tu nuevo mundo?

—Señor, ¿de verdad ha creado usted ese mundo con su propia mano?

—No exactamente. Ese mundo fue creado con el bestiario que encontré en el laberinto.

Imposible. Toda la mazmorra había sido construida para formar a nuevos dioses supremos, no para superarlos. Por eso era imposible que los objetos dentro de la mazmorra tuvieran el poder de dar forma a escenarios que fueran más allá de nuestro sentido común. Sin embargo, Kay Heinemann no parecía estar mintiendo, así que ese libro realmente tenía que guardar relación. La explicación más lógica era que los objetos aumentaran sus capacidades cuando Kay Heinemann los encontraba. Un poder así no tenía sentido. No solo poseía la fuerza de un dios supremo, sino que los superaba con creces. Jamás había visto ni oído de un caso similar. Tal vez por ello no pude aguantar más las ganas que tenía de quitarme de encima una duda que llevaba tiempo carcomiéndome.

—Señor… ¿qué le ha traído al laberinto? ¿Qué es lo que intenta lograr?

Kay Heinemann tenía la capacidad de completar la mazmorra cuando quisiese, pero no lo hacía. Por qué seguía recorriendo la ruta era la más grande de las incógnitas.

—Buena pregunta. Supongo que, simplemente, quiero ser más fuerte —respondió, y su respuesta me dejó anonadado.

—¿M-más de lo que ya es?

«¿Por qué querrá volverse más fuerte? Ya posee el mayor de los poderes, ¿qué sentido tiene desear más? Su codicia insaciable escapa a nuestro sentido común», pensé.

—Pues claro, ¿por qué no? Todavía me falta mucho por aprender y muchos retos por superar. Por suerte, hace poco encontré unos guantes que me permiten sellar mis habilidades. Si me autoimpongo restricciones, podré librar batallas mucho más reñidas y emocionantes.

La persona que tenía ante mí estaba loca de los pies a la cabeza. Jamás había visto un dios como él. Sin embargo, no tardé en darme cuenta de la profunda admiración que sentía por ese ser tan sincero como desquiciado. «Ahora entiendo por qué estaba llorando», pensé. En el momento en que me di cuenta de lo que me rondaba por la cabeza, de lo que realmente sentía, mis dudas, preocupaciones y lamentos se hicieron añicos junto con la lealtad que había jurado a mi antiguo amo y señor. El feroz resentimiento que todo ese tiempo había sentido hacia Kay Heinemann se convirtió, en un instante, en una fe firme y absoluta. Por esa razón, dije:

—Mi señor. Este «gusano» le jura lealtad eterna de ahora en adelante. —Me arrodillé con gran orgullo. Tras repetir el título que mi nuevo amo me había dado, le juré lealtad con toda mi alma.

Cincuenta mil años desde el inicio del juego.

El hecho de que ya hubieran pasado cientos, miles y hasta decenas de miles de años resultaba increíble. Una vez conseguí el bestiario, volví a empezar la mazmorra desde el piso 1 y estuve varios años derrotando y encerrando enemigos dentro de sus páginas. Pero, a mitad de camino, me di cuenta de que los enemigos no resistían ni uno solo de mis golpes, así que usé los guantes de sello divino para bloquear varias de mis habilidades y fortalezas, como la fuerza y la energía mágica, y así seguir disfrutando de las batallas. Además, mis estadísticas se habían congelado y no pasaban de los diez mil puntos por mucho que me empeñara. ¿Acaso había llegado a mi límite?

Estaba seguro de que eso no era posible. No me cabía ninguna duda de que en mi interior aún existía el potencial para volverme más fuerte. Después de todo, lo único bueno que tenía mi don de El Más Inútil del Mundo era que me permitía «superar con creces el límite de absolutamente todo». En otras palabras: tenía que seguir buscando nuevas formas de hacerme más fuerte.

Por suerte, durante mi búsqueda encontré los guantes. Me había dado cuenta de que cuanto más me pusieran contra las cuerdas, más aumentaban mis estadísticas. Y, tras mucho ensayo y error con los guantes, logré restringir mi poder lo justo para poder vencer a enemigos en teoría poderosos con mi último aliento. De esa forma, logré aumentar desproporcionadamente mis estadísticas.

Todavía recuerdo la euforia y alegría que sentí cuando descubrí ese método, hacía ya muchos años. Había encontrado la forma de volverme más y más fuerte, así que, ¿cómo iba a pasarla por alto? Desde ese día, utilicé los guantes de sello divino para restringir mis poderes hasta el límite mientras seguía completando la mazmorra. Y así, tras terminar la zona de vegetación, llegué al piso 600 junto con Faf.

El piso consistía en una zona semicircular llena de hierba y rodeada por enormes cascadas. En el centro, se erguía un monstruo de categoría bestia que tenía cuerpo de humano y cabeza de león. Su torso estaba cubierto por una armadura dorada y tenía las manos desnudas.

—¡Es la primera vez que veo a un nuevo divino por aquí! ¡Ja, ja, ja! ¿Habéis llegado hasta aquí vosotros solos? Si es así, ¡no está nada, nada mal! —dijo la bestia, esbozando una exagerada sonrisa de satisfacción. Rugió al aire mientras inclinaba la espalda hacia atrás, luego tensó el brazo derecho y se inclinó abriendo las piernas. Era una postura sólida sin puntos débiles. Sin duda se trataba de un artista marcial, y de primerísima categoría.

«¡Genial! ¡Perfecto! ¡Es lo que siempre he deseado, pelear cuerpo a cuerpo contra un monstruo curtido en combate!», pensé. Desde que entré en el laberinto me había enfrentado a criaturas con habilidades muy particulares, pero era la primera vez que me enfrentaba a alguien en una auténtica batalla de fuerza física y destreza. Poder enfrentarme a un maestro de las artes marciales me ponía los pelos de punta. Estaba seguro de que, con los poderes restringidos, iba a librar una batalla que nunca olvidaría.

Miré al hombre con cabeza de león y luego le dirigí la palabra a Faf, que ya estaba lista para unirse a la pelea.

—Perdona, déjame este combate a mí. Presiento que será divertido.

Saqué la vara irrompible de la bolsa de objetos y la agarré en dirección a mi oponente. Faf quedó mirándome unos segundos.

—¡Sí, amo! —contestó poco después con energía, levantando el puño al cielo, y se alejó un poco.

—¿Quieres un combate cuerpo a cuerpo? A simple vista diría que te puede la arrogancia… Pero puedo sentirlo: al igual que yo, eres un divino que vive de la batalla. ¡Me gusta! ¡Me llamo Nemea y soy el Rey de las Bestias Divinas! ¡Te reto a un duelo!

Al terminar su discurso, respiró profundamente. Su cuerpo se tiñó de marrón rojizo, emanando energía mágica de un color carmesí intenso.

—Kay Heinemann. Solo soy un simple espadachín.

Terminadas las presentaciones, el combate dio comienzo.

Espada y puño chocaron, y de la colisión se generó una violenta ráfaga que sacudió la zona. Nemea y yo ya habíamos intercambiado varios golpes y ambos estábamos gravemente heridos. Su cuerpo sangraba y estaba lleno de moratones, pero lo mismo podía decirse del mío. Había llovido mucho desde la última vez que me enfrentaba en serio a un rival tan poderoso, y la emoción agitaba mi exaltado corazón. Pero, por desgracia, las cosas buenas siempre acaban llegando a su fin.

Esquivé por los pelos una gran onda expansiva proveniente de los puños de Nemea que dirigía a mi cara. Sin embargo, de repente, el puño cambió de trayectoria e intentó impactarme en el lateral izquierdo del cráneo. Rápidamente, giré la mano rota para desviarlo, y entonces...

—¿¡Mm!?

Su postura dejó una pequeña abertura. Aproveché ese instante para darle un golpe en el abdomen con la vara irrompible. Nemea encajó el ataque con el brazo derecho, pero su cuerpo salió rodando por el suelo.

Con la respiración agitada, empezó a levantarse poco a poco.

—¡Eres fuerte... muy fuerte! ¡Yo tengo más fuerza física, pero tu destreza marcial supera con creces a la mía! Además... sé que todavía no has peleado con todas tus fuerzas.

—Qué va. Ese golpe ha ido en serio.

Su destreza era genuina. Luchar con él no era ningún juego, y menos cuando me había roto el brazo al tratar de detener uno de sus golpes.

—¡Las artes marciales son el idioma de la verdad! ¡Solo hay lugar para la sinceridad, no para la humildad! Como divino marcial que soy, no deseo pelear contra alguien que no esté dándolo todo. Tal vez no esté a tu altura, pero, por favor, muéstrame de lo que eres capaz —dijo Nemea, agachando la cabeza con la espalda recta. No había duda de que no era algo habitual para él. Aun así, su espíritu de lucha y su corazón de guerrero le permitieron dejar a un lado su orgullo.

—Tampoco es que te esté subestimando, pero sí, tienes razón. Luchar conteniéndose es una falta de respeto a las artes marciales.

Me quité los guantes por primera vez en cientos de años, liberando su sello.

—¿¡Qu-qué demonios es ese poder!? Ja, ja, ¡ja, ja, ja, ja, ja! ¡Con razón no puedo ganar! ¡Nunca he estado a un nivel ni remotamente similar al tuyo!

Nemea extendió los brazos y empezó a reírse, haciéndome dudar de su cordura. Guardé la vara irrompible en la bolsa de objetos y la cambié por la espada de rayos, que apareció en mi cintura. La desenfundé y adopté una postura de combate.

—Esta es mi forma de disculparme por haberte manchado el orgullo. Te haré saborear la derrota con el golpe más poderoso que tengo.

Tomé aire, me concentré profundamente, y entonces...

—Auténtica esgrima estilo Kay: séptima forma, Destrucción de mundos.

Con la Raikiri, lancé un corte negro hacia Nemea. En un instante, la herida que le dejó se abrió más, y de ella salió una oscuridad que se expandió por todo su cuerpo, como si estuviera devorándolo. Mientras tanto, Nemea rio. Se estuvo riendo con locura hasta que lo único que quedó de él fue el polvo en el que se había convertido.

«Destrucción de mundos» era una técnica tenebrosa que, una vez cortada al oponente, desencadenaba su devastador efecto. No importaba lo pequeño que fuera el corte. Esa habilidad la conseguí tras terminar el adiestramiento de Girimekhala y crearle su propio territorio, así que también tenía que agradecérsela al bestiario.

Afortunadamente, Destrucción de mundos no destruía el alma de aquellos a los que consumía, así que podía usar el bestiario con ellos. Saqué el libro y apareció un mensaje que decía: «Se ha encontrado el alma de Nemea; ¿desea guardarla en el bestiario?». Me agradan mucho las personas sinceras y sin tapujos, así que quería convertirlo en mi vasallo a toda costa.

Encerré el alma de Nemea en el bestiario para más tarde recrear su cuerpo con energía mágica.

Regresé a la superficie y lo primero que hice fue liberar a Nemea del bestiario. Al hacerlo, el mismo ser con cabeza de león y armadura dorada se manifestó ante mí. Ahora solo faltaba confirmar si aceptaría ser mi vasallo por las buenas o por las malas. En cualquier caso, su destino ya estaba decidido.

—Nemea, desde hoy serás mi nuevo vasallo. No aceptaré un no como respuesta, así que obedéceme —dije, de forma muy clara y concisa. En un primer momento, Nemea parecía confuso, pero poco después...

—¡Puff, ja, ja, ja! ¡Ja, ja, ja, ja, ja!

Su evidente confusión tardó poco en desmoronarse, y el monstruo esbozó una enorme sonrisa. «¿Acaso habré dicho algo gracioso?», pensé. No me parecía haberlo hecho, pero mi nuevo vasallo era un tipo bastante jovial. Tras reírse a carcajadas, con tanta intensidad que acabó llevándose las manos al estómago, Nemea cambio su expresión de nuevo, esta vez a una más seria. Después, se arrodilló de forma solemne y puso una mano detrás de la espalda y la otra frente al torso…

—¡Desde hoy y para siempre os juro mi lealtad!

Esta vez, solo llegaron a mí las palabras que quería oír.

Sesenta y cinco mil años desde el inicio del juego.

Me tomó diez mil años más avanzar otros 100 pisos. Recorrer de nuevo los pisos del 1 al 600 me había llevado mucho más tiempo del esperado, pero fue porque decidí volver a explorarlos a fondo y coleccionar monstruos con el bestiario. A partir del 600, como me limité a avanzar sin más objetivo que alcanzar los siguientes niveles, no me llevó tanto tiempo como la primera vez. Pero por mucho que avanzara sin detenerme, que me hubiera tomado diez milenios recorrerlos dejaba claro una vez más lo estúpidamente inmenso que era el laberinto.

Y entonces llegamos al piso 700. Era un enorme espacio rojizo que no parecía tener fin, y cuyo cielo estaba teñido del mismo color. No había una sola planta ni vegetación de ningún tipo a la vista. Lo único que se podía ver en toda esa inmensa zona escarlata era un ave en el centro de un santuario.

—Oh, ¿y tú quién eres? No me suenas. Y además vienes de una pieza. ¿Tanto ha cambiado el panorama ahí abajo que ahora un don nadie puede llegar ileso hasta aquí? ¿O tal vez...?

Entonces, el ave comenzó a hablar para sí misma, absorta en su mundo.

«Venga, si tiene pinta de ser bastante débil. Es más, no veo ninguna diferencia entre esta ave y las que revolotean por los alrededores», pensé. Últimamente, medir la fuerza de los enemigos que encontraba se me había vuelto muy complicado por culpa de todo el tiempo que había estado usando los guantes de sello divino. Era todo un engorro.

—Mmm. Faf, ¿qué piensas de este?

—¡Que si lo cocinamos, quedará riquísimo! —respondió, muy en su línea, con la baba cayéndosele. No esperaba otra cosa de una niña tan glotona, y más sabiendo que le encantaba el pollo. Aunque esa no era la respuesta que quería escuchar.

—Faf, ¿cuántas veces te he dicho que te comportes? Una señorita no debe dejarse tentar por la comida. Además, te dolerá el estómago si te comes un pájaro tan raro.

—Uhh. Pero se ve delicioso —dijo, chupándose un dedo.

—Si esperas a que volvamos a la superficie, te prepararé algo que te encantará —respondí, acariciándole la cabeza.

—¡Vale, me aguantaré! —confirmó con gran energía, y alzó el puño al cielo. Qué chica tan buena.

—¿¡Co-cómo me acabas de llamar!?

—Ah. Venga ya, solo era una forma de hablar. No te lo tomes tan a pecho.

Me estaba rascando la oreja, intentando restarle importancia a la reacción del ave parlante.

—¡Imperdonable! ¡Yo, Fénix, Gran Dios de las Aves, jamás perdonaré tamaña ofensa! —gritó con indignación, y se elevó en el aire usando sus enormes alas.

—Madre del amor hermoso, ¿otra vez? Pobrecillo… … … El desafío «Derrota al Fénix» va a comenzar.

Esas palabras resonaron en mi cabeza, con la voz de la mujer de siempre. Esa vez, hasta parecía sentir pena por el ave. Había pasado una larga temporada desde la última vez que la había oído. De hecho, por alguna razón, no la había vuelto a escuchar desde que Faf se unió a mí.

—¡Amo, esta vez quiero pelear yo!

Faf se limpió la saliva de la boca y chocó los nudillos de metal que llevaba en las manos. La verdad es que no quería desilusionarla, pero era obvio que lo que pretendía era comerse el ave.

—No, lo haré yo.

—¿Eeeeh? ¡Pero amoooo! —dijo, inconforme con mi decisión. Tal y como esperaba. Por eso mismo, decidí ofrecerle a cambio lo que ella más deseaba:

—Si te aguantas un poco más, te prometo que te prepararé el pollo frito que tanto te gusta.

—Uhh. De acuerdo.

Como era de esperar, sus ganas de pelear no habían desaparecido por completo, porque volvió a chuparse el dedo.

—¡¡No me subestiméééééis!! —gritó iracunda el ave desde el cielo. Un instante después, un gran pilar de fuego cayó sobre nosotros.

No obstante, Faf se deshizo de él moviendo la mano derecha como si estuviera espantando un mosquito, y como yo tenía la habilidad de absorción del fuego, no tuve que hacer absolutamente nada.

—¿¡Qué!? ¿¡Por qué mi fuego no les ha hecho mella!?

Saqué la espada de rayos y de un solo corte abatí al ave, que ya estaba soltando las obviedades de siempre. La había partido en dos, así que esperé un momento a que saliera el mensaje de finalización del desafío, pero no apareció.

—¡Ja, ja! ¡Ja, ja, ja, ja, ja! ¡Tus ataques son inútiles contra mí!

El ave seguía vivita y coleando arriba en el cielo y se reía a pleno pulmón.

—¿Mm? Juraría que te había matado de un corte.

No dudaba lo más mínimo de mis acciones. Era imposible que siguiera con vida.

—¡Imbécil! ¡Soy el Ave Fénix, Dios Inmortal de las Aves! ¡Mi cuerpo es indestructible! ¡No conoce la muerte! Tus ataques jamás me…

Probé de nuevo, y esta vez le corté solo la cabeza y las alas.

—Parece que no está mintiendo… pero ¿cuántas veces podrá resucitar?

—¡Oye, mocoso! Deja de cortarme mientras ha…

La siguiente vez probé a cortar todo su cuerpo en pequeños pedacitos, pero rápidamente ardieron y, entre llamas, se reconstruyó como si nada.

—¡Te digo que dejes de cortarme mientras hablo! —dijo el pájaro, mirándome de forma amenazante mientras se elevaba hasta lo más alto para distanciarse de mí—. ¿¡Ahora lo entiendes!? ¡Soy el Dios de las Aves! ¡Este es mi poder! ¡La muerte y la resurrección son parte de mi existencia! ¡No importa cuántas veces muera, jamás pereceré!

Si las arrogantes palabras que estaba escupiendo eran ciertas, entonces matarle no serviría para nada. El poder de regeneración no era algo que no hubiera visto ya en el laberinto. Me había topado con muchos enemigos de alta capacidad regenerativa, pero era la primera vez que estaba frente a uno de vidas ilimitadas.

—¡Ja! ¡Ja, ja, ja!

No pude aguantar la risa mientras pensaba: «¡Maravilloso! ¡Qué ave tan fantástica! Eso significa que jamás seré capaz de vencerla de forma tradicional».

Claro que, si utilizaba cierta técnica de mi repertorio, era muy probable que sí que pudiera vencerla. Pero lo emocionante de todo aquello era que habían pasado miles y miles de años desde el último enemigo al que no podía vencer usando únicamente la fuerza bruta.

—¿¡Tanto te ha afectado saber que no podrás derrotarme!? —dijo el ave con voz potente. Aquellas palabras llenas de arrogancia parecían servir más bien para ahuyentar la inquietud que debía estar sintiendo en ese instante.

—¡Eres un ser asombroso! ¡El mejor oponente que he visto en miles de años!

—Pobrecilla… Ahora sabrá por qué quise dejar de ser la supervisora de los desafíos de este monstruo… —dijo con suavidad la voz femenina que resonaba en mi cabeza mientras me preparaba para el comienzo de mi batalla a muerte con aquella extraña ave. No podía evitar sentirme eufórico.

Habían pasado cinco horas desde el comienzo de mi batalla a muerte contra aquel pájaro tan extraño. Estuve cortándolo en pedacitos muy pequeños una y otra vez, hasta que finalmente la perceptiblemente cansada voz de mujer resonó en mi cabeza:

—Ya, ya, déjalo. Se ha confirmado la muerte de Fénix. El desafío ha sido completado. Otra vez.

—¿Qué?

«Un momento. Solo han pasado cinco horas. Es imposible que la batalla haya terminado en tan poco tiempo, y menos cuando esa Ave Fénix se jactaba tanto de ser inmortal», pensé. Pero la tabla transparente frente a mí me sacó de mi error: «Se ha encontrado el alma de Fénix. ¿Desea guardarla en el bestiario?», ponía.

«¡Maldita sea! ¿¡A qué venía jactarse tanto de ser inmortal!? ¡Esperaba que me durara al menos unos diez años!», pensé enfadado. Mi decepción solo se había visto incrementada por las altas expectativas que tenía puestas sobre ese pajarraco. «En fin..., de acuerdo. Parece que tendré que capturarlo en el bestiario y corregirle la personalidad a tortas».

Seleccioné «Sí» y capturé el alma de Fénix.

—Oye, amo, me muero de hambre —dijo Faf, visiblemente insatisfecha.

—Sí, perdona. Dame un momento y te preparo el pollo frito que tanto te gusta.

—¡Yuuuupi! —gritó, llena de emoción, mientras daba saltos de felicidad.

—Ahora que lo pienso, menos mal que la batalla no ha durado diez años. No creo que hubieras podido aguantarte las ganas de comer durante tanto tiempo.

Después de aquel comentario tan obvio como cierto, regresamos juntos a la superficie.

Me llamo Faf y soy una dragona. Pero no una dragona cualquiera, sino una diosa dragón, una dragona divina. ¿Y qué hacía Faf en medio de aquel laberinto frío y oscuro? Pues la verdad es que lo único que puedo decir es: «no me acuerdo, ha pasado mucho tiempo». Seguramente alguien me pidió que lo protegiera, pero lo que sí recuerdo es que esa persona me dijo algo importantísimo. Creo que era algo de que tenía una misión muy, pero que muy importante. Quizás por eso estuve tantos años en ese piso del laberinto, esperando a que alguien viniera a luchar contra mí.

¡Y tras esperar muchos años, el momento llegó por fin! ¡Mi amo estaba allí! Con un solo corte de su espada, derritió la pared que tenía detrás de mí sin despeinarse, acabando con la barrera resistente a todo tipo de ataques que protegía la zona en la que yo vivía. Por un momento tuve mucho, mucho miedo, pero entonces recordé una cosa que alguien me dijo hacía tiempo: «Algún día alguien capaz de liberarte aparecerá. Cuando eso pase, no tengas miedo y ve con él». Por eso quise acompañarle, para que fuera mi amo.

Así empezó mi vida junto a él. Empezamos a comer juntos, a explorar juntos, a entrenar juntos, a leer juntos y a dormir juntos. Pero había una cosa más importante para mí que todas las demás.

—¡Amo, amo! ¡Está delicioso!

Adoraba la comida que mi amo preparaba. ¡Se me derretía en la boca!

—¿En serio? Me alegro.

Mi amo siempre me acariciaba la cabeza con cariño. Era muy relajante, sentía tanta paz que no podía evitar cerrar los ojos.

Después de comer, salimos juntos afuera. Allí estaba Girimekhala, uno de sus vasallos, arrodillado junto a más monstruos. No me sonaban de nada, así que supuse que eran nuevos vasallos.

—Mi señor, permítame presentarle a mis nuevos subordinados —dijo Girimekhala, y los subordinados inclinaron la cabeza hacia el amo.

—¡Bien, muchachos! ¡Espero mucho de vosotros! —respondió el amo con su saludo habitual para animarlos.

—¡Sus palabras nos honran, mi señor! —respondieron los nuevos vasallos al mismo tiempo, temblando mientras se les salían las lágrimas. Para Girimekhala y sus subordinados, mi amo no era solo un señor al que servir, sino un dios en el que creer de corazón. Para ellos, las palabras del amo equivalían a una orden divina, y cada vez que veía cómo lo alababan con tanto respeto me sentía muy, muy orgullosa.

Era otro día más de exploración del laberinto con mi amo. Me encantaban esos días. ¿Por qué? Pues porque Faf era la única que tenía permiso para acompañarlo.

Ese día mi amo y yo llegamos al piso 750. Era una zona enorme y en el centro encontramos una lagartija gigante. Mi amo la cortó en pedazos una y otra vez, pero como tenía una gran capacidad de regeneración era muy difícil de matar. El amo se quejó de eso varias veces, pero en el fondo se lo veía muy feliz.

Un poco después, cuando la lagartija gigante dejó de moverse…

—¿Mmm? Ah. Parece que ya está muerta —murmuró mi amo en voz baja. El rostro se le llenó de tristeza y tenía un aire de soledad.

Sentí un dolor extraño en el pecho y me dieron ganas de abrazarlo.

—¿Faf? ¿Pasa algo?

Levanté la mirada con timidez y allí estaba mi amo, acariciándome la cabeza con su sonrisa de siempre. Verle así me tranquilizó tanto…

—No, amo, no es nada —respondí en voz baja mientras pegaba la cara contra su pecho.

—¿Quieres volver a la superficie a…? ¿Mm? Espera, ¿qué es eso?

El amo me agarró la mano de repente y miró hacia atrás, donde vimos a un montón de pequeños cuerpos mocosos saliendo del cadáver de la lagartija.

—¿Limos? —dijo.

En ese momento, los limos comenzaron a reunirse a nuestro alrededor.

—¡Fuera! —grité, porque pensaba que iban a atacar al amo. El cuerpo se me estremeció y la preocupación se apoderó de Faf. Me preparé para abalanzarme y acabar con ellos, pero…

—Tranquila, Faf. No parece que vayan a atacarnos.

El amo me cogió de la mano otra vez para detenerme. Luego, se dirigió a uno de los limos y lo acarició. Después se sumó otro, y luego otro más. Los limos parecían estar muy contentos con las caricias de mi amo.

—Ey, ¿estabais atrapados dentro del monstruo?

Los limos temblaron todos a la vez, y tras unos segundos en silencio, el amo dijo:

—Ahora sois libres. Disfrutad de esa libertad y vivid como gustéis.

Nos dispusimos a volver a la superficie, pero, esta vez, siguiendo los pasos del amo teníamos a un montón de limos.

Pasaron muchos días y los limos seguían junto al amo. Los había convertido en habitantes de uno de los mundos del bestiario. Seguramente al principio se sentían agradecidos con él por haberlos salvado y por eso no querían alejarse, pero creo que ya lo hacían solo porque les gustaba mucho estar con él. Mi amo no solo era fuerte, sino también muy popular. Por eso todos, toditos, todos los que vivían en el bestiario lo amaban mucho ¡muuuuuuuuuuucho!

Pero, a pesar de lo alegre que estaba solo de pensarlo, había algo que no dejaba de preocuparme: su cara de soledad de aquel día. Cuando le daba vueltas acababa siempre imaginando lo peor, como que el amo tal vez desaparecería algún día y nos dejaría aquí a Faf y a los demás. Esa idea tan horrible siempre terminaba volviéndome a la mente. Por eso, un día decidí preguntarle mientras me acariciaba la cabeza, como de costumbre:

—Amo…

—¿Mm? ¿Qué pasa?

—¿Te quedarás siempre sieeeempre conmigo?

Mi amo pareció un poco confundido por la pregunta, pero respondió casi al instante con su sonrisa agradable de siempre:

—Por supuesto. Siempre estaremos juntos. —Parecía haberse pensado bien la respuesta. Sus palabras me aliviaron mucho más de lo que hubiera imaginado y ayudaron a que Faf se acurrucara y pudiera dormirse.

Ojalá esa felicidad durara para siempre…

Ochenta y cuatro mil noventa y nueve años desde el inicio del juego. Piso 899.

A primera hora de la mañana, salí de la tienda de campaña que había traído conmigo para seguir explorando con Faf.

—*¡Gig, gig!*

En la superficie había un montón de hombres saltamontes que había capturado con el bestiario del cazador. Estaban en fila practicando poses de artes marciales. Unos extendían los brazos, otros los puños... y frente a ellos había un hombre con cabeza de león que tenía los brazos cruzados.

—¡Alto! ¡Atención! —gritó con fuerza Nemea, el hombre león, y los insectos se irguieron y se quedaron completamente quietos.

«Es verdad. Hoy tocaba entrenar a los hombres saltamontes», pensé. Nemea instruía a todos los monstruos que tenía bajo mi mando, ocupándose de una especie diferente cada día. A los que no les tocaba entrenamiento con el dios de las artes marciales se los mandaba a entrenar con moderación en el laberinto o en su propio mundo dentro del bestiario. Gracias a esa rutina, todos los monstruos bajo mi mando se estaban volviendo más y más fuertes.

Como de costumbre, me puse frente a ellos y los saludé:

—¡Buen trabajo! ¡Descansad!

—¡*Gig gig!* (¡Sí, señor!)

Los miles de hombres insecto saludaron al unísono, colocando la mano izquierda tras la espalda y la derecha en el pecho. Tratarlos con disciplina había ayudado a que fueran más obedientes, permitiéndonos enseñarles formas de comunicarse con nosotros. Como consecuencia, el rendimiento del entrenamiento mostró una mejora.

—¡Yo también quiero ir con el amo! —dijo el pequeño lobo que se me había subido a la cabeza, con la pata derecha levantada. Pero no era el único, a los limos también les dio por juntarse a mi alrededor y empezaron a seguirme.

El cachorro que tenía sobre la cabeza se llamaba Fenrir, mientras que a los limos que se arrastraban por el suelo los llamaba simplemente «limos curativos». Fenrir era el jefe del piso 800, pero, como saltaba a la vista, no era más que un cachorro de lobo. No quise levantar la espada contra él, así que, tras buscar una forma de evitar un enfrentamiento físico, decidí domarlo con comida. Por suerte, mi repertorio culinario había aumentado considerablemente gracias a la carne y a unas verduras que había encontrado en la zona de jungla del laberinto. Además, había empezado a estudiar cocina usando unos libros de mi colección, así que el número de platos que podía hacer se había visto incrementado. Entre mis nuevos conocimientos y la abundancia de ingredientes, pude preparar una carne muy sabrosa bañada en una salsa especial que hizo que Fenrir se rindiera sin mucho esfuerzo.

Al principio pensaba que adoptaría forma humana, como Faf, pero como no lo hizo, supuse que mi niña dragón debía de ser un caso muy especial. La verdad es que sentía curiosidad por saber qué condiciones debían cumplirse para que un monstruo adoptara forma humana.

En todo caso, tras comerse la carne que preparé, él mismo quiso convertirse en uno de mis vasallos, y como no tenía nada que objetar, ahí seguía.

Los limos curativos eran el jefe final del piso 750. Bueno, en realidad el jefe de ese piso era la lagartija gigante, pero los limos estaban dentro de él, otorgándole una gran resistencia y capacidad de regeneración. Tras derrotarlo y sacarlos de su cuerpo, comenzaron a seguirme a todos lados y se convirtieron en fieles vasallos.

—Claro, no hay problema. Ya iba siendo hora de sacarte a pasear un poco —respondí a Fenrir o, mejor dicho, Fen, como le había empezado a llamar—. Lo siento, chicos, hoy os tendréis que quedar aquí.

Con una sonrisa, acaricié a los limos y empezaron a temblar de alegría. Sin embargo, mientras lo hacía, la dragoncilla a mi lado protestó:

—¡No vale, yo también quiero! ¡Amo, mímame a mí también!

Faf era, en pocas palabras, una niña caprichosa. Quería que la mimara y le prestara atención todo el tiempo, y eso solo se vio potenciado cuando Fen y los limos curativos se unieron al grupo.

—Ya, ya.

Suspiré sonoramente y acto seguido me puse a acariciarle la cabecita a Faf. Después de mimarla un rato, solté a los limos y me adentré en el laberinto. Me coloqué frente al punto de transporte del piso 899 y luego bajé hacia el 900.

Las escaleras de piedra pasaban por el interior de una serie de estructuras de color rojo. Estas tenían forma de arcos rectangulares y estaban formadas por dos pilares verticales conectados por dos tablones horizontales paralelos entre sí que a su vez estaban verticalmente conectados por su centro. Supongo que se trataba de las puertas *Torii* de las que hablaba uno de los libros que había leído sobre la existencia de otros mundos.

Cuando terminé de atravesar las puertas rojas, llegué a una zona llena de árboles con un suelo de grava blanca que se extendía a lo largo y ancho de la superficie, y en cuyo centro se erguía una construcción de madera que recibía el nombre de *Jinja*. Si tuviera que definirlo, diría que parecía un santuario.

La puerta de madera principal se abrió con un fuerte crujido. Desde el otro lado del umbral, apareció una criatura con forma de mujer hermosa y joven con nueve colas. Su cabello plateado brillante le llegaba hasta los tobillos, la forma de su cuerpo seguía unas elegantes y atractivas curvas que se veían rematadas por su voluptuoso pecho y en su cabeza llamaban la atención dos orejas de zorro. Estaba casi seguro de que era un monstruo del mismo tipo que Nemea. Su ropaje también lo había visto antes en uno de los libros sobre otros mundos: era lo que llamaban kimono.

—Te doy la bienvenida a mi humilde y recóndito hogar, galante dios anónimo —dijo con una voz clara y hermosa. A juego con su pomposa forma de hablar, la mujer extendió ambos brazos para recibirme con elegancia. O algo así, supongo.

—Déjate de formalidades y ríndete.

Un simple vistazo era todo lo que necesitaba para saber que era débil. No tenía intención de hacerle daño a alguien tan frágil sin que hubiera hecho nada que así lo mereciera. Si se rendía, tal y como habían hecho Faf y Fen, no me vería obligado a hacerle daño.

—Querido, ¿acaso intentas hacerme reír? —preguntó la mujer con orejas de animal, arqueando la ceja, confundida, pero esbozando una sonrisa.

—Eres demasiado débil. Ni siquiera tenemos que luchar. Y, si te soy sincero, no quiero hacerlo. Tu única opción es rendirte, ¿lo captas?

Pensaba que mi lógica era impecable. Que se lo había dejado tan claro que lo habría entendido perfectamente. Pero no, la mujer no pareció inmutarse.

—Ju, fu. Ju, fu, fu, fu, fu…

Y una suave pero escalofriante risa se le empezó a escapar de la boca.

—Claro, te entiendo. Ríete si quieres, pero te agradecería que anunciaras tu derrota rápido, que no tengo todo el día.

«Aunque tampoco es que tenga nada más que hacer», pensé.

—Fu, fu, fu, fu, fu, fu…

Su risa se podía escuchar cada vez mejor.

—¿Mm?

Cada vez me parecía más excéntrica, hasta que llegó un punto en el que un escalofrío me avisó de que algo iba mal.

—Amo… esta señorita da miedo —dijo Fen, tratando de esconderse detrás de mí.

—Amo, yo también tengo miedo —dijo Faf, ya escondida detrás de mí, y asomó un poco la cabeza para observar a la mujer con orejas de animal.

«Tranquilos, pequeños, os entiendo perfectamente», pensé. Incluso yo empezaba a sentir miedo de la tenebrosa risa de la demoníaca mujer zorro.

—¿Que soy débil? ¿Acaso he oído mal? ¡Entonces, compruébalo tú mismo!

La mujer entró en cólera. Con su pelo plateado erizado, se me abalanzó, blandiendo garras afiladas como cuchillas.

La mujer vulpina de piel blanca como la porcelana estaba agotada. Sudaba sin parar y jadeaba sonoramente.

Primero me atacó con pilares de fuego, agujas de agua, espadas de viento, etc. Pero, como gracias a mis habilidades absorbía todos los elementos, ninguno de sus ataques funcionó contra mí. Al final, tuvo que limitarse a tratar de atacarme con sus garras.

—¿Todavía no te rindes?

—¡Lo haré cuando lo crea pertinente!

Esquivé con facilidad el ataque en picado en dirección a mi cabeza, pero entonces la mujer resbaló y estuvo a punto de caer de bruces contra el suelo. Antes de que eso sucediera, extendí el brazo derecho, la agarré por la cintura y empujé su esbelto cuerpo hacia el mío.

—¿Ves? Deberías hacerme caso —dije, con las caras tan cerca que nuestras narices casi se tocaban. Por alguna razón, el rostro se le puso muy rojo. En vista de que estaba tan nerviosa que no paraba de forcejar, la liberé y se levantó de nuevo.

—Ya va siendo hora de irme. Mañana vendré de nuevo a entretenerme —dije, dándole unos golpecitos afables en la cabeza, y volví por donde había venido.

No me importaba ser su compañero de pelea por una temporada. De todos modos, el tiempo era algo que me sobraba.

Pasaron cuarenta años desde que llegué al piso 900 y empecé a pasar el rato con la mujer vulpina, Kyūbi. Para continuar al siguiente piso tenía que derrotarla, pero no tenía ni la más mínima intención de recurrir a la violencia. Aún menos desde que me di cuenta de que, en el fondo, no era más que una niña en el cuerpo de una adulta. Por suerte tenía todo el tiempo del mundo, así que no había prisa. Solo tenía que esperar a que se cansase.

—Bien. Suficiente por hoy.

La mujer estaba empapada de sudor, así que opté por dejar de jugar con ella y me dispuse a regresar a la superficie.

—Oye...

—Dime.

Su voz me detuvo, así que me giré para ver qué quería.

—¿Cuándo volverás? —preguntó la chica, jugueteando con las manos. Estaba avergonzada, y aunque no podía dejar de mirarme también parecía estar evitando el contacto visual girando la cabeza cada vez que la miraba.

—Ah... Mañana, supongo —respondí sin titubear.

—¿¡En serio!? ¡En ese caso, aquí te estaré esperando! —dijo, feliz, con una gran sonrisa y moviendo las manos con alegría.

A decir verdad, yo solo quería que se diera por vencida de una vez por todas.

Por desgracia, el día siguiente no pude ir. Los dragones del bestiario del cazador habían creado una especie de sindicato llamado «El Consejo de Protección del Honor Draconiano», con su propia bandera y todo, y exigían que la facción de Giri-mekhala se disculpara con ellos. Por lo visto, el problema era que uno de los comandantes de ese bando los había llamado «lagartijuelos». A mí, sinceramente, me pareció una estupidez como un campanario, pero los dragones estaban tan molestos que la situación se agravó y todo acabó volando por los aires.

Al final, Faf y yo tuvimos que hacer de mediadores. Dos días después hicimos que el bocazas del comandante de Giri-mekhala se disculpara y así se zanjó el problema. Por cierto, Faf era la líder de los dragones, pero también hacía las veces de su mascota. En vista de que los dragones siempre se ponían de buen humor cuando la tenían cerca, ese día le ordené que se quedara con ellos para calmarlos. De paso, así podía empezar a tratarle poco a poco el síndrome de abstinencia que sufría cuando no me tenía cerca.

Tras hacer todo eso, bajé de nuevo al piso 900 para ver a la mujer de nueve colas, pero…

—¿Qué te pasa? ¿No quieres pelear? —le pregunté, pero se limitaba a ignorarme, con los mofletes inflados en una mueca de indignación.

—…

Ni una palabra. Silencio absoluto.

En serio, tenía tela lo infantil que podía ser. Se estaba comportando de forma tan inmadura como Faf, y así era imposible que continuáramos nuestra pelea. Como no había nada que pudiera hacer, me puse en pie, decidido a regresar a la superficie, pero ella, enfadada, preguntó:

—¿T-te vas a ir ya?

«¿Qué quiere que haga si no?», pensé.

—Oye. Si tanto te desagrada estar sola, ¿por qué no vienes conmigo? Te puedo asegurar que será más entretenido que vivir aquí.

—¿Qui-quieres que vivamos juntos?

—Sí. Es lo que te estoy diciendo.

La chica comenzó a juguetear con las manos y a mover las colas sin parar.

—D-de acuerdo. Pero con una única condición —dijo, titubeante.

—¿Mm? ¿Qué quieres?

—Quiero que me lleves en brazos. Ya sabes, como cuando nos conocimos.

—¿En serio? ¿Eso es todo?

—...

La chica de nueve colas se sonrojó y asintió sin decir nada. «Madre mía. Si eso era todo lo que necesitaba, que me lo hubiera dicho mucho antes». La verdad es que, dado que apenas me tomaría una pequeña fracción de mi infinito tiempo, no tenía razones para negarme. No suponía ningún problema.

Acerqué a la chica hacia mi cuerpo y la levanté con los brazos. Al hacerlo, la cara se me puso aún más roja, casi como un tomate.

—¿T-te puedo llamar «sol mío»? —preguntó, otra vez titubeante. Se trataba de otra pregunta que no merecía la pena contestar, pero bueno.

—De acuerdo. «Sol mío», «luna mía» o lo que quieras, todo me vale —respondí con indiferencia, como de costumbre. Pero, por alguna razón, Kyūbi hundió la cara en mi pecho.

«Esta mujer es impredecible, de verdad. Soy incapaz de adivinar qué se le pasa por la cabeza», pensé. Al menos, ya podía avanzar al siguiente piso. Con ambos brazos, sostuve su cuerpo con delicadeza y volví a la superficie, sin que Kyūbi me soltara ni un solo momento.

Noventa y cinco mil trescientos treinta y tres años desde el inicio del juego. Piso 949.

El piso en su totalidad era un escenario exageradamente inquietante. Un cielo cubierto por oscuras nubes, árboles muertos desparramados por todos lados, criaturas misteriosas, escalofriantes y violentas vagando por la zona y cadáveres de animales que ni sabía qué eran pudriéndose a lo largo del terreno apenas iluminado. Alguien normal se habría visto seriamente afectado por ese ambiente enfermizo. Mi yo del pasado se habría acobardado, pero hacía mucho tiempo que había aprendido a mantener la calma en todo momento. Eso sí, no podía permitir que Faf tuviera que experimentar un lugar tan deprimente, así que decidí investigar yo solo mientras ella dormía. Faf tenía un sueño profundo y, una vez dormida, no despertaba hasta el día siguiente, de modo que podía aprovechar la oportunidad que me brindaba la noche. Sin embargo, era consciente de que difícilmente podría engañarla para siempre, y que una vez se diera cuenta no me lo perdonaría. Por esa razón, opté por intentar terminar el piso lo más rápido posible.

Con esa idea en mente, marchaba acabando con todo ser que se interponía en mi camino. Así hice con un monstruo serpiente del tamaño de una montaña o con unos tiburones que nadaban a través del suelo. Seguí avanzando sin sacarme nunca de la cabeza que debía encontrar la entrada al siguiente piso, pero en medio de mi travesía vislumbré a lo lejos lo que parecía ser un castillo.

—Creo que eso es… Bueno, la escalera al siguiente piso no, de eso estoy seguro.

Como amo de Faf, ahora mismo me encontraba en la tesitura de un padre que tenía que volver con su hija para cumplir una promesa, o se montaría un escándalo de llegar a notar mi ausencia. No tenía tiempo para revisar el castillo. Muy a mi pesar, la curiosidad me venció en cuanto vi un enorme letrero con forma de flecha en el que ponía:

«¡Castillo del bebé Bú, paraíso de la pestilencia! ¡Prohibido el paso sin autorización!».

«Es irresistible, maldición. Es que no vale, esto es jugar sucio. ¿En serio se creen que alguien va a poder ignorar un cartel como este? Es como si me pidieran a gritos que entrara. Pero bueno, pensándolo con mayor detenimiento... tampoco creo que tarde demasiado si solo entro a echar un vistazo y me marcho inmediatamente», pensé, y repetí la última parte para mis adentros una y otra vez con todas mis fuerzas, mientras caminaba en dirección al castillo.

—El letrero no mentía. Joder si apesta.

Un olor nauseabundo me entró por los orificios nasales a medida que me acercaba a la puerta de metal negro. Esta se abrió por su cuenta, pero para mi disgusto, tras cruzarla el hedor solo empeoró.

En el interior del castillo había una larga alfombra de un rojo brillante, y más allá de ella había un grupo de monstruos con cabeza de mosca erguidos sobre dos patas, divirtiéndose y bailando los unos con los otros. Estaban muy animados para tener un enemigo justo delante.

—La cosa se está poniendo interesante.

Desde el piso 800, todos los monstruos con los que me había encontrado o ponían pies en polvorosa al verme o izaban la bandera blanca. Había pasado bastante tiempo desde la última vez que me topé con monstruos que ni se amedrentaban ni se mostraban hostiles nada más verme. Es más, estos me respondían con una actitud jovial. No parecían incapaces de sentir la fuerza ajena, así que su comportamiento tenía que ser un indicio de lo mucho que creían en la suya. Sin embargo, no eran mucho más fuertes que los demás monstruos, por ende tenían que ser esbirros de alguien mucho más poderoso. De hecho, el espectáculo que tenían montado podría ser mero entretenimiento para ese ser. En ese caso, podría ser la primera vez en decenas de miles de años que tuviera que quitarme los guantes de sello divino y pelear a muerte, como en los viejos tiempos. El simple hecho de pensar en la posibilidad de ver mi anhelo cumplido al fin hizo que mis expectativas aumentaran en cuestión de segundos.

—Nada mal, sabéis dar la nota.

Avancé lentamente mientras trataba de mantener a raya mi impaciencia. Con cada paso que daba, la pestilencia aumentaba, pero no le di importancia. Un olor desagradable no era nada comparado con el desmesurado deseo de batalla que mi corazón pedía a gritos con cada latido.

Finalmente, llegué a la sala del trono. Una hermosa alfombra roja cubría la elegante escalera que conducía al trono. A cada lado había un hombre mosca que se mantenía inmutable, y en lo alto se encontraba el trono, en el que se sentaba una enorme mosca bípeda con una corona en la cabeza y una elegante capa roja. No obstante, la criatura también tenía una especie de babero alrededor del cuello y un chupete en la boca. Pero a pesar de su ridícula apariencia, pude notar una poderosa aura que provenía de él.

—Belce belce belcebú. Belce belce belcebú. Bú bú, bub bub, bú bú —comenzaron a cantar al unísono los hombres mosca de los laterales. Al hacerlo, la gran mosca del chupete en la boca se levantó haciendo mucho ruido y puso la mano sobre el pecho con elegancia.

—Belce belce belcebú. Belce belce belcebú. Bú bú, bub bub, bú bú. Maloliente por la *noshe*, repugnante por el día, el *másh apeshtosho* de *losh hombresh moshca, eshe shoy* yo, bebé Bú —dijo, al ritmo de sus canciones.

—Ya, mucho gusto, Su Pestilencia. ¿Vas a luchar conmigo?

—Belce belce belcebú. Belce belce belcebú. *Eshtiércol* y hedor, lo único que el gran Bú *deshea* —entonó el hombre mosca, sin perder el ritmo. No sabía si había escuchado siquiera mi pregunta. Y lo peor era que los otros hombres mosca también le seguían el juego.

—Te lo preguntaré una última vez: ¿vamos a luchar o no?

—Belce belce belcebú. Belce belce belcebú.

El insecto de la corona seguía con sus coros, aparentemente sin intención alguna de responder a mi pregunta. La madre que lo parió, era muy difícil comunicarse con él. Desde que empecé a recorrer el laberinto no me había encontrado nunca con ningún enemigo así.

«A ver qué hago yo ahora», pensé. Pero, entonces...

—¿Mm?

De repente, una sensación que me traía viejos recuerdos me recorrió el brazo izquierdo. Bajé la mirada solo para darme cuenta de que se estaba derritiendo. Y entonces, el brazo fue atravesado por tres garras.

—Kish, kish, kish.

El hombre mosca de la corona empezó a reírse a carcajadas de forma extraña. Parecía estar pasándoselo en grande.

—Hum. Entonces, ¿tienes el poder de manipular el espacio?

Las tres enormes garras habían salido de la nada desde una neblina negra. A juzgar por la neblina que cubría parte del brazo del rey mosca, se podía afirmar que era capaz de usar algún tipo de habilidad de control dimensional.

—Interesante.

Su poder parecía interesante, en efecto, y bastante útil, pero no era la primera vez que me topaba con un monstruo con esa habilidad. Había derrotado a muchos con habilidades similares o más brutales que la suya, pero ninguna había sido capaz de dañarme. Su habilidad para derretir cosas a distancia había sido la primera que pudo hacerme mella.

—Han pasado siglos desde la última vez…

Eso quería decir que existía la posibilidad de que el monstruo frente a mis ojos fuera capaz de cumplir mi anhelo más profundo y darme la batalla con la que había estado soñando desde hacía siglos. No importaba cuánto limitara mis poderes con los guantes de sello divino, todas mis batallas acababan en cuanto comenzaba a luchar en serio.

—¿Kish?

El rey de las moscas dejó escapar otra risa más, esta vez mezclada con un poco de confusión y preocupación.

—Disfrutemos de nuestro dulce, duuuulce duelo a muerte.

Expresé el deseo que consumía el interior de mi alma y, movido por mi sed de batalla, me dispuse a saborear la dulce golosina que era para mí un buen duelo a muerte.

La mosca gigante de la corona resultó ser muy fuerte. Sí, luché con mis habilidades restringidas, pero de todos modos la batalla fue memorable. El único que había logrado eso en los últimos milenios había sido Nemea. Y lo más increíble era que, con todos los golpes que había recibido, seguía vivo y erguido sobre sus dos patas. Que no hubiera desaparecido tras nuestra intensa batalla era una clara muestra de su fuerza.

—...

El rey mosca se quedó inmóvil, observándome sin decir ni una palabra. Su cuerpo ya estaba para el arrastre, y cualquiera diría que estaba a punto de desplomarse. Aun así, se las arregló para hacer que su moribundo cuerpo se arrodillara con respeto. Al hacerlo, el resto de hombres mosca siguieron su ejemplo.

Apenas unos instantes atrás estábamos teniendo una feroz batalla. No entendía lo que pretendía Su Alteza, pero me tenía confundido.

—¡Amigo mío, *eresh*... *eresh* muy muuuy muuuuuuuuuuuuuuuuuy *ashqueroshamente* fuerte! ¡*Eshtoy* conmovido, *ecshaltado, emoshionado, impreshionado*! —dijo el rey mosca. Sus innumerables ojos (y lo de innumerables lo digo en sentido literal) brillaban de la emoción.

—Gra-gracias…, supongo.

Me sentía un poco confundido. De repente, el rey había empezado a comunicarse como alguien normal.

—Como que me llamo Belcebú que te voy a *sheguir haaaaaaaaashta* el fin del mundo, amigo mío.

El rey movió sus enormes y grotescas manos en señal de rendición y alabanza. Al hacerlo, el bestiario del cazador apareció ante mí y las páginas se pasaron solas de forma descontrolada hasta llegar a la última. Entonces, tanto Belcebú como el resto de hombres mosca fueron absorbidos, y en la página quedó grabada la información de Belcebú y sus incontables vasallos.

En ese momento, una voz resonó en mi cabeza:

—¡Im-imposible! ¡Tiene que ser una broma! ¿¡Cómo es posible que el gran Rey de la Gula, el demonio más fuerte de todos, haya sido vencido con tanta facilidad!? ¡Y lo peor es que ha sido con el maldito palo para principiantes! ¡Es inaudito! ¡Es imposible, esto no puede estar ocurriendo! ¡No quiero pensar en lo que pasará si dejo que un monstruo como este salga al mundo exterior!

Era la misma voz de mujer de siempre, pero esta vez estaba mucho más agitada. Era la primera vez que la oía así. Aunque, bueno, ya era propensa a reacciones que nunca había llegado a entender, pero que tampoco me molesté en hacerlo. Me daba bastante igual.

En ese momento lo importante era ver qué iba a hacer con el moscardón.

—Parece que quiere venir conmigo… o eso ha dicho.

No me pareció mala idea, sobre todo porque al menos podíamos comunicarnos. El problema era su fuerte hedor, pero eso se solucionaba creando un mundo solo para él y los suyos. Además, tenía que admitir que encontrar a alguien capaz de seguirme el ritmo en una pelea ya resultaba casi imposible, así que no quería desaprovechar la oportunidad.

—¿Eh?

De repente, me di cuenta de que en el centro de la sala había aparecido una caja de metal negro. Seguramente se trataba de la recompensa de siempre, pero aun así era extraño porque el combate contra el hombre mosca había sido mera casualidad, no una batalla para avanzar al siguiente piso. Sin mencionar que la deprimente voz de siempre me habría avisado si hubiera formado parte del desafío principal. «¿Es otra trampa engañabobos?», pensé al acercarme, pero aun así quería saber qué había en su interior y la abrí: dentro había una espada. «¿Una katana?», pensé, y la curiosidad me llevó a analizarla.

Murasame:
Una espada maldita forjada en otro mundo. La Murasame es una katana que posee voluntad propia.

Nivel del objeto:
Avanzado.

«¡Lo sabía!». En su momento le tomé mucho cariño a mi Raikiri, así que me daba la impresión de que esa tal Murasame podría ser mi nueva compañera.

—Madre mía. Ni siquiera sé cuánto tiempo llevo en este castillo, pero lo más seguro es que Faf ya esté despierta. Será mejor que regrese cuanto antes.

Guardé mi nueva espada, me levanté y me dispuse a caminar de vuelta a la superficie para prepararle algo de comer a mi niña dragón. Mientras, trataba de ignorar a la deprimente voz en mi cabeza, que seguía murmurando para sí misma.

—¡A ver, desgraciados! ¿¡Quién os ha dicho que podéis descansar!?

—¡*Gig gig!* (¡Señor, nadie, señor!)

En la superficie había un montón de monstruos en fila extendiendo el puño derecho al son del grito de Nemea. Se trataba del entrenamiento diario que los monstruos del bestiario realizaban todas las mañanas.

Nemea era el dios de las bestias, una divinidad guerrera que dominaba las artes marciales y que llamaba la atención por su cabeza de león. Tiempo atrás había derrotado a un dios maligno temido por todos, y dicha hazaña le granjeó un nombre entre los dioses de alto rango. Como era el ser de mayor destreza marcial, comenzó a autoproclamarse con orgullo «Rey Divino de las Bestias». No obstante, el tiempo había acabado poniéndolo en su lugar, y él mismo se dio cuenta de que había sido un necio al comprobar que había muchos otros más fuertes que él. Era evidente que su fuerza era irrisoria en comparación con la de su amo, un ser extremadamente poderoso, pero tampoco podía hacerle frente a Fafnir, la diosa de los dragones, ni a Belcebú, el más poderoso de los demonios. Es más, poco a poco se fue quedando atrás con respecto a otros nuevos vasallos, como Kyūbi y Fenrir, ya que ahora su amo los entrenaba en persona.

Por supuesto, él seguía siendo superior en el dominio de las artes marciales, pero en una batalla real, donde no se seguían reglas, se quedaba rezagado en comparación con otros. El poder del señor al que deseó servir era demasiado exagerado. Rozaba lo irracional, y casi lo mismo se podía decir de los poderes de sus vasallos, que iban desde otros dioses a los que había derrotado hasta todo tipo de criaturas legendarias. Los poderes de todos ellos no solo aumentaban, sino que seguían evolucionando a medida que su señor encerraba las almas de nuevos vasallos en su extraño bestiario. Al hacerlo, de alguna forma conectaba con sus almas, así que en cierto sentido era su amo el que les otorgaba dichos poderes.

En principio, el Reto de los Dioses era una prueba de alta dificultad para aquellos cuyo objetivo era ascender a dios supremo. En aquel lugar solo podían habitar seres poderosos porque era la última y más difícil de las pruebas que todo dios debía afrontar. Sin embargo, el nuevo amo de Nemea de alguna manera había logrado que esas poderosas criaturas consiguieran aún más poder, cosa que probablemente no estaba al alcance de nadie más en todo el mundo.

«Mi señor… ¿quién sois realmente?», se preguntó Nemea. Afirmaba ser un humano corriente, pero era difícil tomarse esa afirmación en serio. Era como si no estuviera siendo del todo sincero. «Es imposible que alguien tan poderoso sea un dios novicio, y menos aún, uno anónimo», pensó.

Al contrario que él, había a quienes no les importaba mucho quién fuera en realidad. Como, por ejemplo, al grupo que estaba rezando frente a la casa de su señor.

—¡Oh, señor! ¡Ser supremo!

—¡Perdónanos a nosotros, sarta de pusilánimes insignificantes!

—¡Perdónanos a nosotros, sarta de rufianes estultos!

—¡Perdónanos a nosotros, sarta de incompetentes!

—¡Permítenos a nosotros, sarta de vasallos indignos, gozar de vuestra protección y la tierra hacer prosperar!

—¡Permítenos a nosotros, sarta de seguidores abyectos, acabar con aquel que vuestra autoridad ose desafiar!

Girimekhala era un dios pérfido. Los miembros de su facción eran dioses en su mayoría, todos ellos también malvados, pérfidos. O, como mínimo, demonios a secas. Ver a un grupo de dioses rezando no era algo precisamente normal. Sin embargo, la fe que profesaban por Kay Heinemann era tan real como sincera. Para Girimekhala y toda su facción, su señor era un dios, una figura de autoridad inviolable. Por esa razón, venían tan temprano a ofrecerle sus fervientes plegarias.

Por otro lado estaban los dragones, liderados por un dragón dorado de siete cabezas. Esos reptiles también habían venido a visitar la casa de su amo, y a cada paso que daban hacían temblar el suelo.

—¿¡Quién está haciendo tanto ruido!? ¡Que estamos en medio del rezo matutino al Señor!

Girimekhala dirigió sus tres ojos hacia el dragón áureo sin abandonar su postura de adoración.

—¡Los únicos ruidosos aquí son ustedes, ineptos! ¿¡Acaso creen que al gran amo le hará gracia que lo despierten con sus estupideces a estas horas de la mañana!? —gritó Ladón, el Dragón Dorado, sin esconder su enfado.

—¿¡Qué has dicho!? ¿¡Acaso estás insultando nuestra fe!?

—¡Su fe no es lo que reprochamos, sino el molesto nivel al que la llevan!

Verlos discutir era, de hecho, bastante habitual. Pero si seguían así, acabarían despertando de verdad al amo al que tanto adoraban.

—¡Basta ya! ¡Estáis en presencia del amo!

Gracias a las palabras de Nemea, ambos bandos recuperaron la compostura y la facción de Girimekhala huyó a su mundo, mientras que los dragones se tumbaron en el suelo y se hicieron los dormidos. Siempre igual: nunca aprendían la lección.

«Qué exasperante», pensó Nemea. Las discusiones entre la facción de Girimekhala y la facción de los dragones eran el pan de cada día. Aunque no se llevaban tan mal como para considerarse enemigos, el problema era la diferencia en su forma de expresar la lealtad hacia su amo. Lo mismo ocurría con Nemea y todas las demás facciones existentes, pero las de Girimekhala y Ladón eran las más destacables y las que mayor rivalidad se mostraban. Por ejemplo, la razón por la que Ladón y los otros dragones adoraban a Kay era que él portaba el título de Asesino de dragones, y expresaban su adoración trayéndole comida con frecuencia a modo de ofrenda. No obstante, existía otra razón.

—Buenos días.

—¡Buenas, chicos!

—Buenas.

Kay Heinemann, Fafnir y Fenrir salieron juntos de la casa.

—¡Todos en formación!

Al grito de Nemea, todas las criaturas que estaban entrenando ese día se pusieron en fila y colocaron un puño frente al pecho y la otra mano en la espalda en señal de respeto. Ladón también se levantó e hizo una reverencia.

—Gran amo, aquí tiene las frutas y la carne que hemos recogido en nuestro mundo. Por favor, acéptelas.

Con sumo cuidado, Ladón colocó las ofrendas en el suelo frente a su amo.

—Oh, gracias. Faf, mira, ci… No, ni ella se podría comer todo esto —dijo, y se paró un segundo a pensar—. Vale, ¿qué tal si hoy montamos un banquete? También aprovecharé el licor de frutas que me dio Shūten el otro día.

Shūten era un demonio alcohólico. Uno bastante trabajador, pero a veces un poco complicado de tratar, cosa que no quitaba que el licor que preparaba fuera de lo mejor.

—¡Yuuuupi! ¡Un banquete! ¡Hoy habrá un banquete, viva! ¡Ladón, muchas gracias! —dijo Fafnir en agradecimiento y acto seguido le dio un abrazo. Al ver aquel gesto, todos los demás dragones se derritieron de ternura. Esa era la otra razón por la que los dragones tenían una fe tan ferviente como la de Girimekhala: adoraban a Fafnir con todo su ser. Harían cualquier cosa por complacerla, fuera lo que fuera.

Kay Heinemann se dio la vuelta hacia la puerta de su casa, y de su interior salió bostezando una mujer de cabello plateado.

—Kyūbi, si no recuerdo mal, sabes cocinar, ¿no? Échanos una mano.

Antes de que pudiera cerrar la boca, su amo le había dado una orden.

—Como ordene, mi sol.

Esa petición hizo muy feliz a Kyūbi. Los ojos le brillaron de la emoción y fue a darle un abrazo a su amo. Al igual que

Fenrir y Fafnir, Kyūbi había estado durmiendo últimamente en la casa de Kay y acompañándolo a todas partes.

—Informad a Girimekhala del plan de hoy. ¡Los demás, a preparar el banquete!

Tras un alentador grito, todos se pusieron manos a la obra.

Nemea se quedó absorto observando lo que estaba ocurriendo frente a sus ojos. Todos los seres que convivían bajo su mando eran dioses, guerreros divinos y toda clase de criaturas legendarias. Todos tenían un enorme orgullo, pero ahora estaban unidos bajo un solo mando y trabajaban codo con codo para cumplir la orden de su único señor. Era un escenario surrealista, uno que ningún dios, ni siquiera uno supremo, habría podido recrear en el pasado.

—Te escapas a mi comprensión, querido amigo.

Sorprendido una vez más, y al mismo tiempo dándose cuenta de lo grande que era su nuevo amo, Nemea se unió a los preparativos para el banquete.

CAPÍTULO 3
EL ÚLTIMO DESAFÍO DE LOS DIOSES Y EL RESCATE DE LA PRINCESA

Cien mil setenta y siete años desde el inicio del juego. Piso 999.

Los años pasaron en un suspiro y cuando me quise dar cuenta ya estaba a punto de llegar al final del laberinto.

Gracias a que Belcebú conocía el piso 950 como la palma de su mano, llegar a la sala del jefe me llevó apenas unos días. El monstruo que esperaba mi llegada era un gigante bípedo con cabeza de pulpo y de actitud arrogante que acabó siendo una decepción más para la lista. Era mucho más débil que Belcebú, así que acabé con él en cuestión de segundos.

A partir del piso 951, las paredes, techos y suelos estaban hechos de un tipo de piedra negra que no reconocía. Como a Faf le venía bien algo más de educación, la llevaba conmigo de exploración hasta tarde durante varios días. Una vez confirmaba que el piso no era tan peligroso como el 950, también permitía a Fen y Kyūbi que me me acompañaran. Al final de cada día de exploración, me unía al jolgorio nocturno que montaban los monstruos del bestiario. Y antes de irme a dormir leía hasta que conciliaba el sueño. Así de tranquila era mi vida.

Durante esa rutina leí tanto que conseguí una nueva habilidad llamada «Bibliomemoria fotográfica». Como se puede intuir, se trataba de una habilidad que me permitía recordar cualquier cosa que leyera al menos una vez, aunque se limitaba a los libros. Según uno de los manuales de medicina que había leído hacía un tiempo, el cerebro humano es capaz de almacenar una cantidad descomunal de recuerdos, pero con una habilidad como aquella ya nunca tendría que preocuparme de olvidar el contenido de texto alguno.

Con todo lo que había vivido a lo largo de los años empecé a pensar que ya no tenía motivos para salir de la mazmorra, que no me importaría vivir allí para siempre. Pero entonces llegué al punto más profundo del piso 999. Allí había un tablón metálico en el que ponía «Prueba final».

—Bien, ha llegado el momento. ¿Estás lista? —pregunté a Faf, aunque por dentro, en realidad, estaba pensando: «¡Como no me tranquilice un poco, de la emoción me va a dar un patatús!». Faf respondió de inmediato con gran entusiasmo:

—¡Armada hasta los dientes, amo! —dijo, alzando el puño al cielo.

Ambos bajamos a la sala del último desafío. Al llegar, entramos en una enorme sala de forma cilíndrica y paredes pintadas de negro. En el centro había una sola mesa y una única silla, ambas de lujo. Un hombre de elegante apariencia estaba allí sentado, leyendo un libro. Llevaba puesta una túnica morada que lo hacía parecer un mago, pero su rostro era tan hermoso y delicado como el de una mujer. Al fijarme mejor, reconocí que llevaba en el ojo derecho un objeto que solo había visto en libros: un monóculo.

—¿Mm? ¿Quién eres? —preguntó cuando se percató de nuestra presencia, y tras un breve vistazo emitió su veredicto—: No me sonáis. ¿Acaso me vais a decir que un dios anónimo ha llegado hasta aquí?

El caballero cerró su libro y se puso en pie. Mi reacción fue simple: adoptar una postura firme y desenvainar la Murasame.

—¿Otra vez con esas? Estoy cansado de deciros que solo soy un humano. Y la niña que tengo a mi lado es un... sí, es un dragón.

—¡Bien dicho! —respondió Fafnir, alzando la mano derecha al cielo, esta vez cubierta por un guantelete metálico que había encontrado en el laberinto.

—Em... En primer lugar, estamos dentro del Reto de los Dioses. Este lugar se construyó para decidir qué dioses podrían optar a elevar su rango al de dios supremo de su mitología. Por tanto, sería completamente inaudito que un mero humano lograse siquiera acercarse a su cima —dijo el hombre, frunciendo el ceño con desagrado.

«Se ve que es otro pirado más. Y, para empezar, ¿qué dioses? ¡Si en este laberinto no hay ningún dios!», pensé.

—Pues no sé qué decirte. La realidad es que soy un humano, a secas. ¿A que sí, Faf?

—¡Así es! ¡Mi señor es *probablemente* un humano!

«Faf, ese "probablemente" no era necesario», pensé.

—¡Ja! *Probablemente* o no, vos carecéis tanto de sentido común como de educación. Sea como fuere, me tomaré la molestia de discernir el alcance de vuestras posibilidades.

Tras terminar su intervención, un brillante círculo mágico apareció alrededor de su monóculo. Imaginaba que sería un objeto similar a mi habilidad Análisis, aunque la mía no era capaz de mostrarme las habilidades de los enemigos.

—¿Disculpa?

De repente, el hombre abrió los ojos de par en par sin apartar la mirada.

—¿¡Qué es lo que ven mis ojos!? ¡No es posible! ¡No, no, claro que no! ¿¡Cómo pueden ser tan altos!? —dijo, alzando la voz mientras sudaba a mares.

—¿Satisfecho? Vamos. Es hora de matarnos.

«Este tipo es el jefe final del laberinto, así que seguro que es muy fuerte», pensé. Por eso decidí ir en serio e hice uso de todas las habilidades que un humano como yo tenía a su disposición. Estaba seguro de que iba a ser un duelo a vida o muerte.

Empecé utilizando Revestimiento mágico en la Murasame y después, para aumentar mi fuerza física, usé Fuerza adamantina. Tras todos esos años de intenso entrenamiento de esgrima, había conseguido tres formas más, así que ya no tenía siete formas, sino diez. Todas ellas resultaban letales para cualquier enemigo, pero no contaba con que fueran tan efectivas contra el jefe final. De todos modos, en el peor de los casos podía contar con la Forma final. Si ninguna de las anteriores funcionaba, podía zanjar el combate de un solo golpe, fuera cual fuera la fuerza del enemigo. El problema era que tras usarla me quedaba inmóvil al menos un día entero, pero como podía contar con Faf y los demás, eso tampoco suponía un problema tan grave.

«Primero un ataque de prueba, para evaluarlo», pensé. Me agaché un poco sobre la alfombra roja que cubría el suelo, y en cuanto traté de impulsarme...

—¡¡E-espeeeerad, un momeeeeentoooooo!!

El caballero del monóculo se puso pálido y levantó las manos.

—¿Qué pasa ahora? Espero que no te estés rindiendo sin haber intercambiado ni un solo golpe.

Era como una broma de mal gusto. Estaba tan emocionado pensando que al fin había encontrado un enemigo con el que tener una batalla encarnizada sin limitaciones... Había que tener muy poco tacto para no ver el problema.

—¡Resulta que eso es justo lo que intento hacer! ¿¡Acaso estáis loco!? ¡No voy a enfrentarme a alguien cuyas estadísticas harían huir a una estatua!

«¿Y cómo quieres que lo sepa? Hace tiempo que mi habilidad de análisis no funciona ni a la de tres», pensé. Cada vez que trataba de revisar mis estadísticas, solo veía caracteres raros que parecían garabatos. Estaba convencido de que la culpa era mía por abusar tanto de mi «pobre» habilidad.

—¿Y qué necesidad tienes de llamarme loco si no me conoces? Los jefes de piso sois unos maleducados. Pero bueno, menos hablar y más atacar. Desde hace un rato, me muero de ganas de pelear contigo.

Alteré el flujo de mi poder mágico para adaptarlo mejor a la batalla.

—¡Esperad! ¡Piedaaad! ¡Aaaah! ¡No me matéis! ¡Me rindo!

Pero antes de que pudiera siquiera asestar el primer golpe, el caballero volvió a levantar las manos. «¿Por qué es tan gallina?», me pregunté. Había visto piltrafas con más agallas que él a lo largo de la mazmorra.

La voz de siempre resonó en mi cabeza. Su tono ya sonaba como el de una persona que había perdido toda esperanza:

—Se ha confirmado la rendición de Astaroth, juez del desafío final. El Reto de los Dioses ha finalizado. Como bonificación por la apabullante victoria de Kay Heinemann, Astaroth se convertirá en su sirviente personal.

—¡N-no tan rápido! ¿¡No creéis que convertirme en el sirviente de este monstruo es pasarse tres pueblos!? —gritó Astaroth hacia el techo, como si estuviera a punto de romper a llorar. No, de hecho, las lágrimas se le estaban saliendo por el rabillo del ojo. Justo después, apareció un tablón transparente:

> Astaroth se ha convertido en tu sirviente.
> Has desbloqueado el título «Amo del Demonio gallina».

Se veía que Astaroth no era del agrado ni de quien fuera que administrara el laberinto. Tras la aparición de la tabla flotante, toqué la pantalla para ver los detalles del mensaje:

> Gracias a la obtención del nuevo título, las siguientes habilidades se han fusionado: «Toxiabsorción», «Paraliabsorción», «Petroabsorción», «Piroabsorción», «Aquabsorción», «Terrabsorción», «Aeroabsorción», «Glacioabsorción», «Electroabsorción», «Luminoabsorción» y «Obscuabsorción»,
>
> Se ha obtenido la habilidad «Omniabsorción elemental».

Según había entendido, la habilidad para desarrollar y fusionar otras habilidades solo se le otorgaba a quien tuviera el dudoso honor de subyugar a aquel cobarde. A pesar de lo mal que sonaba el título, su efecto no estaba nada mal. Al final, la bonificación hizo que valiera la pena que Astaroth se convirtiera en mi sirviente.

Pero el mensaje en la tabla transparente no terminaba ahí:

¡¡ENHORABUENA!!
¡Has completado el Reto de los dioses!

Como recompensa, se ha expandido la capacidad de captura del bestiario a todo tipo de especies a excepción de los humanos con más nivel del permitido.

Como bonificación, también se te devolverán de forma automática los recuerdos de tu vida anterior a tu entrada en el reto.

... ...

Los recuerdos han sido restablecidos con éxito.

En el interior de mi cabeza volvió a emerger, con total claridad, una enorme cantidad de recuerdos llenos de nostalgia, pero tenía un serio problema con ellos: ¿de verdad antes de entrar en ese lugar era un niño tan escuálido y cobarde? Solo pensarlo ya me resultaba desagradable. Así de incómoda y abismal era la diferencia entre el yo que acababa de completar el Reto y el yo de hacía decenas de miles de años. Pero, a fin de cuentas, no me quedaba otra que acostumbrarme.

Seguía sumido en mis pensamientos cuando un círculo mágico apareció bajo nuestros pies. El círculo brilló, y cuando abrí los ojos, me encontraba de nuevo en aquella cascada que había visto hacía ya tantísimo tiempo.

Me di cuenta de que la entrada que llevaba al Reto de los Dioses ya no estaba. Salí de la cueva y respiré aire fresco. La brisa nocturna se mantenía viva en mis recuerdos recién recuperados, pero era la primera vez en cien mil años que la sentía. Me embargó la extraña melancolía que se siente cuando se echa de menos algo que se ha olvidado, pero sin recordar exactamente de qué se trata.

Ahora que estaba en el exterior, lo primero era decidir qué iba a hacer y cómo. Aunque hasta hacía unos momentos había estado jactándome de mi fuerza, ya recordaba lo horrendo que era mi don, y con ello temí que toda la fuerza que había poseído como Kay Heinemann no hubiera sido más que una ilusión muy bien orquestada.

«¿Cómo si no me iba a volver tan fuerte luchando contra enemigos salidos de mi propia imaginación? Menudo ignorante que estoy hecho. Si de verdad fuera tan difícil superar el laberinto, habría muerto ahí dentro. Seguro que estaba en modo fácil. ¿Cómo si no lo iba a completar un inútil como yo?», pensé.

Los grandes poderes del mundo real tenían que estar por encima de los del Reto de los Dioses. Autoridades como los Cuatro Reyes Demoníacos, el Héroe, los cazadores de rango S… Definitivamente, mi yo de hacía unos instantes habría querido luchar contra personas como esas. «¿Por qué cojones lo único que tenía en la cabeza hasta hace unos momentos era pelear a muerte?», pensé. La verdad es que me bastaba con recordarlo para que se me pusiera la piel de gallina.

En todo caso, lo importante en ese momento era actuar con cabeza. De ahí que me preguntara qué debía hacer a continuación. ¿Tal vez conseguir una licencia de cazador y viajar por todo el mundo? No, claro que no. Lo primero era decidir cómo salir de rositas del problema que tenía entre manos: aún tenía a ese hombre y a sus bestias siguiéndome el rastro.

—Ya te has cansado de huir, ¿eh?

Entonces, de entre la maleza del bosque apareció el hombre pelirrojo, un tanto débil y que vestía de negro.

—Mira, has aguantado bastante bien para ser un enclenque inútil. Te confieso que por un momento creí que ibas a lograr escabullirte cuando te vi entrar en esa niebla tan extraña. Me puse nervioso y todo, ¿sabes? —dijo el hombre. Sin embargo, las bestias dieron un paso en frente, como si lo estuvieran protegiendo.

«¿Mm? No parece muy fuerte. Según mis recuerdos era una auténtica amenaza… Qué raro. Supongo que tendré que luchar contra él para comprobarlo», pensé.

—¿Eh? ¿Qué ha pasado con la ropa que llevabas hace nada? Además, ¿no estabas solo? ¿De dónde han salido esas dos monadas? —dijo, relamiéndose con los ojos puestos sobre Faf y Astaroth.

—Os voy a ejecutar —dijo Astaroth, crujiéndose los nudillos mientras la vena de la frente le amenazaba con explotar. Tenía que admitir que su enfado estaba más que justificado.

No solo se había referido a él como una mujer, sino que además lo estaba mirando con lujuria.

—Y la otra fijo que sería muy popular entre esos cerdos pedófilos. Si la vendo como esclava sacaré un buen pellizco —dijo, poniéndose la mano en la barbilla.

Faf no tardó en expresar la incomodidad que le provocaba su mirada.

—Amo, este tipo no me gusta. Da asquete. ¡Deja que Faf lo mate! —dijo, apretando ambos puños.

—Aguanta un poco, ¿vale? Primero quiero preguntarle un par de cosas —dije mientras le acariciaba la cabeza en un intento de calmarla. Astaroth era racional, o al menos lo parecía, pero Faf iba en serio, así que había que mantenerla a raya.

Si mis recuerdos previos al laberinto no me fallaban, al hombre se le había escapado algo sobre un plan, así que no era mala idea sacarle toda la información que tuviera. Además, Faf para mí era irremplazable, ni en broma iba a permitir que nadie le hiciera daño.

—En ese caso, permitid que lo haga mi persona. Este gusano se vanagloria en exceso para no ser más que un simple humano —dijo el demonio galli… digo, Astaroth. Yo, por mi parte, lo miré con incredulidad—. No me miréis de esa manera, tan solo he de interrogarlo evitando que fenezca.

Dio un paso al frente mientras crujía los dedos de nuevo, esta vez cubiertos con unos guantes blancos. «Entiendo cómo te sientes, de verdad, pero eres muy débil. No deberías ir a bocajarro contra el peligro», pensé.

—No, déjamelo a mí. Quiero comprobar cuánta fuerza tienen sus bestias —le respondí.

—¿Se refiere a esos animales? Pero, milord… son meras alimañas —afirmó, observándolas. Qué falta de educación. Aunque no negaré que alimañas era justo lo que eran. Al fijarme mejor, pude ver que no eran ni la mitad de amenazantes que los demonios del laberinto.

Como consecuencia del aumento de mi fuerza física y mi número de habilidades, se me había vuelto más complicado juzgar la fuerza de mis enemigos. Por eso empecé a entrenar usando los guantes de sello divino, pero parecía que haberlos llevado puestos durante miles de años había acabado siendo contraproducente. Ya no solo no podía juzgar bien la fuerza de mis enemigos, sino que todos me parecían muy inferiores a mí en todos los sentidos. Podía jugármela intentando adivinar su fuerza, pero las únicas opciones que se me ocurrían eran débil, muy débil, extremadamente débil, ridículamente débil o tan débil como un mosquito. Pero claro, eso solo era aplicable a los monstruos, con humanos no estaba tan seguro. ¿Y cómo iba a estarlo? Hacía cien mil años que no veía a ninguno. Lo único de lo que podía estar seguro era que no podía confiarme demasiado con el adversario que tenía ante mí. Por eso decidí ir a por todas y saqué la Raikiri de la bolsa de objetos.

—¿¡Acaso estáis locos!? ¿¡O es que el miedo no os deja daros cuenta de la situación en la que estáis!? —gritó el hombre pelirrojo.

Había unos cuarenta enemigos entre todas las bestias negras y su dueño. Mi yo de antes de entrar al laberinto probablemente se hubiera quedado temblando de miedo, incapaz de pensar en una forma de escapar. Mi yo de ahora no sentía que hubiera ningún peligro, y por eso opté por empezar evaluando las capacidades de mi enemigo.

—Auténtica esgrima estilo Kay: primera forma, Línea mortal.

Se trataba de mi ataque más básico, el que podía realizar con tanta naturalidad como respirar. Tras pronunciar su nombre, una línea atravesó a las bestias y al instante cayeron todas al suelo, reducidas a pedazos de carne.

—¿Eh?

El hombre pelirrojo miró atónito los trozos de bestia repartidos por el suelo. Tal y como había dicho Astaroth, no eran más que alimañas. No obstante, el mundo seguía siendo peligroso y no podía bajar la guardia en ningún momento. Especialmente yo, que desde antes de entrar en la mazmorra ya llamaba la atención más de la cuenta.

—Ya está. El siguiente eres tú. Dime, ¿qué querías decir con eso de un «plan»? ¿O sigues sin querer hablar?

Recordé que entre mi colección de libros había un manual de tortura. No lo había abierto porque Faf siempre quería leer lo mismo que yo, y temía que tuviera un impacto negativo en su educación. Sin embargo, quizá a partir de ese momento me viniera bien echarle un vistazo.

En cualquier caso, tenía que sacarle información, pero no sabía cómo hacerlo. Lo único que sabía era que, si le hacía suficiente daño, era posible que acabara cantando. Aunque no pudiera usar Panacea sobre otras personas, por suerte seguía teniendo una auténtica barbaridad de pociones curativas. Y no exagero: eran tantas que no hubiera sido capaz de dar siquiera una cifra aproximada.

—¡A-aléjate de mí! ¡Aléjate, monstruo!

El pelirrojo sacó un par de dagas con las manos temblorosas, pero rápidamente se las corté con la Raikiri, luego le disloqué los brazos y, para terminar, se los puse del revés. Cuando sintió cómo los huesos le atravesaban la piel, soltó un grito desgarrador. Ese grito marcó el comienzo del interrogatorio.

En cuanto empecé a interrogar y torturar al joven pelirrojo, lo soltó absolutamente todo. Por lo visto, el cabrón de Fracton tenía planeado deshacerse de la princesa Rosemary lot Amelia secuestrándola y llevándola al imperio. Al final la chica que viajaba conmigo resultó ser la mismísima santa que había invocado al Héroe.

La verdad es que eso hacía que muchas cosas al fin cobraran sentido. Es más, aunque había tenido mis sospechas, me pareció sorprendente que no me hubiera dado cuenta antes.

Al parecer, el tal Fracton era el aristócrata prepotente con bigote que acompañaba a Rose. Saber que era un renegado tampoco me importó mucho, ya que en mis recuerdos solo había rencor hacia él. Pero ese desgraciado no era el único en el ajo. Por lo que parecía, para cumplir la misión también habían enviado a un invocador llamado Enz y a Siegniel Gastrea, el Espadachín Imperial.

Según los recuerdos del Kay de entonces, los invocadores eran magos que poseían una de las magias arcanas más poderosas que existían: la que permitía llamar a criaturas de otros mundos. Enz era un hombre del que se decía que tenía un contrato con el Rey de los Espíritus, lo que lo convertía en un invocador único incluso entre los de su oficio.

El bestiario del cazador almacenaba las almas de las criaturas a las que vencía y luego me permitía usar mi energía mágica para conferirles otro cuerpo o incluso crear un mundo individual para cada una. Funcionaba de un modo similar a la idea que tenía de una magia de invocación. Aun así, no era tan ingenuo como para pensar que las piltrafas que había reunido en la mazmorra pudieran ser lo bastante fuertes como para vencer con facilidad a criaturas invocadas desde otros mundos. Además, no tenía que olvidarme del Espadachín Imperial, que suponía otro gran peligro.

Desde un punto de vista estratégico, escapar habría sido una opción lógica, pero en ese momento no era algo que me pudiera permitir. No tenía intención de arriesgarme a luchar contra enemigos tan fuertes, pero para el antiguo Kay Heinemann no había otra alternativa. Ya no podía echarme atrás. Si Rose estaba en peligro, no podía quedarme al margen. Tal vez fuera por la conversación que habíamos tenido poco antes de que entrara en la cueva, o tal vez porque había descubierto que era la mejor amiga de Lena, mi amiga de la infancia. El caso es que sentía que el Kay de antaño guardaba con ella una conexión especial. No quería tener que darle malas noticias, no quería verla triste… Por eso, decidí quedarme y pelear. Aunque quizá esa no fuera la única razón.

En todo caso, iba en contra de mis nuevos principios huir con el rabo entre las piernas y darle la espalda a una pelea solo porque no estuviera seguro de si lo que me esperaba era la victoria o la derrota. Era algo que yo jamás haría. Al menos, no mi nuevo yo.

Además, entre mis enemigos también se encontraba Ashburn Gastrea, el antiguo Espadachín Imperial. Al pensar en su nombre, me vinieron a la cabeza recuerdos lejanos. Jamás había visto una técnica tan refinada como la suya. Aunque nunca llegué a enfrentarme a él de verdad, sabía lo peligroso que era. Pero lo más raro era que la idea de chocar mi espada contra la suya me resultaba de lo más emocionante. Era posible que pronto pudiera enfrentarme a su heredero en carne y hueso, y no contra un producto de mi imaginación.

El mundo actual estaba plagado de enemigos poderosos, y no me cabía la menor duda de que ese tal Siegniel Gastrea era uno de ellos. A pesar de que jugarme la vida por un simple afán de batalla fuera ridículo, era algo que deseaba hacer con todo mi ser, que formaba parte de lo que me hacía ser Kay Heinemann.

«Bueno, el tiempo corre, habrá que darse prisa», pensé.

En primer lugar, tenía que encontrar un modo de romper las filas enemigas. Eran demasiados, y por tanto requería de una gran fuerza de apoyo. Habría preferido no tener que recurrir a ello, pero la situación me exigía la colaboración de mis queridos y alegres compañeros.

Saqué el bestiario del cazador y pasé las páginas hasta dar con la de los hombres saltamontes. En dicha página estaba escrito que la cantidad disponible llegaba a 9999. El número de espacios disponibles se basaba en la fuerza de cada especie, de manera que mientras más fuertes eran los monstruos, menor era el número de espacios disponibles para su raza. Me pareció un poco enfermizo que tuviera 9999 espacios para coleccionar hombres saltamontes y que estuvieran todos llenos. «¿Cómo es que tengo tantos monstruos?».

Como mi intención inicial era la de formar un equipo de exploración, decidí que con cien de ellos tendría suficiente.

—¡Libéralos! ¡Adelante, cien hombres saltamontes!

En cuanto recité la orden, cien monstruos exactos se materializaron ante mis ojos.

—*Gigi, ¿gaga?* (Amo, ¿nos llama?)

Los hombres saltamontes hicieron una reverencia tras juntar el puño derecho con la mano izquierda.

—¿Estos monstruos pertenecían a los últimos pisos? Porque creo que… No, puedo asegurar que no eran tan fuertes. —Astaroth dudó un segundo, y continuó—: Milord, creo que me debéis una explicación.

—Tienes razón. Verás, como parte de una de las recompensas del laberinto recibí un libro que me permite recolectar las almas de los enemigos que derroto para luego volver a materializarlos utilizando mi energía mágica —dije, y saqué el libro—. Mira, es este.

Astaroth observó el libro con el monóculo y de pronto se alteró tanto que empezó a sudar a chorros. Se desplomó y se llevó las manos a la cabeza.

—¿¡Se puede saber a qué clase de psicópata se le ocurre entregarle *esa cosa* a alguien así!? ¿¡Y por qué!?

Astaroth estaba llorando mientras decía más tonterías del estilo. Así que pasé, me puse frente a los hombres saltamontes y les dije:

—En este bosque hay un grupo de personas vestidas con túnicas negras que controlan bestias oscuras similares a panteras negras. Creo que también tienen un ogro. Quiero que se las intercepte y entretenga todo el tiempo posible para que podamos llegar a tiempo a nuestro destino. Eso sí, ni se os ocurra arriesgar la vida, quiero que todos regreséis sanos y salvos, ¿entendido? —ordené con severidad. A su extraña manera, esos hombres saltamontes eran mis subordinados, así que no quería que ni uno solo de ellos muriera por mi culpa.

—¿*Gig gi gig gi, ga ga ga gag*? (¿Le importa si los matamos?)

—No. Lo único que quiero es que no corráis riesgos innecesarios, pero si creéis que podéis acabar con ellos, adelante.

—¡*Ggagaga*! (¡Muchas gracias, mi señor!)

Los hombres saltamontes respondieron con su peculiar llanto, a lo que Astaroth reaccionó forzando una sonrisa incómoda, y Faf asintió con una sonrisa radiante.

—Bien, pues... ¡que comience la operación!

—¡*Gigi*! (¡Sí, señor!)

Todos hicieron otra reverencia y se dispersaron a través del bosque.

—En fin, mientras ellos hacen su parte, encarguémonos nosotros de la nuestra.

—¡Venga, vamos! —dijo Fafnir, apuntando al cielo con el puño derecho.

Astaroth la miró de reojo y preguntó con la mano en la cara:

—Milord, tengo una pregunta: ¿En serio creéis que los hombres saltamontes pueden llegar a perder?

—¿Te parece raro? A fin de cuentas, eran monstruos de los primeros pisos, y con lo fácil que fue el laberinto no creo que puedan ganar si los enemigos no se contienen. Pero bueno, digo yo que al menos podrán entretenerlos lo suficiente.

De hecho, todos los monstruos que había coleccionado habían sido entrenados durante miles y miles de años, así que estaba seguro de que cumplirían con su misión al pie de la letra.

—Haced lo que os plazca. Por mi parte, me desentiendo —murmuró Astaroth. Encogió los hombros, sin motivación suficiente para tratar siquiera de protestar.

Los hombres saltamontes corrían a toda velocidad por el campo de batalla, rebosantes de emoción en medio de un bosque ensombrecido por la oscuridad de la noche. Los insectoides temblaban de entusiasmo y felicidad por haber recibido la primera orden de su gran señor: obstruir el camino de los necios enemigos para hacerle ganar tiempo. Aunque el enemigo fuese fuerte, solo pensaban en enviarlo al más allá. Para ellos, demostrar la superioridad de su amo era la prueba definitiva de su lealtad.

Los insectos avanzaron sin detenerse, impulsados por una enorme determinación y dispuestos a aniquilar a sus enemigos. A su paso, las ramas de los árboles crepitaban y el suelo se estremecía.

Arboleda de Silke, campamento de la unidad de invocadores de panteras negras, zona oeste.

—Me aburro, dime algo divertido —dijo con un suspiro un invocador de pelo negro, corto y con flequillo—. ¿Se puede saber qué mosca les ha picado para tomar la decisión de enviarnos a capturar a una chica que jamás en su vida ha pisado un campo de batalla? ¡Que somos de los más fuertes del imperio, no unos recaderos!

—No queda más remedio que tragar. Sea una cría o una mujer, estamos hablando de la única persona capaz de realizar el ritual de invocación de héroes —respondió otro de cabello dorado y corte a tazón.

—Ya, pero ¿y tú qué opinas del Héroe? Yo creo que el señor Enz le daría una paliza.

—Pienso igual. Supongo que los del imperio también quieren tener un as bajo la manga con el que poder derrotar al Rey Demonio. Ya sabes, por eso de que, según cuenta la leyenda, el Héroe es quien más posibilidades tiene contra él.

—Ajá, ¿y? ¿Qué ganamos nosotros?

—No lo sé. Pero piénsalo de esta forma: una vez le saquemos información sobre el ritual, seguro que nos dejan hacer lo que queramos con la chica siempre que sea con fines de investigación.

—¿¡En serio!? Haberlo dicho antes, tío. ¡Que después de experimentar lo mismo nos la podríamos tirar y todo!

—Es posible, supongo. A mí me vale con que podamos usarla para los experimentos. Se trata de la única persona que existe con el poder de invocar a alguien de otro mundo, quiero examinarla a fondo.

—¡Bien, bien! ¡Ahora sí que siento que haber venido hasta este reino de mierda habrá merecido la pena! De día, vosotros experimentad lo que queráis, que por la noche nos toca divertirnos a nosotros.

—Sí, me parece bien —respondió, esbozando una sonrisa malvada.

—¡Siempre he soñado con llevarme una princesa al huerto! —insistió el hombre de pelo negro, su mirada perdida en la lujuria. En ese momento, una sombra verde pasó a su lado.

—¿Eh? ¿Qué te ha pasado en la cara? —preguntó el hombre de cabello dorado, al ver que su compañero tenía una especie de línea atravesándole el rostro.

—¿Perdona? Si eres tú quien…

Esas fueron sus últimas palabras. Antes de que el hombre de pelo negro terminara de hablar, sus cuerpos se separaron en dos mitades exactas y cayeron al suelo.

Arboleda de Silke, campamento principal de la unidad de invocadores.

—¿¡Pero esto qué es!? ¿¡Qu-qué cojones está pasando!? —gritó histérico el capitán de la unidad de invocadores mientras observaba desconcertado el siniestro espectáculo que tenía lugar frente a sus ojos. Cada vez que se apreciaba el fugaz movimiento de las sombras verdosas, las panteras negras que protegían a los invocadores se desmoronaban reducidas a un montón de trozos de carne. Incluso los monstruos más poderosos que tenían, los ogros, acabaron decapitados.

—¡Voy a invocar a las salamandras! ¡Cubridme! —dijo el capitán al subordinado que tenía a su lado, pero no obtuvo respuesta alguna. Preocupado, giró la cabeza para comprobar que la mitad superior del cuerpo de su subordinado había sido cercenada.

—¡Aaaaaaaaaaaaaaaah!

Desesperado, el capitán huyó para salvar la vida, gritando a pleno pulmón, pero de repente, su visión se dividió en dos.

—¿Eh?

Emitió un ligero aspaviento y apenas tuvo la oportunidad de entender qué había pasado, su cuerpo se desmoronó hecho picadillo.

Arboleda de Silke, unidad de ogros este.

—Hemos perdido toda comunicación con el campamento principal.

—¡Estoy seguro de que los hijos de puta del reino nos han traicionado! ¡Por eso os dije que yo debía estar al mando de todo, no ese idiota!

El capitán de la unidad de ogros le dio una patada al suelo, tan enfadado que parecía que fuera a explotarle una arteria. El capitán Syme era un hombre calvo de barba descuidada y un invocador poderoso, casi tanto como el mismo Enz. Por eso era natural pensar que debería haber sido el comandante de la unidad de invocadores. Sin embargo, aquella opción fue descartada por una razón ajena a su habilidad o su fuerza: su nefasta personalidad.

—Pero bueno, qué más da. Ese tipejo ya está acabado. Lo culparán de este desastre y el puesto de comandante será mío —exclamó con una sonrisa.

—Señor, ¿y qué hacemos? A este paso, el éxito del plan está en peligro —preguntó el teniente, un hombre rubio que se mostraba tan nervioso como cabría esperar, dadas las circunstancias.

—¡Ja! ¡Tranquilo, que las cosas no se van a quedar así! ¡Oye, trol! ¡Ven aquí!

El hombre miró de reojo hacia atrás, y tras él apareció un gigante que carecía de cabello alguno. Todo su cuerpo era de color rojo y su musculatura era desorbitada. En la mano llevaba una enorme barra de metal.

—¿M-m-me *chama*?

Aunque le costaba articular palabra, su cavernosa voz resonaba con tanta intensidad que llegaba a los oídos de todos a su alrededor, y hasta provocaba terror entre los miembros del escuadrón.

—Así es. Primero, consume el maná de tres invocadores. Sírvete cuanto quieras. ¡Después, ve y acaba con los desgraciados que se están interponiendo en nuestros planes! —ordenó Syme, haciendo uso del contrato que había firmado con el trol.

Existían dos tipos de magia de invocación. La primera consistía en usar un hechizo para invocar y controlar de forma temporal a cualquier ser. Sin embargo, como ese hechizo consumía magia para invocar a una criatura y también para controlarla, dificultaba la invocación de monstruos poderosos al exigir mayor cantidad de energía mágica por parte del invocador. El segundo tipo de magia de invocación era el contrato por ánimas. A través de ese método, el invocador podía llamar a un monstruo, firmar un contrato y pagar un precio a cambio de sus servicios, que por lo general consistía en una ofrenda o un sacrificio. La ventaja era que permitía invocar a seres más poderosos, ya que únicamente requería el uso de la magia para invocarlo y no para controlarlo. No obstante, solo las personas que poseían cierto don podían usar esa magia de invocación.

Por supuesto, Syme era uno de ellos, y lo que acababa de decirle al trol era que se cobrase su pago.

—¡Ca-capitán! ¿¡No cree que debería consultarlo con nosotros antes de tomar una decisión como esa!? —respondió el joven teniente de pelo rubio.

—De acuerdo, tú serás el primero.

Syme esbozó una sonrisa macabra y señaló con el dedo al teniente. Al instante, este cayó al suelo como una marioneta a la que le acababan de cortar los hilos.

—*Ké lico.*

Satisfecho, el placer se dibujó durante unos segundos en la expresión del trol, pero no tardó en acercarse al joven teniente y agarró su cuerpo como si no pesara nada.

—*Karne, lica.*

Y después empezó a morderlo y a masticarlo.

—Uhh…

—¡Eeh!

Guiados por su instinto de supervivencia, los otros miembros de la unidad empezaron a huir.

—Ahora sigues tú. Y el de ahí, tú también.

El capitán señaló a dos miembros más con sendas manos y ambos se desplomaron contra el suelo, como había hecho el teniente. Los otros miembros se quedaron inmóviles, con los ojos abiertos de par en par, ya fuera por sorpresa o por miedo.

—¡Dejad de temblar como crías e invocad más ogros! —dijo, cabreado, y de inmediato sus subordinados se apresuraron a invocar más monstruos.

—¡Y tú, deja de engullir, cerdo asqueroso! ¡Ve a trabajar, ya los devorarás luego! —gritó Syme.

—*Dacueldo. Cho tabajal.*

El trol soltó el pedazo de carne que antes era el teniente y se dispuso a seguir las órdenes de su amo. Pero entonces, se escuchó un grito:

—¡Ca-capitán!

Uno de los miembros de la unidad, con labios temblorosos, señalaba en dirección a lo más profundo del tenebroso bosque.

—¿Mm? ¿Qué coño es eso? —preguntó Syme, desconcertado. Y no le faltaban motivos para estarlo. Lo que su atemorizado subordinado había señalado era un hombre con cabeza de saltamontes que se movía entre los árboles, iluminado por la tenue luz de la luna.

—¡Pre-prendedlo! —gritó uno de los miembros.

Puede que estuvieran asustados, pero por eso mismo acataron la orden al instante y mandaron a sus ogros a que rodearan al hombre saltamontes.

—¿Y esto es el as en la manga del invocador del reino? Pero si no es más que un bicho. Habría sido mejor usar a esos tres de escudo humano en lugar de dárselos al trol —dijo

Syme, y se sentó de nuevo, ahora desinteresado a causa del aparentemente débil enemigo que tenían enfrente.

—Vamos. Matadlo de una vez —ordenó sin mostrar emoción alguna. Entonces, el hombre saltamontes bajó un poco la cadera y, moviendo el hombro derecho ligeramente hacia atrás, adelantó un poco el brazo izquierdo como si estuviera a punto de realizar una técnica de artes marciales.

—¡Ku, ja, ja, ja! ¡Mirad! ¡El saltamontes ahora se cree que sabe artes marciales! —dijo Syme, desternillándose. Contagió su enorme confianza a los demás miembros de la unidad, que empezaron a reírse para liberar tensión.

—¡Todos los ogros, al ataque!

Uno de los miembros dio la orden y un ogro corrió hacia el hombre saltamontes para atacarle con puños sólidos como troncos. El puñetazo del ogro creó una gran ráfaga de viento, pero el hombre saltamontes desvió el ataque con facilidad usando tan solo una de sus palmas, se acercó a su oponente despreocupadamente y luego hundió el puño en el abdomen del ogro. En menos de un segundo, se escuchó el desgarrador sonido de la carne al ser perforada y de los huesos al quebrarse, mientras la parte superior del ogro volaba por los aires, dejando a todos los presentes atónitos.

—¿Eh?

—¿Qué?

Los necios miembros de la unidad gritaron asustados, y de inmediato vieron la figura del hombre saltamontes difuminándose. Un instante después, los ogros que lo rodeaban y sus invocadores pudieron percibir cómo una línea verde pasaba fugazmente a su lado. Después de un breve silencio, todos los cuerpos cayeron descuartizados al suelo.

—¿¡Qué!?

Syme saltó de inmediato de su silla, estupefacto.

—¡Trol, mata a ese bicho!

—*Shí. Cho* matar.

El trol cruzó con lentitud el gran charco de sangre que lo separaba del hombre saltamontes, alzó su enorme barra de metal y la hizo caer con fuerza sobre el insectoide.

—¿Ñeh?

El trol se sintió confuso. Estaba seguro de haber bajado el brazo, pero entonces se dio cuenta de que el hombre saltamontes había detenido su enorme extremidad. El hombre saltamontes desapareció de repente, y un momento después el cuerpo del trol explotó en pedazos de carne que salieron disparados en todas direcciones. Al final, el trol había sufrido el mismo destino que los demás.

—No me jodas…

El capitán de la unidad retrocedió poco a poco, incapaz de creer nada de lo que había visto, cuando chocó con algo. Se dio la vuelta, esperando encontrarse con un muro.

—¿Ahora qué…? ¿¡Eh!?

Cuando giró la cabeza, lo que tenía ante sí era un enjambre de insectoides a su alrededor.

—Aaa…

Una tenue exclamación cargada de miedo se escapó de la boca de Syme, y a medida que el pavor lo consumía, el volumen de su voz iba aumentando. De pronto, su aliento se apagó en mitad de la fria oscuridad de la noche.

—*Gigi gi, ¡gigi!* (Arrasemos con todo. ¡Hágase su voluntad!)

—*Gigi gi, ¡gigi!* (Arrasemos con todo. ¡Demuéstrese nuestra lealtad!)

—*Gigi gi, ¡gi gigi gigí!* (Arrasemos con todo. ¡Acábese con todo necio que ose oponerse al amo, a su grandiosidad!)

Los saltamontes recorrieron el bosque, masacrando a los enemigos de su amo.

La princesa Rosemary lot Amelia se despertó de repente a causa del alboroto que le llegaba desde fuera de la tienda de campaña. Cogió una daga que tenía cerca y se mentalizó para hacer frente a lo que fuera que estuviera ocurriendo. En ese momento, su guardaespaldas, Anna, entró corriendo en su tienda.

—¡Princesa, nos atacan! ¡Tenemos que marcharnos de inmediato!

—¿¡Qui-quién nos ataca!? —gritó Rose, agitada. Su sirvienta, con el rostro ahogado en angustia y tanto o más desesperada que su señora, respondió:

—¡El imperio! ¡Había agentes infiltrados en la caravana!

—¿¡Cómo!? ¿¡Quiénes!?

—¡Lord Fracton! ¡Los caballeros nos están atacando bajo su mando!

Fracton era un amante de la tradición y un aristócrata clasista y supremacista, además del cabecilla de la facción de Gilbert. A pesar de que el bando de Rose guardaba cierta enemistad con ellos, el consejo privado recomendó que Fracton acompañase a la princesa en su viaje. Pese a que era un organismo político de asesoría real, teniendo en cuenta que estaba controlado por la alta nobleza todas las piezas encajaban. La alta nobleza estaba formada por los benefactores de Gilbert, y gracias a su influencia se había permitido que caballeros sin experiencia en combate se encargaran de la seguridad de Rose. Su padre, el rey, preocupado por su hija, decidió mandar al guarda real para que cuidara personalmente de ella.

Rose acarició la cabeza de Anna en un intento de consolarla al verla al borde del llanto.

—No te preocupes, saldremos de aquí sanas y salvas. ¿Y Arnold? ¿¡Sabes dónde está!?

La respuesta a la pregunta de Rose era de vital importancia. De él dependía la supervivencia de todos: el capitán de los caballeros del reino y guarda real del rey. Arnold poseía una fuerza capaz de aplastar a cualquiera de los caballeros presentes en un abrir y cerrar de ojos.

—S-se ha ausentado. Recibió un informe de que los monstruos estaban atacando a los aldeanos de la zona, y…

Rose pensó que eso lo explicaba todo. Ninguno de los caballeros que había venido con ella poseía las habilidades necesarias para poder enfrentarse a monstruo alguno, eran demasiado novatos. Los más curtidos en batalla eran los que pertenecían a la facción de Gilbert, y ellos jamás arriesgarían sus vidas para acudir en ayuda de los demás, ni siquiera si la propia princesa así lo ordenase. Por eso a Arnold no le había quedado más remedio que ir solo. Alguien tenía que salvar a los pobres aldeanos y él era el único capaz de hacerlo. Tampoco se lo podía culpar por haber caído en la trampa. ¿Quién iba a imaginar que semejante maquinación estuviera orquestándose entre las sombras? Aunque el rey temía la posibilidad de que se descuidara la labor de protegerla, llegar hasta ese punto era impensable.

Pero eso era exactamente lo que había ocurrido.

«Gil... ¿¡En serio era necesario llegar tan lejos!?», pensó Rose. En ese momento, en el país de Amelia estaba teniendo lugar una intensa guerra política por la sucesión al trono con la primera princesa y el primer príncipe como principales pretendientes. Sin embargo, se suponía que dicha batalla no era más que un asunto interno. Nadie jamás se hubiera imaginado que una de las facciones fuera a aliarse con un país enemigo.

—Debemos huir y reunirnos con Arnold lo antes posible. ¡Corra y vaya a por Kay! —sugirió Anna.

Al salir de la tienda, Rose se topó con un gran charco formado por la sangre de incontables caballeros.

—Oh, vamos, princesita mía. ¿En serio creéis que os podéis escapar? —dijo un caballero rubio con el pie sobre la cabeza de otro caballero, que estaba tendido boca abajo tras haber sido apuñalado con una espada. El caballero rubio miró fijamente a Rose, sacó la espada del cuerpo de su víctima y apuntó con ella a la joven pelirrosa.

—Lord Fracton... ¿¡cómo habéis podido traicionar a vuestra patria!? —gritó Anna, invadida por la ira, sin apartar la vista de sus antiguos compañeros de entrenamiento, que se habían pasado al lado de Fracton.

Pero el noble corrupto se estaba riendo.

«Miserables...», pensó Anna. Antes de que pudieran hacer nada, un grupo de hombres ataviados con túnicas negras las rodearon. Eran demasiados para tratarse únicamente de mercenarios contratados por Fracton; estaba segura de que varios tenían que ser soldados del imperio. Cuando reconoció el emblema del ave bicéfala divina grabado en los uniformes de dos de ellos, confirmó que su intuición no le había fallado. Uno de ellos era un hombre mayor de complexión robusta y cabeza afeitada y el otro un joven de melena negra y despeinada.

Todas las tiendas de campaña habían sido destruidas, pero Rose no podía ver a Kay por ninguna parte. Si no lo habían asesinado, lo más seguro era que hubiera logrado escapar en dirección al bosque. Pero en ese momento, Rose solo deseaba que no tuviera que correr peligro por haber estado a su lado.

—Oh, por favor, princesa, llamarlo traición es muy exagerado. Si aquí la única traidora sois vos.

—¿A qué os referís? ¿Cuándo os he traicionado?

Pero no hacía falta una respuesta. Rose sabía que Fracton y los suyos eran escoria capaz de vender a su propio país con tal de beneficiar sus propios intereses y privilegios.

—¿Es porque queréis preservar las tradiciones de nuestra nación?

—Aah, vais bien encaminada, solo que eso es más bien una cuestión de diferencias ideológicas. En lo que a mí respecta, no implica que yo haya traicionado al reino. De modo que, ¿sois capaz de demostrar que haya conspirado contra vos con ayuda del imperio?

Fracton se quedó observando a la princesa durante unos segundos, pero no esperaba recibir una respuesta.

—Si os casáis con el tercer príncipe de Glitnir, este infructuoso conflicto que lleva atormentando a nuestros países tanto tiempo al fin terminará. ¡Y no solo eso! ¡El príncipe Gilbert subirá al trono y protegerá la tradición! —declaró Fracton con elocuencia y pedantería, y con los brazos abiertos en un gesto de orgullo. Cada vez que se paraba a respirar, una gran sonrisa se le dibujaba en el rostro.

—¿Y qué impide organizar una reunión y discutirlo de forma civilizada? ¿Acaso no sería suficiente?

—Oh, pero es que sabemos que vos jamás aceptaríais nuestras ide…

—¿Y solo por eso habéis decidido conspirar con el enemigo? No sois más que un traidor.

—…

Fracton no supo qué responder. Lo único que pudo hacer fue apretar los dientes con frustración.

—¡Desde el momento en que decidisteis levantaros en contra de vuestro propio país, el patriotismo de vuestros discursos perdió todo su valor! ¡Debería daros vergüenza! —dijo Rose, atacándolo verbalmente. Justo en ese momento, una figura blanca que cargaba con un espadón apareció de entre los árboles y arremetió con rapidez contra el caballero que estaba pisando el cuerpo ensangrentado de uno de los nuevos reclutas. El caballero trató de bloquear el ataque, pero la fuerza del impacto lo mandó volando hacia atrás. El cuerpo se le dobló en el aire y su espalda acabó chocando violentamente contra los árboles.

—¡Arnold!

Los ojos de Rose empezaron a derramar lágrimas cuando pudo ver ante ella al hombre de pelo azul claro y barba descuidada que cargaba su enorme arma como si no pesara nada. Era una reacción más que natural. En una situación tan crítica como aquella, no había hombre al que anhelase ver más que a aquel que había sido su héroe desde muy pequeña.

—¿¡A-Arnold!? ¿¡No estabais ayudando a los aldeanos!?

—Me pareció extraño que hubiera gente viviendo en una zona tan remota. Además, el tipo que me estaba guiando era demasiado bueno ocultando su presencia como para ser un simple cazador. Por eso me deshice de él y di media vuelta. Por lo que veo, tomé la decisión correcta —respondió, alzando el espadón frente a Rose y compañía. Al verle, los hombres con túnicas negras dejaron de vacilar y sacaron las armas.

—¿Qué está pasando? ¿No se suponía que toda la zona estaba siendo vigilada por ogros y panteras negras? —preguntó un chico de cabello negro y despeinado al hombre calvo de gran envergadura.

—No lo sé, me ha pillado con la guardia baja. Quizá haya… No, no parece que los haya derrotado a todos para llegar hasta aquí. No me digas que hemos caído en una emboscada… —le respondió, fulminando a Fracton con la mirada.

—¡Im-imposible! ¡No se envió a nadie más! ¡Lo juro! —dijo Fracton, negando con la cabeza una y otra vez.

—¡Joder! ¿No será que tu queridísima unidad de invocadores ha metido la pata?

—No lo descarto. Ya se investigará qué es lo que ha pasado una vez regresemos al imperio. Ahora tenemos asuntos más importantes que atender.

El hombre calvo miró al chico moreno, como si le estuviera intentando decir algo.

—Ya, ya. Tenía intención de cumplir con mi parte, de todos modos.

El chico asintió despreocupado y desenfundó una espada larga que tenía en la cintura.

—Quién me iba a decir que tendría la ocasión de pelear contra el espadachín más poderoso del reino durante una misión que parecía tan aburrida... Me llamo Siegniel Gastrea. ¡Hagamos arder de emoción a nuestras almas en un duelo a muerte!

—Así que eres el nuevo Espadachín Imperial... Parece que es una invitación que no podré rechazar.

Arnold adoptó una postura de combate más baja y cercana al suelo.

—¡Que sea una batalla justa!

—¡A pelear con dignidad, viejo!

Sus palabras chocaron y un instante después las siguientes en hacerlo fueron sus espadas.

—Impresionante...

Esa simple palabra resumía a la perfección los sentimientos de Rosemary.

En el reino de Amelia, a todos los legítimos pretendientes al trono se los debía entrenar exhaustivamente en el arte de la espada y la magia desde su tierna infancia, ya fueran hombres o mujeres. «Un gobernante no debe dejar que sea su pueblo el que luche por él, también debe tomar la espada o la varita con honor y valentía para proteger al pueblo cuando sea necesario», fueron las palabras que el primer rey de Amelia les había dejado, y por ende también una tradición heredada a través de las generaciones. Por ello, Rose se sentía orgullosa de considerarse una persona muy entendida en las artes marciales, al menos en lo referente a la esgrima. Sin embargo, la batalla que tenía lugar frente a sus ojos superaba con creces el alcance de sus conocimientos.

Arnold lanzó un tajo vertical hacia Siegniel, pero la espada pasó justo por delante de la punta de su nariz. Siegniel contraatacó con dos rápidos ataques que apuntaban al pecho de su oponente, pero Arnold usó toda su fuerza para repelerlos con un contundente movimiento de su espadón.

Haciendo gala de su famosa agilidad, Siegniel marcó distancias en un instante y empezó a moverse entre los árboles a gran velocidad mientras lanzaba ataques desde los puntos ciegos de Arnold. Sin embargo, el hombre del espadón lograba bloquearlos con su arma. Los violentos intercambios de golpes entre la espada larga y el espadón bajo la luz de la luna creaban un espectáculo similar a una danza que solo se podía calificar de hermosa.

—El Rey león y el Espadachín Imperial son increíbles —exclamó Anna, que estaba junto a Rose, con sinceridad. Su mirada reflejaba lo debilitado que se encontraba su espíritu.

—Coincido. Yo tampoco había presenciado hasta ahora una batalla a muerte entre dos expertos espadachines de su calibre. Su nivel solo se puede definir como abrumador.

Para ellas, si se hacía una comparación entre las habilidades de espada y las posiciones sociales, el nivel promedio era el pueblo llano y ellos dos eran los nobles de mayor élite del castillo. Además, por increíble que sonase, en habilidad estaban totalmente igualados. Sin embargo, Rose se dio cuenta de un pequeño detalle que suponía una diferencia crucial.

—El capitán aún puede ganar, ¿no es así? —preguntó Anna con el rostro sumido en la preocupación.

—El Espadachín Imperial no podrá vencer a Arnold.

—¿Eh? Pero si están igualados.

—Exacto. Por eso será incapaz.

—¿Mm? Pero, mi señora…

Anna hizo un esfuerzo por entender a Rose, que se obligaba a sonreír.

—Los espadazos del Espadachín Imperial son muy rápidos, pero Arnold los está bloqueando todos. La ventaja que tiene es que su espadón tiene una fuerza destructiva superior a la del Espadachín Imperial con su espada larga. Además, su rapidez y agilidad no suponen una ventaja crucial, pues no podrá mantener este ritmo de ataques consecutivos para siempre —resumió Rose.

Y, poco después, Anna pudo ver cómo la suposición de la princesa se hacía realidad. Con el espadón revestido de un viento intenso, Arnold arremetió contra el torso de Siegniel. El joven intentó escapar dando un salto alto, pero dio un paso en falso y no pudo hacerlo a tiempo.

—¡¡Uohhhhhhhhhhhhhhhhhhhhhh!!

Arnold rugía como una bestia salvaje cuando atacaba, pero su ferocidad no le impedía cambiar la dirección del ataque para apuntar al lugar exacto en el que Siegniel estaba a punto de aterrizar.

La enorme espada dio de lleno en el blanco. Aunque Siegniel alcanzó a bloquearla, el golpe mandó su cuerpo por los aires, dio numerosas vueltas e impactó contra el suelo. Siegniel no tardó en incorporarse tras la caída, pero Arnold ya estaba corriendo hacia él para encajar un segundo corte en picado.

Ya era demasiado tarde para Siegniel. La batalla estaba decidida y Arnold seguía indemne. Rosemary pensó que podrían escapar en cuanto la espada impactara… pero su ilusión se vio truncada en el último momento.

—¡Guh!

Su esperanza se hizo pedazos cuando una serpiente mordió a Arnold en el brazo. Siegniel no dudó y aprovechó que su contrincante se había detenido en seco para asestarle un corte en diagonal desde el hombro. Tras recibir el golpe, el capitán cayó derrotado al suelo. Todavía confundido y jadeando, Siegniel se quedó mirando con confusión a Arnold por unos segundos. En el momento en el que le vio la mordedura de serpiente en el brazo, explotó de la ira.

—¡¡Enz!! ¿¡Quién te ha dicho que necesitase tu ayudaaaaa!? —gritó, lleno de cólera hacia el hombre calvo.

—Órdenes directas del emperador. Sabes que, si te derrotan, la princesa escapará. Era un escenario poco probable, claro, pero no está de más ser precavidos. Recuerda que la misión es más importante que trivialidades como el orgullo.

—¿¡Qué has dicho, hijo de puta!? ¿¡Acaso osas burlarte de mi honor como espadachín!? —le recriminó Siegniel con los ojos inyectados en sangre. Se inclinó hacia él, apuntándole con la espada.

—He de decir que no era mi intención, pero si quieres zanjar nuestras diferencias aquí y ahora, prepárate, porque pienso ir en serio —dijo el hombre calvo, se crujió los dedos y adoptó una postura de combate.

Los hombres de las túnicas negras se quedaron tan absortos por la discusión de Siegniel y el hombre calvo que se alejaron de Rose y Anna sin darse cuenta. Eso les brindaba una oportunidad perfecta para huir al bosque con Arnold a cuestas y luego curarlo con magia.

«¡Ahora o nunca!», se dijo a sí misma Rose, pero, en el momento en el que iban a correr hacia Arnold, alguien la inmovilizó doblándole los brazos por detrás de la espalda.

—No tan rápido, ¿o es que os pensabais que nadie os vigilaba?

Rose miró hacia atrás y pudo ver a su captor: era uno los caballeros de la facción de Gilbert.

—¡¡Quí-quítame tus sucias manos de encima!!

Los gritos de ira de Anna resonaron en los oídos de Rose, quien, aunque inmovilizada, giró la cabeza hacia su voz sin poder hacer mucho más. Allí estaba la pobre sirvienta, atrapada bajo el peso de un desalmado caballero viejo, barbudo, gordo y de baja estatura.

—Oye, ¿nos podemos quedar con esta mujer?

El caballero gordo y bajito hizo una pregunta que a Rose le pareció repulsiva.

—Haced lo que os dé la gana —respondió Enz, sin siquiera mirar en su dirección.

—¿¡Habéis oído!? ¡Tenemos carta blanca! ¡El más rápido se la queda!

—¡De-deteneos! —gritó Anna, desesperada, pero nadie le hizo caso.

—Princesa, aprovechad la ocasión y observad cómo convertimos a Anna en toda una mujer.

Uno de los compañeros del caballero gordo agarró a Anna de los brazos para inmovilizarla, mientras que el otro, que se había montado encima de ella, empezó a quitarse la armadura.

—¡No! ¡Déjame! ¡Bájate de encima!

El tono de voz de Anna había pasado del enfado a la angustia en menos de un segundo.

—¡¡Quítenle las manos de encima a Anna ahora mismo!! ¿¡Es que acaso no sentís vergüenza!?

—Oh, claro que la sentimos. Pero en toda guerra el perdedor debe someterse al ganador.

El caballero gordo y bajito desgarró la parte superior de la ropa de Anna y dejó sus dos grandes senos expuestos a la frialdad del aire nocturno.

—¡Noooooooooo!

Los gritos de Anna resonaron por los alrededores. Siegniel vio de reojo el asalto a la sirvienta, chasqueó la lengua, guardó la espada y se fue en dirección al bosque. Al percatarse de la situación, el hombre calvo también abandonó su postura de combate, hizo una señal a los hombres con túnicas y unos pocos de ellos se acercaron a Rose.

«¡Es horrible! ¿¡Cómo podéis ser tan crueles!?», pensó Rose, que iba a ser vendida al imperio por obra de su propio hermano mayor. No contento con eso, estaba permitiendo que sus caballeros le hicieran algo sumamente horroroso a Anna, que era como una hermana para ella. Lo peor de todo era que todos esos horribles hombres regresarían después a sus casas y seguirían con sus vidas como si no hubiera pasado nada. O, aún peor, disfrutarían de una vida mejor gracias a las recompensas que les entregaría Gilbert.

¡Vivirían con la consciencia de lo que hicieron a Anna!

¡Gilbert sería coronado sabiendo que ha vendido a su propia hermana!

El reino de Amelia estaba podrido hasta la médula. ¡Esto no podía seguir así! ¡Había que hacer algo para evitarlo! ¡Alguien tenía que castigar a estos criminales!

«¡¡Por favor, dios, sálvala!! ¡Ya me da igual todo! ¡Como si me escucha un demonio! ¡Sea quien sea, por favor, que alguien salve a Anna!», pensó con fuerza Rose.

—¡¡Por favor, que alguien nos ayudeeee!! —gritó, con todas sus fuerzas, dejándose la garganta.

De repente, el cuerpo del caballero gordo y bajito, que estaba a punto de poner sus manos sobre Anna, se elevó en el aire. Un hombre no muy alto que vestía la misma túnica del imperio había aparecido por detrás y lo había agarrado de la cabeza, levantándolo. Rose solo podía verle la espalda, y apenas llegaba a distinguir unos mechones grises asomándose por ambos lados de su capucha.

—¡*Gyaah*! ¡Joder, suéltame! ¡¡*Gkhaaaaaaaaaaaaa*…!!

El hombre comenzó a gritar, pero sus gritos pronto se convirtieron en ruidos indescriptibles. Rose pestañeó una sola vez, pero cuando abrió los ojos, la cabeza del caballero gordo había explotado como si fuera una sandía. Su cuerpo sin cabeza cayó al suelo.

—¿Eso es todo? Pero si los monstruos de la mazmorra aguantaban mucho más. Si los humanos sois tan frágiles, discernir al fuerte del débil en este mundo no va a ser tarea fácil.

La persona misteriosa empezó a murmurar para sí misma. Permanecía impasible, sin que haber acabado con la vida de una persona le provocara el más mínimo remordimiento. Daba la impresión de que de verdad considerara la cabeza de aquel hombre como una simple pieza de fruta con la que hacer zumo. Como si no fuera una persona.

—¡¡Aaaaaaaaaaaah!!

El compañero del caballero al que acababan de asesinar soltó un horrible grito sin soltar los brazos de Anna.

—¡Sí que gritan las ratas!

El asesino del caballero se limpió la mano y le propinó al otro una patada en la cabeza con tanta fuerza que esta se separó del cuerpo y salió volando. Su cuerpo sin vida cayó al suelo, mientras de su cuello brotaba sangre a borbotones como si se tratase de una fuente.

Rose no terminaba de procesar lo que acababa de pasar. Habían asesinado a dos caballeros con las manos desnudas y con suma facilidad. Y no se trataba de caballeros cualesquiera, sino de unos que formaban parte de la mismísima élite. El reino de Amelia era un país inmenso, por lo que para ser considerado un gran caballero era necesario poseer cualidades únicas en el mundo. Pero, aun así, los había derrotado sin despeinarse… Semejante hazaña no parecía posible.

Tras acabar con el segundo caballero, el hombre de cabello gris se dio la vuelta hacia Rose por primera vez. Al verle el rostro, el corazón se le encogió a la joven princesa. Aquel hombre era el chico al que todos habían repudiado y llamado el Más Inútil del Mundo: Kay Heinemann.

Gracias al magnífico trabajo de distracción que habían desempeñado los hombres saltamontes, tardé muy poco en llegar a mi destino.

—Vaya, vaya…

Llegué justo en el momento en el que estaban a punto de asaltar a una chica. Se trataba de Anna, la fiel seguidora de Rose, y su agresor resultó ser el mismo idiota que se quejó de que no quería que se le pegara mi ineptitud tras darme una patada.

«¿Que te pegaría el qué, desgracia humana? ¿Cómo tuviste los huevos de despreciarme a mí cuando tu alma es tan sucia que no te da vergüenza violar a una inocente enfrente de los demás?», pensé.

Aún le debía un favor a Anna, así que era el momento perfecto para devolvérselo. Además, tampoco quería que esas alimañas fueran una mala influencia para Faf, así que debía exterminarlas.

—¡¡Que alguien… que alguien nos ayudeeeeeeeee!!

Con el grito de Rose como señal, di un pisotón en el suelo. En un instante ya me había colocado detrás del enano gordinflón y lo levanté de la cabeza con la mano. «Pongamos a prueba la resistencia de los humanos de este mundo», pensé, con el sujeto de prueba en la mano.

—¡Gyaah! ¡Joder, suéltame! ¡¡Gkhaaaaaaaaaaaa…!!

Apreté su cabeza solo un poco, pero fue suficiente para que estallara en mil pedazos. No me pude creer que fueran tan frágiles.

—¿Eso es todo? Pero si los monstruos de la mazmorra aguantaban mucho más. Si los humanos sois tan frágiles, discernir al fuerte del débil en este mundo no va a ser tarea fácil.

«Seguro que esa alimaña era un inútil como yo», pensé. Tal vez por eso se metía tanto conmigo, porque le recordaba lo patético que era. Aunque solo por eso no iba a sentir pena por él, la verdad. El lado bueno era que, gracias a él, había descubierto que lo mejor sería aumentar el nivel de restricción de los guantes. Si no, iba a acabar con todos sin usar arma alguna.

Cuando vio cómo el cuerpo sin cabeza de su compañero caía al suelo, el chaval que sostenía a Anna de los brazos gritó como una gallina. A ver, seamos claros: ¿era imbécil o qué? Acababa de traicionar a su señora, a su país, e incluso estaba intentando abusar de una chica indefensa, ¿y ahora le temía a la muerte? Si no quería morir, no debería haberse atrevido a cometer fechorías. Además, todo guerrero vive a sabiendas de que cualquier día puede morir, pero por lo visto ese de guerrero tenía poco. Había perdido el coraje que todo caballero debe tener, igual que todos los otros traidores a su patria. Me cabreó tanto que le metí una patada en la cabeza para que se callara.

«Bien, vamos a ver qué toca ahora», pensaba para mis adentros. Cuando el lancero que tenía a Rose inmovilizada y yo cruzamos miradas le regalé mi mejor sonrisa y acto seguido soltó un gran grito de terror. Me coloqué detrás de él de un solo salto y con una mano lo levanté del cuello. Había restringido mi fuerza bastante más con los guantes de sello divino, pero aun así, el soldado no tuvo tiempo de reaccionar. «Sí que hay gente débil en este mundo», volví a pensar.

—¡E-espera! ¡Yo aún no he hecho nada, te lo juro! ¡Solo seguía órdenes! —suplicó el hombre con todas sus fuerzas mientras miraba al noble responsable de todo ese circo: Fracton.

—¡¡Ma-maldito renegado!! —respondió este, lleno de ira.

—¿«Aún»? ¿Entonces ibas a hacerlo?

Según los recuerdos del viejo Kay Heinemann, ese hombre siempre estaba junto a los dos a los que acababa de matar. No me extrañaría un pelo que él también estuviese dispuesto a abusar de una chica en medio de aquel charco de sangre. Además, dudaba que fuera la primera vez que cometían fechorías como esa. No tenía pruebas, pero tampoco las necesitaba, y además...

—T-te equi...

—«Solo seguías órdenes», ¿eh? Porque lo que veo es que traicionaste a tus compañeros y encima intentaste matarlos. Tú mismo elegiste este camino, y uno siempre cosecha lo que siembra.

Arrojé al lancero por los aires, y después...

—¡Espe...!

Alcé el puño derecho. El lancero gritaba cada vez más a medida que se acercaba al suelo. En cuanto su cuerpo chocó con mi puño, estalló como un tomate y su sangre salpicó en todas direcciones.

—...

Pensaba que los hombres con túnica negra aprovecharían para atacarme, pero todos se quedaron pasmados. La sangre les salpicó en sus pálidos rostros.

Dadas las circunstancias, parecía el momento perfecto para curar a los heridos. Saqué unos cuantos limos curativos del bestiario del cazador lo más rápido que pude.

—¡Libéralos! ¡Adelante, limos curativos! —dije, y luego les ordené que curaran a los subordinados de Rose. Aquellos caballeros seguían respirando a duras penas, pero los limos los envolvieron y sus heridas sanaron casi al instante. Al terminar, todos los limos se me acercaron y no pararon de dar vueltas hasta que los elogié.

—Buen trabajo, sois todos muy buenos chicos.

Acaricié a mis pequeñines y respondieron estremeciendo con alegría sus cuerpecillos.

—¿¡Y yo qué!? ¡Amo, yo también quiero mimos!

Mi pequeña dragona mimada reclamó su parte de mi atención dando saltitos detrás de mí.

—Volved al bestiario o correréis peligro —ordené a los limos con una sonrisa fingida y estos obedecieron al instante.

Rose se quedó perpleja al ver cómo los caballeros que habían resultado heridos de gravedad se levantaban con la poca fuerza que les quedaba. Arn tampoco tardó en volver en sí, y entonces Rose corrió hacia él y lo rodeó entre sus brazos.

—¿Qué me ha pasado?

«Si lo que me contó el pelirrojo es cierto, ese debe de ser Arnold, el Rey león, guarda real del rey actual de Amelia y el guerrero más poderoso del país», pensé. Dado que jamás participaba en ningún torneo de espadachines oficial, todavía no sabía cómo serían sus habilidades con la espada. No obstante, recordé que mi abuelo siempre me decía que debía aspirar a ser alguien como él... Quién me iba a decir que el tal «Arn» era ni más ni menos que el grandioso Arnold.

Pero, en fin, si de verdad había perdido, eso solo podía tener dos posibles explicaciones: la primera, que el Espadachín Imperial había resultado ser mucho más fuerte que él, y la segunda, que no pudo pelear en condiciones porque estaban usando a Rose como rehén.

—¿Princesa? —murmuró Arnold, recuperando la consciencia.

Mientras, uno de los hombres del imperio se acercó a mí.

—Tú, ¿acaso también eres un invocador? —me preguntó un hombre grande con la cabeza rapada. El hombre mantuvo la distancia y me observó con la misma cautela con la que se observa a una bestia enjaulada.

—No exactamente. Aunque puedo invocar monstruos, así que dejémoslo en que algo parecido.

—¡Fuja, ja! ¡¡Kuja, ja, ja, ja!!

De repente, el hombre calvo comenzó a reír a pleno pulmón, provocando que los demás hombres con túnica lo miraran con desconcierto.

«Supongo que son del imperio», pensé.

—Tienes una fuerza física impresionante, pero tu habilidad como invocador de monstruos es aún más peculiar. Chico, veo que tienes lo necesario para ser uno de los nuestros. ¡Ven conmigo! Si decides acompañarnos, te prometo que no le pondremos ni una sola mano encima a esta mujer.

—Con todo respeto, señor Enz, no debería desacatar las órdenes de su majestad —respondió un hombre con túnica que parecía ser su ayudante.

—¡Ja! Mira, este muchacho es tanto o más poderoso que nosotros. A su majestad le complacerá más que una princesa que ni siquiera estamos seguros de si podrá invocar al héroe de pacotilla del que tanto se habla.

—Pero, señor…

El ayudante no paraba de protestar, por lo que Enz lo agarró del cuello de la túnica.

—¡Que ya te he oído! ¿O es que buscas llevarme la contraria? —amenazó Enz, alzando la voz con firmeza.

—¡N-no, señor! ¡Mil disculpas!

No daba crédito a lo que estaba escuchando. Esos cabrones seguían incluyéndome en sus planes sin tan siquiera esperar mi respuesta.

—¡Ka-Kay, no les hagas caso! —gritó Rose, preocupada.

—¡Don Enz, tenemos un trato! ¡El plan era llevar a la princesa al imperio para que se casase con el tercer príncipe y así firmar la paz entre nuestras naciones! —gritó Fracton, con la cara roja como un tomate.

—¿Qué quieres decir? ¿Cuándo hemos pactado eso? Vosotros erais los únicos que teníais esas intenciones. Nosotros solo queríamos usarla para experimentar hasta que pudiéramos invocar a un héroe para nuestra nación.

—¿Cómo?

Fracton se puso pálido y se llevó las manos a la cabeza. Ya todo daba igual, su destino se había sellado en el momento en el que había vendido a Rose. Y su destino era la ruina.

—Cabrones, que no soy sordo. No voy a ir con vosotros y no podéis obligarme.

Después de todas mis experiencias en el laberinto ya no era ningún santo. Es más, diría que mi forma de pensar se había alejado del sentido común y la moral propias de los seres humanos. Por entonces pensaba que si alguien me veía como a un villano, no andaba muy desencaminado. Sin embargo, tampoco había caído tan bajo como para unirme a una panda de desgraciados sin vergüenza que afirmaban querer usar a una chica indefensa como si fuera una cobaya con la que experimentar. La falta de empatía de los fuertes hacia los débiles me daba arcadas, especialmente cuando recordaba lo débil que yo mismo había sido en el pasado.

—Claro, ya imaginaba que no ibas a aceptar por las buenas —dijo el hombre de cabeza rapada, y acto seguido dirigió su mirada hacia el joven espadachín—. Siegniel, prepárate para luchar. Te estaré ayudando desde la retaguardia.

El ambiente cambió de golpe y de repente me encontré a punto de luchar contra dos de los seis generales del imperio al mismo tiempo. «Hum, habrá que currárselo, supongo». Tenía claro que no iba a ser un combate tan fácil como el de antes, pero, como se suele decir, uno hace lo que tiene que hacer.

—¿¡Eres imbécil o te peinas la calva!? ¡Lo haré yo solo! ¡Y como te entrometas, te juro que te mato!

Siegniel, el hombre de la cicatriz en el rostro, sacó su espada y adoptó una postura de combate mientras me apuntaba con la punta del arma, sin dejar de amenazar a Enz con la mirada.

—¡El imbécil aquí eres tú! ¡Tu enemigo es un invocador! ¿¡Cómo piensas ganar solo con tu espada!? —protestó Enz. Era la primera vez que lo veía tan enfadado. Gritó con tanta fuerza que los hombres con túnica que había cerca bajaron la mirada, aterrorizados.

—¿Eh? Qué dices. No soy un invocador, soy un espadachín.

Qué primera impresión tan decepcionante. La postura de Siegniel no era la de alguien curtido en el arte de la espada, sino la de un mocoso que se creía el más fuerte del mundo. Así era imposible que hubiera derrotado al famoso Rey león.

Estaba claro que le había ganado solo porque Arnold no había podido luchar a sus anchas.

Pero lo que más intrigaba era por qué Ashburn Gastrea, el famoso antiguo Espadachín Imperial, había dejado que un niñato inexperto heredara su título. Era todo un enigma, pero ese chico tenía tan poco de especial que no habría apostado nada por él.

—Oye, tú, ¿qué tipo de relación tienes con Ashburn Gastrea?

—Es mi abuelo.

¿Entonces dejó que heredara el título solo porque era su nieto? ¿O es que había estado sobrestimando a Ashburn Gastrea? No, aquel hombre no podía haber seguido un razonamiento tan simple. La naturalidad de sus movimientos y su carencia de aberturas demostraban la habilidad de un espadachín de primera. Una persona como él jamás se atrevería a manchar el honor del camino de la espada otorgándole su título a un niñato solo porque este fuera su querido nieto. Por lo tanto, lo más probable era que hubiera visto en su nieto algo de talento. Sea como fuere, nada de eso cambiaba el hecho de que a ese chico le hacía mucha falta recibir un escarmiento. Ni siquiera valía la pena sacar la espada contra él.

Cogí una de las lanzas que había tiradas por el suelo y utilicé la Raikiri para cortarle la punta. Guardé la espada y adopté una postura de combate con lanza usando lo que ahora no era más que un simple palo.

—¿Me estás vacilando? —preguntó Siegniel. Su expresión de ira parecía indicar que se había dado cuenta de mis intenciones bastante rápido.

—Hum. Sinceramente, no vale la pena usar una espada contra ti. Ven aquí, que te voy a dar una lección especial.

—¡Como quieras! ¡Tu arrogancia será tu perdición!

Siegniel corrió hacia mí con el rostro consumido por la ira. En el momento en el que bloqueé el primer ataque con el palo de la lanza, empezó un enfrentamiento en el que lo más difícil fue descubrir qué se le había pasado por la cabeza al antiguo Espadachín Imperial cuando lo eligió para que fuera su sucesor.

En líneas generales, el estilo de combate de Siegniel consistía en atacar y huir una y otra vez. Esa táctica le permitía aprovechar tanto su gran agilidad como su dominio de la espada para poder asestar golpes desde cualquier ángulo hasta que lograba dar con el punto ciego del enemigo y asestar el golpe de gracia. Hacía que sus oponentes se vieran obligados a centrar todos sus esfuerzos en defenderse lo mejor posible. Incluso para Arnold, el caballero más fuerte del reino, no era fácil defenderse y buscar el mejor momento para atacar al mismo tiempo. Pero lo que Rose tenía ante sus ojos no era lo que ella esperaba.

Siegniel se impulsó desde el suelo y lanzó un ataque por la espalda a Kay con la intención de matarlo, pero el joven de pelo gris lo bloqueó sin mirar atrás con el palo de madera. Rose apenas pudo seguir el movimiento de la espada al atacar, pero Kay movió el palo con soltura y pudo alterar su trayectoria.

Un corte horizontal desde la izquierda fue a por el cuello de Key. Al predecir que el ataque iba a ser bloqueado, Siegniel volvió a saltar y sacó de la cintura una daga con la que apuñalarlo en el abdomen. A pesar de todo, la daga también acabó repelida.

«Pero ¿esto qué es?», pensó Rose. La batalla que estaba presenciando no era tan espectacular como la que Siegniel y Arnold habían librado hacía unos minutos. Ni siquiera parecía una batalla encarnizada. De hecho, los movimientos de Kay eran tan simples que Rose los podía seguir a la perfección, sobre todo comparados con los violentos ataques de Siegniel. Y aun así, Siegniel no era capaz de acertar un solo golpe.

—Arnold, ¿por qué Siegniel no consigue tocarlo? —preguntó Rose. El caballero que estaba a su lado estaba tan absorto en el combate que no podía ni pestañear.

—…

—¿Arnold?

—A-ah, sí, señorita. Probablemente se deba a que hay una gran diferencia de habilidad.

—¿No están igualados?

—No, para nada. Es como si uno fuera un aprendiz que apenas acaba de empuñar su primera espada y el otro un espadachín con años de experiencia a sus espaldas.

—Pe-pero si Kay nunca ha tenido talento para la…

—¡No, princesa, algo tan superficial como el talento no tiene nada que ver! ¡Un caso tan extremo como este solo puede deberse a la diferencia de experiencia!

La sorpresa de Arnold era tan grande que su sereno tono de siempre se había vuelto mucho más serio sin que este se diera cuenta y su expresión ahora reflejaba un espeluznante desconcierto.

—No lo entiendo.

La afirmación de Arnold tendría sentido si Kay hubiera pasado incontables años entrenando con la espada, pero la realidad era que Siegniel lo superaba en edad.

—Mi maestro me solía decir que no hay persona que pueda blandir su espada sin olvidarse de la fama, el placer o el orgullo. Por ende, aquel que se deshaga de verdad de todos esos pensamientos intrusivos sin abandonar el camino de la espada alcanzará su pináculo. Lo más probable es que eso haya hecho Kay: entrenar y entrenar hasta llegar al final del camino del guerrero.

—¡Pe-pero si Kay apenas tiene quince años!

—Eso es lo que nosotros pensamos. Pero si de algo puedo estar seguro, es de que él ha vivido más que todos nosotros juntos. Su maestría con la espada es prueba definitiva de ello —declaró Arnold con firmeza.

«¿Kay, mayor que todos nosotros? Eso tendría sentido si fuera un elfo, ya que según me han contado algunos llegan a vivir hasta mil años, en especial los altos elfos... Pero eso es imposible. Conozco de sobra de dónde viene Kay. Es un humano», pensó Rose.

—La pelea va a terminar.

Las palabras de Arnold devolvieron a Rose a la realidad.

Kay golpeó a Siegniel en la mano derecha con el palo de madera, haciendo que se le cayera la espada al suelo.

«Claro, así que era por eso», pensé al entender al fin por qué Ashburn Gastrea había cedido su título a Siegniel. Tenía algo de lo que yo carecía: talento. O, más bien, una profunda pasión por el arte de la espada. A medida que blandía su arma e intercambiábamos golpes pude darme cuenta de que, al contrario que yo, él sí amaba el camino de la espada, y que se echara a llorar tras sufrir una derrota demostraba lo mucho que significaba para él.

Aunque tengo que decir que nunca fue mi intención burlarme del chaval, ni menospreciarlo.

—Deberías dejar de ayudar a gentuza como esta. Aprovecha mejor el tiempo y piensa bien en el motivo por el que Ashburn Gastrea te cedió el título de Espadachín Imperial —dije, mientras Siegniel seguía llorando como un niño pequeño. Luego dirigí la mirada hacia Enz, el hombre de cabeza rapada—. Llevaos al Espadachín Imperial y volved al imperio. Haré la vista gorda por esta vez solo porque el chaval tiene talento —afirmé por puro capricho. Mis palabras se veían motivadas únicamente por egoísmo puro y duro, pero si algo he de admitir es que siempre había sido un egoísta.

—No solo eres un gran invocador, sino que también eres excepcional con la espada. Un peligro como tú no debería campar a sus anchas —dijo Enz bajando la mirada, para luego observarme fijamente. Hizo un leve estiramiento y se puso en estado de alerta. Las cosas iban a ponerse feas.

—¿Y qué vas a hacer para pararme? Escucha, al chaval lo perdono porque quiero ver si en un futuro mejora, pero no tengo por qué hacer lo mismo con insectos como vosotros.

Que os deje iros con vida ya es más que suficiente, que os quede claro.

—¡Ja, patrañas! —exclamó, subestimándome—. Al menos ya me ha quedado claro: eres un hueso duro de roer, de los que no se arrodillan ante nadie. No me cabe ni la menor duda de que, si no hago algo, serás una amenaza para nuestra patria... ¡Así que lo mejor será matarte aquí y ahora!

Enz dio un salto hacia atrás y empezó a recitar un cántico. De inmediato, un círculo mágico apareció a sus pies, y envuelto en llamas salió de él un demonio musculoso de piel roja y barba larga.

—He acudido de acuerdo con el trato. ¿Qué es lo que deseáis de mí?

—¡Mata a ese tipo!

El demonio en llamas levantó una ceja y me evaluó con los brazos cruzados. Después, hizo lo mismo con Fafnir y por último con Astaroth.

—Estos tres no son moco de pavo. ¿Acaso seréis capaz de compensarme como es debido? —dijo el demonio de fuego, mirando de reojo a Enz.

Al escuchar sus palabras, Astaroth apretó los dientes y puso una expresión diabólica, mientras que Fafnir parecía no enterarse de lo que estaba pasando. En mi caso, estaba ligeramente sorprendido y poco más. No sentía fuerza alguna proveniniendo del demonio, y su poder era igual o inferior al de los hombres saltamontes. Es decir, era más débil que un insecto. Pero, ¿cómo era eso posible? Saltaba a la vista que era el as en la manga de uno de los seis grandes generales del imperio. Es decir, tenía que tratarse del mismísimo Rey de los

Espíritus. Como en la mazmorra había monstruos capaces de ocultar su fuerza física, no me parecía extraño que este también tuviera esa habilidad, pero que estuviera haciéndolo en ese momento no parecía tener demasiado sentido.

Por lo que acababa de decir el demonio, se entendía que era capaz de analizar el nivel de poder de los demás. Gracias a los guantes de sello divino, todas mis estadísticas estaban al 100, y lo mismo ocurría con Astaroth y Fafnir. Lo hacíamos porque así el enemigo se confiaba, y era más fácil enfrentarse a quien se cree superior que a quien lucha con cautela. Es decir, si el demonio había dicho que los tres éramos bastante fuertes pese a que nos estábamos conteniendo…

—Ya sé. Llévate el maná de mis subordinados. ¿Con eso te vale?

—¡N-no puede estar hablando en serio, señor! —imploró desesperado uno de los subordinados.

—Lo siento, es por la patria.

Enz los había condenado sin miramientos. Casi al instante, los ojos se les apagaron y todos los hombres con túnicas negras cayeron de rodillas.

—Astaroth, ¿los limitadores todavía están activados?

—Así es. Estos insectos no deberían ser capaces de ver nuestra verdadera fuerza.

«¡Puff, ja, ja! ¡Aja, ja, ja! ¡Claro, ahora lo entiendo! Este invocador no es uno de los seis generales del imperio, sino un mero sirviente del Espadachín Imperial. Su actitud tan arrogante me había confundido. Y su… demonio, o lo que sea en realidad, tampoco puede ser el Rey de los Espíritus, porque solo es una piltrafilla», pensé.

En el momento en el que dijo que éramos fuertes con solo 100 puntos por estadística ya me había dado la impresión de que no podía ser para tanto, pero es que encima su debilidad era palpable. Además, ¿no era como muy sospechoso que todo lo que sabíamos sobre el Rey de los Espíritus viniera del imperio? ¿Por qué iban a irse de la lengua sobre su as en la manga? «Joder, qué tonto soy, ¿cómo he podido tragármelo?», pensé. Mientras más vueltas le daba, menos creíble me parecía. No era ningún Rey de los Espíritus, solo un simple espíritu maligno. Era imposible que su majestad espiritual fuera tan débil como para requerir maná de humanos para pelear.

—No vas a necesitar ninguna recompensa porque no vas a tener la oportunidad de reclamarla. De todas formas, ya has perdido tu oportunidad para escapar —dije al espíritu maligno de fuego mientras le apuntaba con el palo de madera.

—¿Escapar? ¿Y por qué iba a escapar? Humano, te lo tienes muy creído —respondió el espíritu de fuego. Su sonrisa contrastaba con el enfado de su rostro.

—Claro, dejar libre a un espíritu maligno suele traer problemas. Lo mejor que puedo hacer es exorcizarte.

—¿Co-cómo me acabas de llamar? —dijo el espíritu maligno. Por el desconcierto en su voz, me dio la impresión de que se había enfadado de verdad.

«Genial, así me gusta. Que no te deje escapar no significa que no espere resistencia de tu parte», pensé.

—¿Oh? ¿No lo eres? ¿Entonces qué? ¿Un monstruo? No, eso no puede ser. No siento que tengas la misma fuerza que sí emanaban los monstruos de fuego de los niveles inferiores del laberinto. Estoy muy seguro de que no eres más que un espíritu maligno.

Para mí, tanto el supuesto espíritu maligno como las bestias negras que había derrotado poco antes apenas se diferenciaban de los insectos que revoloteaban por el bosque.

—¡¡Soy el gran Ifrit, el Rey de los Espíritus!!

—Sí, sí, lo que tú digas. No es como si no hubiera oído antes algo así. ¿Tanto os gusta la fama a los espíritus malignos o qué?

En realidad, era la primera vez que me encontraba con un espíritu maligno, así que tampoco sabía bien cómo persuadirlo. Tras mi última respuesta, al supuesto Rey de los Espíritus se le infló la vena de la frente y empezó a temblar de pura furia.

—¡Ahora sí que estás muerto! ¡No pediré ningún pago esta vez! ¡Lo único que quiero es hacerlo picadillo, arrancarle la carne del cuerpo y beberme su…!

—Que sí, pesado. No me vengas ahora con tus flipadas de espíritu maligno, que no vale la pe…

No había terminado de vacilarle cuando el supuesto Rey de los Espíritus inhaló un montón de fuego y lo disparó por la boca en mi dirección en forma de llamas abrasadoras. Como era de esperar, gracias a mi habilidad de absorción no sufrí ni una sola quemadura. Además, la protección que me proporcionaba la habilidad hizo que ni siquiera mi ropa se chamuscara ni un poco.

—¿¡Co-cómo es que sigues intacto!? —me preguntó, sorprendido.

—Porque se me olvidó decirte que tus llamas del tres al cuarto no me pueden quemar.

—¡¡Imposible!! ¡¡Soy Ifrit, Rey de los Espíritus!! ¡¡Mi fuego es tan poderoso que puede calcinar a cualquier humano sin dejar ni sus cenizas!!

«¡Qué pesado está con el temita del Rey de los Espíritus!», pensé. En ese momento recordé que ya me había encontrado con un enemigo que se comportaba de manera similar. Sí, me refiero a Girimekhala. Su comportamiento era bastante indisciplinado al principio, pero logré reformarlo gracias a mi corrección completa. «Creo que lo mejor sería dejárselo a él, quizá hasta se lleguen a entender mutuamente».

Saqué el bestiario de la bolsa y busqué la página de Girimekhala.

—¡Este tipo no es normal, tus llamas no le hacen mella! ¡Usa todo el poder que tengas para matarlo! —gritó Enz, que al darse cuenta de mi inmunidad al fuego se dejó llevar por la frustración.

Mientras ignoraba a Enz por completo liberé a Girimekhala.

—¡Y-ya lo sé! Solo espera y verás cómo mis enormes llamas lo… ¿¡Eh!? —contestó como un idiota. Frente a él apareció de la nada un gigante de nariz larga que se arrodilló ante mí.

—¡Ohh! ¡Qué gran placer volver a verle, mi señor! ¡Déjeme decirle que me siento honrado de que se haya tomado la molestia de invocar a un gusano como yo! —dijo el autoproclamado dios pérfido mientras me regalaba una reverencia. Tengo que admitir que me excedí un poco con su entrenamiento y ahora se consideraba un gusano en lugar de un dios.

—¿Ves ese espíritu malvado? Quiero que lo metas en cintura. Es incapaz de callarse sus chorradas sobre que es el Rey de los Espíritus.

El supuesto Rey de los Espíritus no paraba de mover la boca como un pez fuera del agua, pero bastó con que Girimekhala le mirara con los ojos abiertos de par en par para que se pusiera a temblar como un conejillo asustado.

—¿Cómo? ¿Un mero espíritu maligno… se niega a escuchar las palabras del amo? ¡Qué desfachatez! ¡Qué falta de respeto! ¡Imperdonable, inexcusable! ¡Debo corregirlooooo!

«¿En serio te enfadas solo por eso?», pensé, viendo que el elefantoide encadenaba una queja tras otra. Los tres ojos se le tiñeron de un rojo tan intenso como la sangre y profirió un fuerte grito hacia el cielo. El supuesto Rey de los Espíritus temblaba tanto de miedo que ya había perdido las ganas de luchar, pero Girimekhala se lanzó en su dirección.

El resultado fue que Girimekhala le propinó una paliza descomunal. No llegó siquiera a ser una pelea. Nadie en su sano juicio la habría llamado así.

El hombre elefante encerró al supuesto Rey de los Espíritus dentro de una niebla en forma de cúpula para evitar que se escapara, y ya en su interior le sacudió hasta la saciedad. Aunque decir que le sacudió sería quedarse corto, más bien le propinó semejante paliza que se le reventaron hasta las ideas. Fue tan brutalmente salvaje que los caballeros más débiles de Rose se desmayaron ante tanta crueldad.

—Eres un gusano. Dime, ¿qué eres? —le preguntó Girimekhala al espíritu de fuego, sujetándole la cabeza.

—¡Sí, señor! ¡Soy un vulgar gusano, uno de lo más miserables! —dijo el espíritu maligno, rogando perdón entre sollozos. Girimekhala asintió satisfecho y me preguntó:

—¿Me concedería el honor de encargarme personalmente de este gusano? Desearía educarlo en mayor profundidad.

Si por mí fuera, me habría gustado cargarme al espíritu. No me gustaba que tratara a los humanos como su fuente de alimento, pero me ganó la curiosidad que tenía por probar el bestiario del cazador expandido.

—Vale, todo tuyo. Encárgate de arreglarle a las malas esa personalidad de mierda.

Girimekhala agarró del cuello a su víctima y se la llevó a su mundo mientras esta gritaba a pleno pulmón. Revisé el libro y vi que en la página en la que estaban los vasallos de Girimekhala había aparecido el nombre «Ifrit».

«¿De verdad se llaman igual? Ahora entiendo tanto ego. En todos lados hay gente que se viene arriba solo porque comparte nombre con alguien fuerte», pensé. En fin, ya solo quedaba deshacerse del sirviente del Espadachín Imperial: el impostor que se hacía pasar por uno de los seis generales

—¡E-espera, e-espera un momento! ¡Por favor, espera! Te juro que puedo serte de... —suplicó Enz con las manos en el suelo.

—No necesito basura como tú. Además, ya has hecho suficiente.

Interrumpí sus palabras destrozándole el cuello con el palo de madera. Después, dirigí la mirada hacia los hombres con túnica que quedaban, que, al verme, empezaron a temblar de miedo.

—Eh, vosotros, llevaos al Espadachín Imperial. Hacedlo y os perdonaré la vida. Pero como os vuelva a ver… Ya sabéis —les dije, apuntándoles con mi lanza de madera. El hombre que parecía ser el ayudante de Enz agarró al joven Espadachín Imperial y comenzó a correr. Los otros hombres con túnica negra también corrieron por sus vidas.

Arnold atrapó a Fracton y a los caballeros bajo su mando, así que no tuve que hacer nada al respecto. Al menos, por fin le había podido devolver el favor a Rose y Anna. Ya solo me quedaba ir a por los hombres saltamontes y retirarme.

Pero ¿y después? Según mis recuerdos, iba camino de ver a mi madre. Sin embargo, ahora que era libre de ataduras familiares quería aprovechar para viajar por el mundo con tranquilidad… y para eso necesitaba dinero. Lo más práctico era reunirlo trabajando como cazador, y la mejor opción para ello era ir a Balse. Además, si seguía esa dirección, pasaría por un lugar llamado arboleda de Silke, en cuyo interior había un nido de monstruos, lo que sin duda me llamaba poderosamente la atención. Sin embargo, cuando di los primeros pasos en dirección al bosque…

—¡Es-espera!

Fracton me detuvo de repente.

—¡So-soy la espada y el escudo del príncipe Gilbert, el próximo rey de esta nación! ¡Ven conmigo, chico! ¡Aunque tengas un don inútil, te aseguro que Su Alteza sabrá apreciar tu grandioso poder!

—¡Desgraciado hijo de puta! ¿¡Te crees que estás en posición de soltar chorradas como esa!? —gritó Arnold en cuanto oyó su estúpida petición, y lleno de ira lo agarró del cuello.

Su reacción fue más que razonable. Fracton y compañía no solo no tenían vergüenza alguna, sino que habían herido a sus compañeros e incluso intentado abusar de una mujer.

—¡Cierra la boca, maldito plebeyo! ¿¡Con quién te crees que estás hablando!? ¡Soy un conde! ¡La chusma como tú no es nada en comparación!

Pero qué asco de persona, era malvado hasta la médula. Un país que estuviera dispuesto a acoger en su seno a semejante escoria debería desaparecer.

—¿Acaso no recuerdas todas las veces que me pisoteaste y llamaste inútil o renegado? ¿Qué te hace creer que me pasaría a tu bando?

La sola idea era inconcebible.

—O-olvídate de esas cosas… ¡Te prometo que con la influencia de Su Alteza borraremos el registro de tu don! ¡También te daremos todo el dinero y las mujeres que desees!

—¿Así fue como corrompiste a esos idiotas que de caballero solo tenían la armadura, miserable? —replicó Arnold. Los caballeros que los habían traicionado temblaron y gritaron al sentir la mirada de Arnold sobre ellos. Todos y cada uno eran gusanos carentes de valor alguno.

—El príncipe Gilbert se convertirá en rey muy pronto. Te aseguro que cuando eso pa…

Me acerqué y le apreté el rostro con la mano.

—Solo lo diré una vez, así que presta atención, ¿vale? No quiero escuchar más suposiciones tuyas. Me importa un comino quién se convierta en el próximo rey. Estoy seguro de que será otro parásito como tú.

—¡Mocoso insolente! ¿¡Acaba de insultar a la señorita Rose!? —gritó Anna a todo volumen. Ahora que tenía la ropa bien puesta de nuevo, había vuelto a ser la misma mujer irritante de siempre. Aunque ella no era la única, los otros caballeros también me estaban mirando de mala manera. Arnold era el único que no se había enfadado, sino que me observaba con un profundo interés.

—Puf, eso mismo. Si quieres, puedo ser más explícito para que te quede bien claro: todos los miembros de la realeza, absolutamente todos, son sanguijuelas que viven a costa del pueblo.

Eran los primeros en discriminar a los demás según el don que recibían, y la cosa iba a peor con la opresión hacia las razas que ni poseían uno. Ninguno de ellos era muy diferente de Fracton. No eran más que parásitos que arruinaban su reino.

—¡¡Maldito!!

Anna explotó de ira y los caballeros hicieron el amago de desenvainar sus espadas. Aquella reacción era perfecta para ejemplificar la verdadera naturaleza de la realeza: todas las veces que las cosas no salían como ellos querían, recurrían a la violencia, siempre con la idea de que todos los que carecían de poder ante ellos no podían hacer otra cosa que obedecerlos. Por eso siempre los había odiado.

—¿Oh? ¿Queréis pelea? Porque acepto con gusto. Vamos, peleemos hasta que solo quede un bando con vida.

Solté a Fracton y me dispuse a plantarles cara. Fafnir también se preparó y empezó a gruñir, mientras que Astaroth suspiró, se crujió los dedos y cambió su expresión por una tan intimidante como la de una bestia.

Mi nuevo oponente era el reino de Amelia, un país gigantesco con un héroe legendario a su servicio. No iba a ser una batalla tan simple como enfrentarme al inexperto Espadachín Imperial y su sirviente. Aunque mi yo del pasado habría titubeado en una situación así, mi yo actual era incapaz de echarse atrás ante algo tan insignificante.

—¡Hace mucho que tomé la decisión de aplastar a todo enemigo que se cruzara en mi camino, sin importar lo fuerte que fuese!

—¡Deteneos!

Una voz hermosa y altiva resonó por todo el campamento. De inmediato, Anna, los caballeros e incluso el mismo Arnold decidieron postrarse con respeto.

—¡Ja! ¿Así os comportáis ante vuestra dueña? —dije, y miré a Rose—. Princesa, ¿acaso me vais a ejecutar por haberos insultado o algo parecido?

La realeza siempre había actuado así. Eran una estirpe de desalmados que derramaba sangre ajena y mancillaba nuestra dignidad por estupideces tan monumentales como la protección de su linaje. La discriminación de los dones menores era exactamente igual, solo servía para que hubiera una clase a la que redirigir el odio y resentimiento que deberían estar enfocados en la nobleza. Por eso las cosas jamás cambiarían con la realeza en el poder.

—¿Ejecutarte? No digas tonterías, si estoy muy contenta.

—¿Cómo que contenta? ¿Estás majara?

«Pero ¿de qué va esta chica?», pensé.

—O-otra vez insul…

Para sorpresa de nadie, mis palabras volvieron a alterar a Anna.

—¡¡Silencio!! ¿¡Es que acaso no has escuchado mi orden!? —intervino Rose, con un tono fuerte y autoritario que nadie hubiera esperado de ella. Al escucharla, Anna se mantuvo al margen—. Verás, es la primera vez que alguien me da la razón.

—¿Qué?

—Que eres la primera persona de todo el reino que veo que piensa igual que yo.

—¿Tienes los oídos llenos de cera o qué? Te acabo de decir que los nobles habéis arruinado el país.

—Sí, y yo te digo que estoy de acuerdo: este país está podrido. La precariedad, las plagas y el crimen se esparcen por cada rincón, pero el gobierno y la realeza no hacen nada para frenarlo. Solo les importa llenarse los bolsillos. Si la situación sigue así, estoy segura de que el país acabará colapsando.

—Razón no te falta… pero ¿y qué? ¿Acaso te crees que puedes arreglar la política de un país por arte de magia?

—Soy consciente de que mi poder e influencia tienen un límite. Pero ¿y si todas y cada una de las personas pudieran participar en la política?

Su propuesta me sorprendió. Imaginar al pueblo decidiendo por su cuenta el rumbo de una nación y velando por sus intereses sonaba a algo totalmente imposible en nuestro mundo. De hecho, era una idea que hubiera sido incapaz de imaginar si no la hubiera descubierto de antemano en algunos de los libros procedentes de otro mundo que había encontrado en el laberinto. Fue en ese momento cuando mi interés por aquella chica empezó a tomar forma.

—¿De dónde has sacado esa idea?

—De un libro sobre otro mundo que me regaló mi tío, que es cazador.

—¿Un libro sobre otro mundo?

—Sí, contaba la historia de un mundo regido por un concepto llamado ciencia. En el mundo del libro la nobleza no existe y todos pueden seguir el camino que les plazca.

Estaba casi seguro de que se refería a los fundamentos no mágicos que había visto en varios de los libros que encontré en el laberinto. Eso quería decir que muy probablemente su libro sí que hablara de otro mundo. Claro que, a diferencia de los míos, el suyo era ficción.

—Pero esa historia no era más que fantasía. ¿Qué te hace pensar que puedes lograrlo en el mundo real?

En los libros que había leído había muchos detalles sobre cómo funcionaba ese otro mundo. Al igual que las monedas, todo en esta vida tiene dos caras, y era probable que el libro de Rose solo mostrase la cara buena de ese mundo.

—Entiendo a la perfección lo que quieres decir. Sin embargo, desde que lo leí sueño con que un mundo como ese se haga realidad.

Rose puso ambas manos sobre el pecho y cerró los ojos.

No era una princesa con los pies en la tierra. Nadie en su sano juicio se plantearía hacer realidad un mundo de fantasía sacado de un libro, menos aún si tenía que entregar la corona para lograrlo. Ahora entendía por qué los nobles querían deshacerse de ella.

—Estás como una cabra —dije, sinceramente asombrado.

—Insolente. Dejad de faltarle el respeto a la señorita Ro…

—¡Anna!

Rose volvió a regañar a su sirvienta. Confundida, esta cerró la boca una vez más. Tras eso, la princesa se dirigió a Fracton y compañía adoptando una expresión más neutral.

—Fracton, ha de saber que sus acciones, así como las de los caballeros que le han apoyado, serán denunciadas de forma directa a su majestad el rey. En el peor de los casos, los crímenes que han cometido hoy podrían ocasionar un conflicto mayor con el imperio. Por tanto, os recomiendo estar preparados para cualquier tipo de sentencia. Pena de muerte incluida.

—¡Jamás! No mientras tengamos al príncipe Gilbert de nuestro la…

—¿En serio cree que mi hermano arriesgaría su vida para salvar a alguien acusado de conspirar con Glitnir?

Fracton se puso pálido y el cuerpo le empezó a temblar. Daba la impresión de que al fin se hubiera dado cuenta del irreparable error que había cometido.

Rose dejó de fijar su atención en Fracton y me miró a los ojos. Entonces, hizo una declaración tan egoísta como estúpida:

—¡Por el poder que me confiere mi título de primera princesa del reino de Amelia, yo, Rosemary lot Amelia, proclamo hoy mismo a Kay Heinemann como mi guarda real!

«Así que guarda real, ¿eh?», pensé, plenamente consciente de lo que implicaba. Se trataba del mayor honor que un artista marcial ameliense podía soñar con conseguir. Era el título más

alto que podía recibir todo caballero, y solo aquellos con derecho al trono tenían la potestad de otorgarlo. El guarda real era tanto el guardián personal de aquel que lo nombrase, como un símbolo de autoridad y poder. Nadie en su sano juicio otorgaría un título así a un paria incompetente como yo. Saltaba a la vista que la chica no estaba en sus cabales.

—¡S-su Alteza, le pido que se retracte! ¡Recuerde que el chico es un inútil por naturaleza y un renegado, un hereje! ¡No puede entregar semejante título a…! —protestó Anna, tal y como era de esperar.

—¡Te he dicho que guardes silencio! ¿O es que acaso conoces a alguien más apropiado que él? —preguntó Rose, usando de nuevo su tono autoritario.

—Co-con todo respeto, ¿no sería más apropiado elegir a un caballero de la guardia real con buen historial y prestigio a sus espaldas? ¡Estoy segura de que cualquiera sería mil veces mejor que él!

—¿Te refieres a los caballeros que nos han traicionado bajo las órdenes de Fracton? ¿Los mismos que el consejo privado aprobó con permiso de la Corte Real? ¿Los mismos que luego intentaron forzarte? Anna, todos son seguidores de mi hermano. Lo siento, pero ya no puedo confiar en la Corte Real.

—Y lo entiendo. Pero, incluso teniendo todo eso en cuenta, no creo que sea correcto darle ese título a un… —dijo Anna, mordiéndose los labios con rencor.

—¿Renegado? ¡No digas tonterías! ¿Acaso te perdiste la parte en la que Kay derrotó al Espadachín Imperial? Él está a un nivel que ninguno de nosotros podremos alcanzar ni con los dones que tanto atesoramos.

—Pero, Su Alteza…

—Lamento mucho ser tan dura, pero, si fuera una diosa, preferiría darle mi bendición a alguien como él antes que a ti. Porque una diosa omnisciente sabría que es lo correcto.

—¿¡…!?

«Pues bien que soy el único al que no bendijo», pensé.

A mis ojos era una tontería de las gordas, pero Anna se quedó tan impactada que bajó la cabeza y cerró la boca. Era un ejemplo claro de la forma en la que los humanos se ven afectados cuando sus mayores allegados no comparten sus principios con ellos. Pero en fin, cada loco con su tema, vaya. Yo ya me había decidido a viajar por el mundo y no entraba en mis planes quedarme en la línea de salida.

—Deja de incluirme en tus planes sin preguntar. Porque, es más, me niego. No tengo intención alguna de aceptar el cargo.

Al escuchar mi negativa los demás caballeros respiraron aliviados.

—Lo siento, serás mi guarda real. Me cueste lo que me cueste.

«Qué chica tan pesada, no me esperaba que fuera así», pensé. Lo suyo rozaba peligrosamente la obsesión.

—El guarda real es quien da la cara por el heredero al trono, ¿no? —pregunté a Rose.

—Así es. Muchos lo comparan con el florero de una hermosa flor.

—En ese caso, necesitas un florero que te haga brillar, no uno como yo. Solo soy un inútil, así que no podrías haber elegido a alguien menos capacitado.

—¡Tú eres el único al que puedo confiarle este trabajo!

—¿El único? Ja. ¿Y qué hay de *Su Heroicidad*? Se dice que el tal Mashiro es bastante fuerte, y supongo que debe de ser muy popular también.

—El Héroe es parte de las fuerzas desplegadas en la campaña contra el Rey Demonio. Si lo convierto en mi guarda real, se rompería el equilibrio entre las grandes fuerzas de Amelia. En el peor de los casos, podría llegar a ocasionar un conflicto interno. Además, todavía no confío mucho en el Héroe.

—¿Y por qué no le pides al señor capitán de los caballeros del reino que sea tu guarda real una vez tu padre haya abdicado? Tiene la habilidad necesaria y es el tipo de persona que estás buscando.

—Los guardas reales sirven a la misma persona toda la vida. Incluso si mi padre abdica, Arnold seguirá siendo su guarda real.

—Pues encárgaselo a uno de tus subordinados. A mí no me eches el muerto.

—El título de guarda real es el honor máximo al que un caballero puede aspirar. Solo lo puede llevar alguien cuya fuerza sea indiscutible. Me entristece admitirlo, pero no existe nadie así entre mis subordinados.

—...

Las palabras de Rose fueron tan contundentes que Anna y el resto de caballeros se quedaron callados, con cara de remordimiento.

—¡Quiero que seas mi guarda real más que nadie en este mundo! —reafirmó tras mirar de reojo a los caballeros a su alrededor.

—Eso es lo que tú quieres, no lo que yo quiero. Lo siento, búscate a otro.

—No existe nadie más. Tú eres el único que puede ser mi guarda real.

—Di lo que quieras, no lo haré.

—¿Estás seguro? —dijo Rose, esta vez con una sonrisa que me dio mala espina.

—¿Qué quieres decir? —decidí preguntarle, intrigado.

—Si no aceptas, me veré obligada a nombrar a Lena Groat como mi guarda real.

—¿Qué? ¿Por qué nombrarías a una novata que jamás ha luchado en su vida?

Había oído a Rose alto y claro. Puede que fuera escoria, pero no se chupaba el dedo. Según recordaba, Lena era demasiado amable e inocente, y luchar contra demonios no era moco de pavo. Ella no podría contra todos esos enemigos simplemente utilizando la fuerza, y estaba seguro de que Rose lo sabía mejor que nadie.

—Sí, pero sigue siendo la portadora del don de Espadachín Maestra. Su habilidad blandiendo espadas está por encima de la del Héroe. Además, podría anunciar que mi nueva guarda real es ni más ni menos que la poseedora del don que ha salvado nuestro reino en incontables ocasiones. Tenerla de mi lado me podría ser de gran utilidad a la hora de frenar los planes de los otros pretendientes.

—¿Y si ella no quiere?

Con lo amable e inocente que era Lena, no me entraba en la cabeza que estuviera dispuesta a cooperar con las escorias del palacio.

—Ya me ha dicho que estaría encantada.

«¡Lena, pedazo de idiota!», pensé. Aunque luego recordé que ella jamás rechazaba la petición de un amigo.

—¿Y cuál sería su cargo en caso de que aceptara?

—El Héroe y la Espadachín Maestra son esenciales en la batalla contra el Rey Demonio, de modo que no podemos permitirnos prescindir de ninguno de los dos. Ella estaría ayudando desde lejos siempre que no tenga lugar una batalla importante. Pero…

—Que sí, que lo he pillado. Lo que quieres decir es que correría cada vez más peligro estando en esa posición, ¿no?

—Así es.

Gilbert, el hermano de Rose, era un idiota que no estaba en sus cabales. Si era capaz de vender a su propia hermana a un país enemigo, también lo sería de atentar contra la vida de Lena en el caso de que se convirtiera en la guarda real de Rose. Gracias a mis recuerdos de la infancia, recordaba con claridad cómo era Lena. Por eso aborrecía la idea de permitir que le pasase algo. Aunque… si esta se creía que me iba a dejar chantajear, y más usando a Lena como rehén, estaba muy equivocada.

—Resumiendo... ¿me estás amenazando? —pregunté, lleno de ira. La hostilidad que emanaba provocó que los caballeros que estaban tras ella soltaran un pequeño grito de temor y retrocedieran. Incluso Anna, que no dejaba de temblar, tenía el rostro pálido como un fantasma. Los únicos que no se amedrentaron fueron Arnold y la propia Rose.

—Lamento mucho que las negociaciones tengan que acabar así, pero quiero dejar claro que lo que yo busco es un acuerdo equitativo.

—¿Equitativo? ¿Qué tiene de equitativo obligarme a aceptar un trato a base de dejarme sin opciones?

Su razonamiento era demasiado egoísta, pero tampoco era algo que me sorprendiera viniendo de la realeza. Por otro lado, no me esperaba que Rose también fuera así, pero supongo que los recuerdos del antiguo Kay Heinemann me estaban influenciando. Como se suele decir, la falta de experiencia lleva a cometer errores.

—Exacto. Te estoy arrebatando la libertad de elegir. Pero, si a cambio te doy la mía, ¿no crees que sería un acuerdo equitativo?

—Pero ¿de qué me estás hablando?

—De esto.

Rose sacó un anillo con una joya dorada incrustada. Tras entregármelo, lo revisé utilizando la habilidad de análisis.

Anillo de servidumbre:
Quien porte este anillo de gema dorada será capaz de controlar a quien tenga puesto el de la gema roja. Sin embargo, no tendrá efecto si la persona objetivo tiene una estadística de resistencia mágica más alta que la energía mágica de la persona que lo controla.

Nivel del objeto:
Intermedio.

No me esperaba que me diera un anillo que le robase el libre albedrío, y menos aún que Rose ya tuviera puesto el otro anillo en el dedo índice. Es decir, estaba dispuesta a dar lo que fuera con tal de cumplir con sus ideales, incluso si ella misma tenía que ser el precio a pagar. Pero lo que la princesa no entendía era que el autosacrificio exige tener la suficiente determinación como para hacer todo lo que sea necesario, y eso tiene que salir de lo más profundo del corazón, no de la magia de un artefacto malicioso. Hay que dejarse el cuerpo y el alma para cumplir con toda exigencia que se deba cumplir. Además, la forma en la que me había ofrecido el trato carecía de sentido, me resultaba completamente irracional.

—Son «anillos de servidumbre». La familia real los ha usado a lo largo de las generaciones con el fin de evitar cualquier posible traición. Para poder…

—No tienes que explicármelo, ya entiendo cómo funciona. Mejor deja que te haga una pregunta: ¿qué harías si me aprovechara de este anillo para obligarte a destruir tu propio país?

La pregunta sorprendió un poco a Rose.

—Sé muy bien que no eres el tipo de persona que pediría algo así —respondió sin dudar, pese a que no tenía ninguna prueba que sostuviera su opinión.

—No seas tonta. Que te quede claro: todas las personas son criaturas que sucumben a sus deseos. Bájate de la nube antes de que sea tarde.

No sabía qué más podía decir ante semejante sarta de estupideces. La princesa era solo una chiquilla ignorante, igual que el nuevo Espadachín Imperial. Me había quedado claro que su excesiva ingenuidad no tardaría en acabar con ella. Cuando se trata con enemigos tan rastreros como cobardes, hay que actuar con cautela y un plan siempre en mente, sin titubear a la hora de aniquilarlos. El problema era que su forma de pensar y actuar era demasiado infantil, así que exigirle esa muestra de cordura sería como pedirle peras al olmo. Por lo menos, alguien debería estar ojo avizor por si su hermano Gilbert volvía a actuar y pensar en cómo protegerla, pero Arnold no era su guarda personal y no podía estar encima de ella para siempre. Eso quería decir que la flipada de la princesa no tendría a nadie que pudiera protegerla en condiciones. En ese sentido era comprensible que se estuviera precipitando de esa manera, hasta el punto de hacerme chantaje y proponerme tratos tan inusuales.

—En serio, lamento mucho haber involucrado a Lena, pero es cierto que…

—Vale, que sí.

Suspiré hasta vaciar los pulmones y destruí el anillo dorado.

—¿¡P-por qué lo has destruido!? —preguntó, con el rostro blanco como un espectro. El anillo rojo de su dedo también se hizo añicos en ese mismo instante. Acto seguido, me giré hacia Arnold, que todo ese tiempo nos había estado observando de brazos cruzados.

—Arn, a ti te habían encargado cuidar de esta inconsciente, ¿no es así?

—Así es —respondió, sorprendido.

—Entonces, cántale las cuarenta. Ya hablaremos luego del resto.

Aquella chica era todo un peligro. No quería dejar morir a una chiquilla como ella, y menos sabiendo que era buena amiga de Lena y Keith. Me quitaría el sueño de por vida.

Sea como fuere, no tenía un objetivo específico en mente, así que decidí aceptar la estúpida propuesta de Rose, al menos hasta que encontrase otro guarda real.

—De acuerdo, eso haré.

Arnold agarró la pequeña mano derecha de Rose y empezó a arrastrarla hacia su tienda de campaña.

—E-espera, Arnold, que aún no hemos terminado de hablar…

—Pues parece que él sí, princesa.

—¿Qué quieres decir?

—Que ahora lo más importante es hablar y reflexionar como es debido sobre todo lo que acaba de decirse —dijo Arnold, forzando su mejor sonrisa. Siguió tirando de Rose hasta que finalmente entraron en la tienda.

—Milord, cualquiera diría que le encanta meterse en problemas ajenos —comentó Astaroth, con tono perplejo.

—No te metas donde no te llaman —respondí con indiferencia, encogiéndome de hombros. Luego me interné en el bosque para recoger a los hombres saltamontes.

CAPÍTULO 4
CONSPIRACIÓN EN POPLAR

El intento de secuestro de la princesa, perpetrado por la nobleza del país en colaboración con los generales de un estado enemigo, fue un crimen sin precedentes que amenazaba con desencadenar una guerra civil. En vista de la conspiración que se estaba cerniendo sobre el reino, se ordenó a Arnold, capitán de los caballeros y guarda real del rey, que regresara a la capital lo antes posible y entregara a Fracton y compañía a la justicia.

Al margen de la magnitud del crimen en cuestión, la prioridad para Arnold era quedarse con la princesa y protegerla, pero el muy cabrón me dejó a mí el marrón y se fue a la capital junto con los criminales. Y así es cómo acabé encargándome de la apasionante misión de proteger a *Su Inconsciencia*. Mientras todos en Balse debían de estar preguntándose por qué Rose no había vuelto con Arnold, nosotros nos quedamos unas cuantas semanas en Poplar, un pequeño pueblo a los pies de las montañas de la gran arboleda de Silke.

—«Esperad aquí hasta que confirme que Balse es un lugar seguro». Qué cara más dura tiene... —dije, imitando a Arnold, y me dirigí a la princesa—: Oye, ¿qué has hecho para que te odien tanto los nobles?

Por lo visto, su padre, el rey de Amelia, le había ordenado que se refugiara porque tenía el presentimiento de que otro de los seguidores de Gilbert o algún compañero de Fracton podría intentar acabar con ella.

—¿¡Cuántas veces tengo que decirte que muestres más respeto hacia la señorita!?

Como de costumbre, Anna se enfadó conmigo.

—Dicho así suena bastante mal, pero es cierto que me odian. Aunque precisamente por eso me hace tan feliz tenerte como guarda real —dijo Rose, inclinando la cabeza y sonriendo con amargura. Solo estaba intentando ser considerada.

—Ya te he dicho que va a ser solo algo temporal, ¿eh? A la primera persona que dé la talla con la que te topes, me voy. ¿Lo captas?

—Claro que lo capto. Solo durará hasta que encuentre a alguien adecuado —respondió. Esta vez sonrió con sinceridad y asintió varias veces.

«¿En serio me está prestando atención?», pensé. Se suponía que Arnold le había echado la bronca, pero a la mañana siguiente volvía a tener el ánimo por las nubes. Mientras que a mí me dio mala espina, para los demás caballeros era como tener delante un presagio del fin del mundo.

Ese mismo día se acordó que me uniría al grupo de Rose, pero con algunas condiciones: Primero, que nadie se metiera en mis asuntos o en los de mis otros sirvientes. Segundo, que nadie nos diera órdenes ni se entrometiera en nuestras decisiones. Y, por último, que mi papel como guarda real solo sería temporal. Rose aceptó y, al menos por el momento, había estado cumpliendo las dos primeras reglas.

—Entonces, ¿por qué crees que tus enemigos han recurrido a la fuerza esta vez? —pregunté.

Rose tosió un poco para aclararse la garganta y empezó a explicarse con seriedad:

—Diría que es porque los seguidores de mi hermano saben que pronto empezará la batalla por la sucesión, y temen que elija a Lena como mi guarda real.

—¿Quieres decir que tienen miedo de que tu facción se fortalezca al añadir a la poseedora del don de Espadachín Maestra a sus filas?

—Sí, pero eso no es lo más importante. Su don es valioso, pero la razón principal es Lena en sí misma. Ella se ha vuelto una persona muy querida por todos los altos cargos del reino e incluso por algunos miembros de la alta nobleza.

«Así que se ha convertido en una persona influyente… O los recuerdos del viejo Kay no son de fiar, o aquí hay algo que no me cuadra. Según recuerdo, Lena tenía una actitud incluso más vulgar que la mía», pensé, con un nuevo abanico de preguntas en la mano.

—Ya veo. Entonces, haga lo que haga, Lena estará en peligro.

—Es probable.

Como era de esperar, Rose estaba preocupada. No parecía mentira que Lena fuera su mejor amiga. Me había resultado muy extraño que me amenazara con darle el título a Lena de aquella manera tan despreocupada, pero ahora entendía que también era para protegerla. Mientras Rose siguiera siendo una amenaza para el memo de su hermano, Lena estaría en peligro. No me cabía la menor duda de ello, especialmente teniendo en cuenta que todo el mundo sabía de su amistad. Así pues, la mejor opción consistía en conseguir otro guarda real para que Lena pudiera mantenerse neutral en todo ese conflicto. Además, su hermano y su facción no parecían tan tontos como para jugarse el pellejo atentando contra la vida de una persona tan querida por los demás nobles. Aunque tengo que decir que eso no quitaba que su decisión fuera la más estúpida que se le podría haber ocurrido, así que no se merecía ni un cumplido por mi parte.

—¿Y cómo planeas encontrar a la mente maestra tras las acciones de Fracton? —pregunté, pero Rose se mordió el labio inferior y negó con la cabeza.

—Fracton solo era la persona encargada de llevar a cabo el plan. Lo más probable es que no se le informara de nada más allá de la batalla por la sucesión, así que dudo que podamos sacarle algo con lo que incriminar a Gil y los suyos.

—Pues sí.

Gracias a la enorme suerte de Rose y a un montón de sucesos inesperados, el plan de secuestro que se había ideado junto con el imperio acabó fracasando, pero seguramente no serían tan tontos como para no haber pensado en una forma de cubrirse las espaldas. Tenía la certeza de que se habrían asegurado de no dejar prueba alguna que los incriminase.

—En cualquier caso, supongo que ya no volverán a actuar hasta que llegue la hora de la verdad.

—Exactamente. Es por eso que debemos aprovechar el tiempo para prepararnos y conseguir más aliados.

—Como veas.

Rose planeaba conseguir el apoyo de los mercaderes y los demás nobles por medios pacíficos, así que pintaba a que yo ahí no tendría que hacer nada. Pero, por otra parte…

—Amo... tengo sueño.

De repente, Faf me agarró de la manga de la camisa y empezó a quejarse mientras se frotaba los ojos para evitar quedarse dormida.

—Normal, ya es hora de irse a dormir. Venga, volvamos a nuestra habitación.

Me puse de pie y me subí a la somnolienta Faf a la espalda. Pero cuando me disponía a irme, Rose me detuvo:

—Kay.

Me di la vuelta.

—¿Pasa algo? —pregunté. Rose se puso de pie e inclinó la cabeza.

—Que te agradezco mucho que hayas aceptado ser mi guarda real.

Acababa de escuchar algo que nunca me habría esperado de un miembro de la realeza.

Mandaba narices que Asta (le había puesto ese mote a Astaroth) no hubiera salido de su habitación en todos esos días. Según me había contado, era de esos demonios que podían recuperar energía tan solo mediante la absorción del maná del ambiente, así que no necesitaba salir a ingerir nutrientes. Pero todo tenía un límite, así que le pedí prestada la llave de su habitación a la dueña de la posada, para al menos confirmar que seguía con vida.

En su interior había ropa tirada por el suelo y una montaña de libros sobre la mesa. Sin embargo, en la cama estaba durmiendo boca arriba una mujer alta y hermosa en ropa interior.

—Ahí va... si es una mujer.

No me había dado cuenta antes porque la capa siempre le cubría el pecho, pero, en cuanto vi su enorme delantera, todo cobró sentido. Siempre me había parecido que tenía un rostro y un timbre más parecidos a los de una mujer que a los de un hombre, pero nunca se me pasó por la cabeza que de verdad fuera una mujer. Aunque tampoco es que me importase demasiado su sexo.

Caminé hacia la ventana y la abrí con fuerza. Luego cogí un cubo de madera y una escoba que estaban en un rincón y empecé a golpearlos el uno contra el otro.

—¡Arriba, es hora de despertarse! ¡Que te vas a perder el paseo por el pueblo!

Los rayos de sol entraron por la ventana y se posaron sobre sus ojos, forzándola a despertar. Tras levantarse, miró de un lado a otro hasta que establecimos contacto visual. En cuestión de segundos, los ojos se le abrieron de par en par y, en cuanto se dio cuenta de que estaba medio desnuda, todo su cuerpo se puso totalmente rojo. Luego soltó un chillido tan agudo como el de un ave y se cubrió el cuerpo con las sábanas.

«Qué curioso. Su reacción me recuerda un poco a las de mis amigas de la infancia», pensé.

—¡S-salid de inmediato!

—Mm, claro. Siempre y cuando prometas no vivir encerrada en una pocilga a partir de ahora.

—¡Lo prometo!

—Bien. Te creeré por esta vez.

No me pareció que estuviera mintiendo, así que decidí confiar en ella. De todos modos, si volvía a encerrarse en su habitación, no tenía más que volver a despertarla de la misma manera. Pero, madre mía, ya podría haber sido más independiente...

—Te espero en el primer piso. Ponte algo y baja.

Tras decir eso me dirigí hacia la entrada pensando: «Bendita sirviente que me ha tocado. Si no llego a entrar, esta es capaz de no salir de ahí en su vida».

Poco después, utilicé uno de los objetos de la mazmorra para volver a Nemea invisible. De ese modo, podría proteger a Rose sin levantar sospecha. Mientras tanto, esperé a Asta en la entrada junto a Faf y Fen. Después de unos minutos, bajó con las mejillas todavía un poco rojas.

Ese día, Asta no vestía la túnica de siempre, sino unos pantalones morados y una blusa del mismo color conjuntados con un sombrero también de color morado. Su vestimenta dejaba bien claro que realmente era toda una mujer. De haberla conocido con ese aspecto, jamás la habría confundido con un hombre.

—¿Y por qué vas así hoy? —pregunté, y giró la cabeza en la dirección opuesta.

—Porque quería probar algo diferente —respondió, tan cortante como lo eran mis amigas en esas mismas situaciones. Supongo que sería cosa de mujeres.

—¡Bien, vamos!

Y con todo dicho y hecho, nos fuimos a pasear por el pueblo de Poplar.

Nada más abandonar la posada, salimos a una avenida tan concurrida que contar cuántas personas había habría sido una tarea titánica. Poplar era un pueblo de paso en el camino a la capital de Balse, que se encontraba en el extremo sur de la gran arboleda de Silke.

Balse era una de las cinco ciudades más grandes y prósperas de todo el reino de Amelia gracias a que la arboleda de Silke era un mar de árboles plagado de monstruos poderosos. Por eso, muchos cazadores paraban en la ciudad para prepararse antes de entrar en la arboleda.

En comparación con Balse, en los alrededores de Poplar no había más que unos cuantos animales salvajes, limos y tal vez goblins. Por eso la mayoría de los cazadores de esa zona eran novatos. Entonces, ¿por qué era un pueblo tan concurrido? Pues porque todos los mercaderes del mundo venían a por sus archiconocidos frutos rojos.

Otra de las características del pueblo eran las personas con orejas de animal que uno se podía encontrar a diario en sus tiendas, haciendo negocios con la clientela del lugar. Era un pueblo habitado por un gran número de zoomínidos, algunos de ellos huérfanos desplazados por la guerra. Aunque estos «hombres-bestia» parecían ser muchos, su población no llegaba a los millares, por lo que solo la mitad de los habitantes del pueblo eran zoomínidos. Sin embargo, lo que hacía que Poplar fuera un lugar tan particular era la dignidad con la que se les trataba, teniendo en cuenta que en Amelia eran una raza marginada por su incapacidad para poseer un don. Y por si no fuera suficiente, también se decía que era el pueblo natal de Wolfman el Cazador, un gran héroe que supuestamente vivió en Poplar hasta que desapareció en un laberinto. Ese era el motivo por el que siempre había querido visitar el pueblo.

—¡Qué bien huele esa carne! —dijo Faf mientras saltaba de la emoción.

—¡Carne, carnecita, carnecitita! —cantó Fen con la cabeza alta sin dejar de mover las patitas de arriba abajo.

Ambos estaban de muy buen humor. Probablemente porque era la primera vez que veían un lugar con tanta variedad de comida, ya que no paraban de moverse de un sitio a otro, yendo de tienda en tienda y llenándose las mejillas con la comida que se compraban con el dinero que les había dado.

El problema era que el dinero que me había entregado mi abuelo como regalo de despedida no era infinito. Tenía que encontrar una forma de ganar más. Mi primera opción había sido vender la enorme cantidad de armas y objetos que había conseguido en la mazmorra durante mis cien mil años de expedición, pero que un inútil como yo los vendiera podría llamar la atención y prefería evitarlo en la medida de lo posible. No me importaba apañármelas con los problemas en los que me viera envuelto, pero no me apetecía generarlos yo. Después de todo, solo quería una vida pacífica. Eso me dejaba con la segunda opción y la más viable de las dos: trabajar como cazador y ganar dinero haciendo algunas misiones.

Le estaba dando vueltas al asunto cuando me di cuenta de que había mucha gente reunida en el centro del pueblo. Me pudo la curiosidad y decidí ir a echar un vistazo al origen del alboroto: en medio de la multitud había un hombre sentado en una silla. Vestía un atuendo elegante pero de mal gusto y en el pecho tenía la insignia de un dragón con una corona. Era el emblema de la bandera de Amelia, aquel que solo algunos

miembros de la alta nobleza tenían permitido portar. A su alrededor, un montón de espectadores no dejaban de mirarle.

—Es de la cosecha de este año, su señoría —dijo un hombre de cuerpo robusto, cabeza rapada y orejas de oso mientras le mostraba un plato blanco que sujetaba nervioso con las manos. En el centro había una fruta roja, que el noble miró con claro desprecio. Después le hizo una señal a otro hombre que vestía una túnica negra, y de inmediato apareció un pequeño círculo mágico debajo de él. El círculo se movió hacia el hombre con orejas de oso y desapareció tras un destello.

El círculo mágico era muy pequeño y duró unos escasos segundos, por lo que ninguna persona del pueblo llegó a percatarse de él. Siempre me había dado la impresión de que Asta tendría conocimientos sobre hechicería, así que le pregunté:

—Asta, eso de ahora ha sido magia, ¿me equivoco?

—¿Tú qué crees? Se trata de un claro intento de magia de alteración molecular moderna. Uno tan deficiente que me es hasta desagradable. Ni siquiera me atrevería a considerarlo magia —respondió, con una expresión de desagrado muy evidente.

—¿Ocurre algo, señor conde? —preguntó el hombre con orejas de oso al percatarse de que el noble de pelo rubio rizado no extendía la mano hacia la fruta.

—¡No me metas prisa! —respondió con fastidio. Cogió bruscamente la fruta y le dio un mordisco. A todos los presentes se les caía la baba mientras el noble de mediana edad masticaba la supuesta fruta roja de Poplar de la que tan bien se hablaba. Al cabo de unos segundos, el noble escupió la fruta y estampó contra el suelo la que le quedaba en la mano—. ¡Esto está podrido, desgraciado! ¿¡Acaso me tomas por imbécil!? —gritó, iracundo.

—¿Eh? ¿Cómo? ¡Tiene que ser un error!

Sorprendido, el hombre con orejas de oso cogió los restos de la fruta del suelo y los probó.

—N-no puede ser…

El hombre se puso pálido al instante. El noble dejó de prestarle atención para dirigirse a un humano de avanzada edad que tenía cerca.

—Señor alcalde, acérquese y escuche: me llamo Geddy y su alteza el príncipe Gilbert me ha encomendado el deber de venir a negociar con la gente de Poplar para que suministréis vuestra fruta a Su Alteza de forma regular. Darme fruta podrida significa que tampoco os importaría dársela al príncipe Gilbert. En otras palabras, de hoy en adelante la Alianza de sangre os considerará enemigos. ¡Tenedlo muy presente! —dijo, señalando con el dedo al anciano.

—¡Por favor, os ruego que nos perdonéis! ¡Debe de haber sido un error!

El anciano empezó a suplicar casi al instante. Se puso de rodillas y pegó las manos y la frente contra el suelo. Inmediatamente, el resto de personas detrás de él repitieron el gesto.

—¿¡Qué error!? La prueba de vuestra afrenta la tengo aquí mismo. Habéis intentado darle fruta podrida a Su Alteza. ¿¡Acaso creéis que vamos a tolerarlo!?

—¡Os juro que jamás se nos ocurriría algo así! ¡Por favor, os ruego vuestro perdón!

Todos los habitantes de Poplar se disculparon junto con el alcalde.

—¡Ni hablar! ¡Todo el pueblo será decapitado por esta ofensa tan grave a Su Alteza!

—¡Por favor, perdónenos la vida!

Todos seguían implorando cuando el conde Geddy puso las manos sobre las rodillas.

—De acuerdo. Mostraré misericordia por esta vez... pero solo a cambio de una compensación de cincuenta millones de *ols*.

—¿¡Cincuenta millones!? ¡Con el debido respeto, señor conde, es imposible que consigamos tal cantidad!

—Entonces, que sean treinta millones. ¡Y pagadlos sin falta!

—No puede ser...

Los llantos de desesperación de los aldeanos resonaron mientras el tal Geddy sonreía de oreja a oreja. Su expresión, llena de malicia y placer, lo decía todo. Con nobles como esos, que poco se diferenciaban de simples ladrones, no me costaba entender por qué Rose era tan odiada en su propio país.

El noble me estaba tocando tanto la moral que decidí intervenir, me daba igual si acababa desatando una guerra por todo el país. Di un paso al frente, pero justo en ese momento...

—¡Me temo que no, conde Geddy!

De repente, apareció detrás del noble un hombre de pelo morado y puntiagudo que llevaba dos espadas finas de hoja curva en la cintura.

—Así es. No tiene sentido que ellos mismos hayan ofrecido una fruta podrida. Es más coherente pensar que se trata de un error.

A su lado apareció otro chico más. Tenía el pelo verde y llevaba ropa cómoda y ligera.

—¿Quiénes sois? —preguntó Geddy, frunciendo el ceño.

—Soy el líder de Coin, uno de los cuatro gremios sagrados elegidos por el Héroe Mashiro. ¡Me llamo Cider, el de la Espada espinosa! Y me acompaña nuestro segundo al mando, ¡Cover, el Sabio! —dijo el hombre de pelo morado y puntiagudo.

—Es un placer —saludó el otro, poniendo la mano a la altura del pecho en señal de respeto.

Geddy abrió los ojos con sorpresa.

—¿¡Qué hace aquí uno de los cuatro gremios sagrados!? Aunque bien pensado… ¡Caballeros, estos insolentes han osado darme de comer fruta podrida! ¡A mí, el representante de su alteza el príncipe Gilbert! ¡Se mire por donde se mire, no puedo perdonar tal ofensa hacia la corona! —respondió, levantando el puño derecho con fervor.

—El príncipe Gilbert no es como los demás nobles, es una persona comprensiva. Estoy seguro de que perdonará un malentendido tan tonto como este.

—Puede ser, pero ¡mi gran lealtad hacia él me impide hacer la vista gorda!

Cover asintió varias veces con los ojos cerrados como respuesta al discurso de Geddy, y dijo:

—Entendemos cómo se siente, todo el gremio admira y estima mucho a Su Alteza. Sin embargo, teniendo en cuenta lo bondadoso que es, no creo que se sintiera feliz de verle actuar de esa manera. ¿Le importaría controlar su ira por el bien de nuestra imagen?

Tras escuchar sus palabras, Geddy se cruzó de brazos y se paró a reconsiderarlo.

—Vale, por esta vez haré una excepción muy especial solo por tratarse de uno de los cuatro gremios sagrados. ¡Y vosotros, id a por otra fruta! ¡Y ni se os ocurra traerme otra que esté podrida!

—¡Sí, señor! ¡Enseguida!

El alcalde asintió con vehemencia. Todos los aldeanos se abrazaron con felicidad y empezaron a corear alabanzas hacia Coin y el tal Gilbert.

—Asta, ¿qué te ha parecido?

—De las actuaciones más lamentables que he visto —dijo con desinterés. Había estado observando toda esa comedia con desagrado, entre bostezo y bostezo.

—¿A ti también te lo parece?

—Por supuesto que sí. En primer lugar, nadie en su sano juicio alabaría a ese príncipe mojigato. Es la fuente de todos nuestros problemas.

—Hay que ver, ¿eh?

La posibilidad de que Geddy y los miembros de Coin estuvieran confabulados era alta, y a ese paso iban a terminar exprimiendo hasta la última gota del pueblo. Pero, aun sabiendo eso, yo no era ningún héroe y ya estaba muy viejo como para tomarme la molestia de acabar con un puñado de hipócritas. No tenía ganas de velar por un rebaño de idiotas incapaces de darse cuenta de que los estaban llevando derechitos a su propia destrucción. Lo mejor era dejar que lidiaran con sus propios problemas.

—Vámonos —dije, y me fui junto con Asta y compañía.

Extremo noroeste de la arboleda de Silke.

En pleno bosque, un hombre y una mujer se encontraban cara a cara. La mujer era una chica preciosa, de cabello rubio y ataviada de la cabeza a los pies con una prenda completamente negra. La intranquilidad se le reflejaba en el rostro, como si se estuviera jugando la vida. El hombre que tenía justo enfrente era alto y estaba lleno de tatuajes, llevaba unas finas gafas de sol que no dejaban verle los ojos y tenía las manos en los bolsillos. A diferencia de ella, estaba bastante tranquilo e incluso alegre por algún motivo.

—Vaya, parece que estamos en una de esas ruinas antiguas tan famosas. Me suena que la última vez me dijiste que conocías otras como esta, pero que en su interior solo había debiluchos —mencionó el hombre.

—Ya, pero recuerda que aún estamos en la entrada. Los monstruos más fuertes están en la parte profunda de la arboleda.

—Puede que esa sea vuestra opinión, que para ser demonios dais bastante pena, pero para nosotros los de más adentro siguen siendo unos debiluchos —dijo vacilando, con la intención de provocarla. La mujer respondió encogiéndose de hombros y arqueando la ceja.

—Supongo que sí. En cualquier caso, aquí es donde duerme el legendario monstruo Taotie. Tu misión es despertarlo y que siembre el caos. ¿Aceptas o no? —preguntó la mujer, con seriedad.

—Pues claro que sí. No todos los días uno puede ganar cien millones solo por despertar a un bicho gigante. Y de paso me echaré unas risas observando cómo nuestro legendario amigo hace que los humanos griten mientras huyen despavoridos —respondió el hombre de las gafas de sol mientras miraba absorto al interior de la cueva y el profundo camino que tenía delante.

—Das asco.

—¿Tú crees? ¿Te suena eso de que la desgracia ajena es tan dulce como la miel? Ver a los débiles agonizando de dolor, temor y desesperación es un privilegio del que solo los poderosos podemos gozar. Estoy seguro de que los demonios también os habéis sentido así al menos una vez.

—No nos metas en el mismo saco —protestó la mujer de forma distraída.

—¿Eh? ¿Me equivoco? Ahh, claro, ja, ja, ja. Nosotros podemos porque somos poderosos, pero vosotros sois débiles. Se me había olvidado, perdona —dijo, y siguió riéndose entre burla y burla.

De repente, varios hombres vestidos de negro aparecieron de entre los árboles, saltaron hacia el hombre con gafas de sol y le apuntaron con lanzas y espadas.

—¡Ruego que nos perdone, señorita Neila! ¡No podemos seguir soportando las humillaciones de este sucio bandido! —exclamó uno de ellos con indignación.

—¡Alto! ¡Bajad las armas de inmediato! —respondió ella, también enfadada.

—Pero, señorita…

—¡Haced lo que os digo!

—¡A sus órdenes!

Los hombres de negro se amedrentaron al ver cómo el rostro de su ama pasaba de la inexpresividad a una furia digna de una bestia. Bajaron las armas y se alejaron del hombre con gafas.

—Perdona la insolencia de mis subordinados, me hago responsable de su comportamiento.

Neila era una de las tres personas más cercanas a Ashmedia, el Rey Demonio de la oscuridad. Como era bastante conocida por su gran orgullo, sus subordinados no daban crédito a lo que estaban viendo. Resultaba denigrante.

—No te rayes. Tienes suerte de que hoy estoy de buen humor. Solo por eso, no te lo tendré en cuenta —dijo, dándole la espalda y caminando hacia la cueva.

—Te lo agradezco.

Neila hizo una pequeña reverencia inclinando la cabeza. En ese momento, el hombre se detuvo justo frente a la cueva y miró de reojo hacia atrás.

—No tienes nada que agradecerme. He dicho que no te lo iba a tener en cuenta a ti, pero no me refería a los pazguatos que se han atrevido a apuntarme con sus armas. En nombre de Dirma, ordeno que os derritáis vivos —sentenció con emoción.

—¿¡Uh!?

—¡Guh, ah!

Todos aquellos que habían intentado atacar al hombre de las gafas comenzaron a hervir y a derretirse hasta que de ellos no quedaron más que los huesos.

—¿¡Qué!?

Al instante, Neila se alejó del hombre con gafas de sol.

—No tengas miedo. A ti y a los demás no os voy a hacer nada. No soy tan tonto como para matar a mis propios mecenas. Ah, por cierto, voy a liberar al monstruo ese por la ciudad que está cerca de aquí. Ya sabes, como extra para que veas que me tomo muy en serio mi trabajo.

Entonces, el hombre levantó el brazo en señal de despedida y desapareció en el interior de la cueva. Una vez se esfumó, Neila se acercó tambaleante hacia los pocos restos que quedaban de sus subordinados y los agarró entre los brazos.

—Lo siento… De verdad que lo siento… Lo siento… —repitió una y otra vez, llorando. Al cabo de un rato, se limpió las lágrimas con las mangas, se puso de pie, miró a su alrededor y levantó la mano derecha.

—¡Hora de retirarse! ¡Tenemos que partir hacia Balse! ¡Tenéis rotundamente prohibido entrar en la arboleda de Silke a partir de ahora! ¡El equipo de observación no queda exento de la prohibición! ¡Quedáis relegados de vuestros puestos! —ordenó con fuerza.

En cuanto terminó de dar la orden, el resto de hombres de negro se dispersaron con velocidad entre los árboles.

Frutería de Poplar.

—¡Tú a tu casa!

El dueño de la frutería, irritado, agitaba la mano derecha en un intento de echar a un chaval que se negaba a soltarle.

Era Syla Zaruba, uno de los tantos jóvenes que vivían en el pueblo.

—¡Por favor, señor, necesito venderlas! —suplicó el chico.

—¿Se te ha olvidado que tu familia tiene prohibido hacer negocios aquí?

—¡Lo sé, pero solo cuando son frutas de Poplar! ¡Estas vienen de fuera! —dijo el chico mientras aflojaba la cuerda de la bolsa para mostrar su colorida mercancía, pero el dueño no se molestó en dirigirle la mirada.

—¡Lárgate y no vuelvas! ¡En mi tienda no se negocia con los Zaruba! —declaró, levantando la voz.

—¿¡Y cómo vamos a subsistir si no podemos vender nada!?

—¡Y yo qué sé! ¡Por culpa de tu padre y su maldita fruta podrida el conde ese casi nos mata a todos! ¡Deberíais estar agradecidos de que no os hayamos exiliado!

El hombre lo agarró del pecho de la camisa y lo echó de la tienda a la fuerza. El chico rodó torpemente por el suelo y las frutas que había traído salieron volando por los aires. Sintió la frialdad de las miradas de los demás comerciantes mientras recogía la mercancía y se marchaba.

Así había sido la vida de los Zaruba desde hacía dos semanas. Su principal fuente de ingresos había sido confiscada por la supuesta insatisfacción del emisario del príncipe Gilbert, mientras que las demás frutas resultaban imposibles de vender a causa del recelo que habían desarrollado hacia ellos los demás comerciantes.

La fruta de Poplar era un producto increíblemente popular en el reino de Amelia. Se decía que era tan dulce que daba la sensación de que se te derretía en la boca. Como eran descendientes directos de Poplar, fundador del pueblo y descubridor de la fruta, la familia de Syla conocía la mejor forma de cosechar ese producto autóctono, aunque ellos no eran los únicos que podían cultivarla. Debido a que su antepasado había compartido su sabiduría con el resto del pueblo, al alcalde no le importaba si los Zaruba dejaban o no de producir fruta. Además, el alcalde nunca se había llevado muy bien con ellos por ser mestizos de zoomínido y humano. Por eso, Syla y su familia sospechaban que todo había sido una farsa con el objetivo de poner al pueblo en su contra.

—No es justo…

Su abuelo había sido un hombre amable, cuyo único deseo fue el de crear un hogar en el que los zoomínidos que la guerra dejó huérfanos y los humanos vivieran en armonía. Con ese objetivo en mente, el abuelo Poplar lo dio todo por el negocio local hasta que cayó enfermo y falleció. Aun así, gracias a sus acciones, el desprecio de los humanos hacia los zoomínidos y sus mestizos se disipó y el pueblo de Poplar se convirtió en un lugar afable para todos por igual. Además de eso, también comenzó a ser un pueblo de paso atractivo para una gran cantidad de cazadores novatos, lo que hizo que su actividad económica experimentara un crecimiento considerable.

Todo iba viento en popa hasta que ocurrió el desafortunado incidente que hizo que la familia Zaruba y todos los zoomínidos del pueblo volvieran a ganarse un repudio comparable con el de antaño o incluso mayor. Por otro lado, su padre se sintió culpable por haber provocado el regreso de las restricciones hacia los zoomínidos y, atormentado por el aluvión de quejas de los congéneres cuyas vidas había empeorado, cayó enfermo. La madre de Syla tuvo que encargarse de cosechar las frutas que luego él vendía a los viajeros cerca de la entrada del pueblo para ganar un poco de dinero. Pero, un día...

—¡Eh, mocoso! ¿¡Quién te ha dado permiso para vender en la entrada!?

Unos hombres de gran tamaño que parecían muy enfadados rodearon a Syla. Desde que Poplar había comenzado a desarrollarse, el número de maleantes que campaban a sus anchas por el pueblo había aumentado poco a poco. Por ejemplo, los que rodeaban a Syla formaban parte de una banda conocida como los Parazait, que se asentaban en la parte este del pueblo. Se dedicaban a cobrar por usar espacios que ni siquiera les pertenecían y obligaban a sus víctimas a aceptar tratos injustos. Lo normal hubiera sido que el alcalde se encargara de lidiar con ellos, pero el de Poplar jamás movía un dedo si no había una buena razón que lo convenciese, de forma que los maleantes hacían lo que les daba la gana. Lo que no era normal era ver a los Parazait acercarse a las puertas del pueblo. Sobre todo, por lo cerca que quedaban del puesto de los guardias.

—¡N-no se necesita permiso para vender aquí! —gritó Syla para llamar la atención y, tal y como planeaba, un guardia joven se acercó para ver qué ocurría. Sin embargo, en cuanto vio a Syla, dio media vuelta como si no estuviera pasando nada.

—¿¡Eeeh!? —exclamó uno de los hombres para intimidarlo—. ¡Todo el mundo sabe que aquí no se puede vender nada sin nuestro permiso!

Con una sonrisa en la cara, el rufián levantó la pierna derecha y propinó a Syla una patada en el pecho que lo hizo rodar varias veces por el suelo. En cuanto intentó recuperar el aliento, lo único que pudo ver con la cabeza aún contra el suelo fue a uno de los asaltantes cogiendo la bolsa y mirando en su interior.

—¡Pero qué frutas más asquerosas! ¿¡En serio pensabas vender esta mierda!? —dijo el hombre, entre risas, mientras tiraba al suelo todo el contenido de la bolsa.

—Hostia, están todas podridas —dijo otro, burlándose de Syla y pisando las frutas.

«¡Nooo! ¡Desgraciados! ¡Papá y mamá las cultivaron con mucho cariño!», pensó Syla, descorazonado. Había visto con sus propios ojos lo mucho que sus padres habían trabajado día tras día para cosecharlas. Aunque atemorizado, Syla se levantó, apretó con fuerza el puño derecho y corrió hacia los hombres gritando como un animal salvaje.

El cuerpo del pobre chico recibió un golpe tras otro, hasta que solo sentía dolor.

—¡Devolvedme mis frutas! —gritó con todas sus fuerzas, con el rostro lleno de mocos y lágrimas, tras levantarse una vez más.

—¡Deja de dar por culo, mocoso de mierda!

El siguiente golpe fue directo a la cabeza de Syla. Casi le hizo perder el conocimiento, pero logró mantenerse firme.

—¡Haced el favor de comportaros! ¿¡No veis que no es más que un niño!?

Entre las personas que estaban presenciando tan lamentable espectáculo se pudo oír una voz. El hombre moreno de Parazait, que estaba golpeando a Syla, echó un vistazo a su alrededor para averiguar quién había sido.

—A ver, ¿¡quién ha sido el insolente que acaba de gritar!? —preguntó, enfadado. Pero, tras un breve silencio, recibió una respuesta que no esperaba:

—¡Largaos de nuestro pueblo, malditos Parazait!

—¡Eso es! ¡Tenemos que echarlos! ¡Que los guardias son unos inútiles!

Cuantas más voces se sumaban para criticarlos, más rojo se ponía el hombre moreno. Parecía que no tardaría en salirle humo por las orejas.

—Hijos de puta…

Syla aprovechó el momento en el que el hombre se distrajo con los insultos, se aferró a su pierna y le mordió la pantorrilla con todas sus fuerzas.

—¡Agh! ¡Suéltame!

El hombre le propinó un puñetazo con la fuerza de una pedrada, pero en lugar de soltarse, el joven mordió con aún más intensidad. El hombre gritó y se zafó de Syla con una patada, pero el chaval volvió a acercarse mientras el maleante seguía retorciéndose de dolor y le propinó un golpe seco en la entrepierna.

—¡Uuuuh! —gritó del dolor, y se derrumbó contra el suelo, soltando espuma por la boca. Todos los testigos alzaron la voz llenos de alegría.

—Eso te pasa por subestimarnos.

Cuando vio cómo había terminado uno de sus hombres, el hombre calvo que tenía pinta de ser el líder del grupo borró la sonrisa que había tenido todo el tiempo, extendió la mano en dirección a uno de los muros y recitó un cántico. Al instante, una bola de fuego salió disparada desde su mano hasta impactar en una de las murallas del pueblo.

Cuando la nube de polvo se disipó, los gritos de ira e indignación ya habían cesado.

—¿Quién ha dicho eso? —dijo el hombre con tono amenazante, mientras miraba de un lado a otro—. ¿Has sido tú?

—¿Yo? Cla-claro que no, yo no… —balbuceó un chico rubio que intentaba negarlo agitando la cabeza y las manos. El hombre calvo se le acercó y le metió una patada en el estómago. El chico perdió el conocimiento al instante y el maleante le escupió en la cara.

—¡La próxima vez que vengáis a dar por culo, espero que estéis preparados para la peor de las consecuencias! —amenazó, y acto seguido centró la mirada sobre Syla—. Cortadle los brazos a este mocoso. Ya va siendo hora de dejar las cosas claras.

Un matón rubio con una cicatriz en el labio inferior asintió y respondió con un obediente «Sí, señor». Después, se acercó a Syla mientras desenvainaba su hoja curva. Pero de repente, algo lo agarró por detrás del cuello y levantó su enorme cuerpo con una sola mano. Se trataba de un chico vestido de negro, que tenía el pelo gris como la ceniza y no parecía ser un habitante del pueblo.

—¿En serio le ibas a cortar los brazos a un niño inocente? Pues espero que no te importe que haga lo mismo contigo —

dijo con indiferencia, y los brazos del matón se separaron de su cuerpo.

—¿Eh? ¿Y mis brazos?

El hombre miró confuso al suelo en el que se encontraban sus extremidades. Un instante después comenzó a gritar, desesperado. El chico de negro lo dejó caer al suelo como si no fuera más que basura y se quedó mirándolo con indiferencia mientras el matón desmembrado no paraba de llorar.

—Cierra el pico, llorica —dijo con tono autoritario. Sus palabras fueron suficiente para que el hombre se quedara completamente callado, con las lágrimas aun brotándole sin control. Después, el chico de negro sacó una especie de libro del que salió un limo.

—Cura al niño —le ordenó.

El limo cubrió el cuerpo de Syla y, en un abrir y cerrar de ojos, el chico dejó de sentir dolor y todas sus heridas sanaron.

—…

Después de curar sus graves heridas por arte de magia, el chico de pelo gris sacó un palo de madera de algún lado, se dio la vuelta y fijó la mirada sobre el hombre calvo. Cuando este se dio cuenta, retrocedió con cautela.

—¡Ro-rodeadlo! ¡Y tened cuidado, el cabrón este es un invocador! —ordenó, desesperado. Los demás matones, que seguían confundidos, acataron la orden y sacaron las armas para acto seguido apuntar con ellas al chico.

—¿No vais a huir? Me resulta impresionante que decidáis plantarme cara con tan poco nivel —dijo, empuñando solo un palo.

—¿Impresionante? Oh, por favor. Milord, que solo son gusanos estultos, ignoran con quién se están metiendo.

De repente, una mujer de pelo morado con sombrero y un cristal transparente en uno de los ojos apareció al lado del chico, negando con la mano mientras le llevaba la contraria al invocador.

—¡Eres hombre muerto!

—¡No nos subestimes!

Dos matones se aproximaron al chico con rapidez, alzando sus largas espadas, pero los brazos de ambos salieron disparados hacia atrás antes de que pudieran tocarle. Sus espadas también volaron por los aires y el chico de negro las recogió para apuñalar a sus respectivos dueños, tras lo cual las dejó clavadas en el suelo.

Gritos de agonía que sonaban como los graznidos de unos pájaros moribundos resonaron por la zona, pero antes de que los demás matones lograran huir, el chico cogió el palo y los interceptó.

—¿Eh?

Uno de ellos se quedó estupefacto y acabó recibiendo una patada en el abdomen que lo mandó volando por los aires. Dio varios giros rápidos en pleno vuelo y se estrelló contra el muro.

—¡Bola de fuego!

—¡Bala de hielo!

Dos de los otros matones lanzaron sus ataques mágicos contra el chico, pero este desvió los disparos elementales con una sola estocada de su palo. Al devolverlos fue como si retrocedieran en el tiempo. Ambos conjuros impactaron contra los matones, que cayeron de espaldas.

—Ma-maldito monstruo… —exclamó el hombre calvo con una voz seca. En el fondo, su impresión sobre el chico resultaba más que acertada.

—Bueno, solo quedas tú. ¿Y bien? ¿Te atreves a plantarme cara? —dijo el chico de negro, desafiando a su oponente. El hombre calvo no paraba de temblar sin soltar el bastón mientras el chico le apuntaba con la espada de madera.

—¡Tra-tranquilo, no haré nada! ¡No pienso luchar contra ti!

El hombre tiró el bastón al suelo y levantó las manos como señal de rendición. Fue en ese momento cuando el chico de negro puso por primera vez cara de estar genuinamente disgustado.

—Pero bueno, ¿me estás tomando el pelo? ¿No fuiste tú el que le dijo al crío ese que se preparara para lo peor?

—Solo lo hice porque no dejaba de entrometerse en nuestros asun…

—¡No, piltrafa, así no funcionan las cosas! ¡Debería ser al revés! Aquellos que viven su día a día trabajando honradamente no necesitan estar preparados para lo peor. Eso solo es algo que se aplica a nosotros, los que vivimos en el campo de batalla.

—¿No-nosotros… prepararnos… para lo peor?

—Sí, exacto. Hay que estar preparado para morir de la forma más humillante que puedas imaginar y sin poder hacer absolutamente nada para evitarlo.

—¿Qué? No digas tonte…

El hombre no pudo terminar de hablar. En plena frase, su cuerpo comenzó a retorcerse hasta acabar estrujándose a sí mismo desde dentro. La mujer de cabello morado y ropa extravagante del mismo color se le acercó mientas seguía convulsionando.

—Parece que sigue vivo, pero a duras penas. Tenéis un gran dominio de esa técnica, milord —dijo con indiferencia.

—Ya. No por nada la estuve practicando durante cien mil años.

—Vos sí que dais miedo —murmuró la mujer en voz baja.

En ese momento, los guardias aparecieron con cara de pocos amigos. Nada más verles, el chico de negro chasqueó la lengua y sacó una especie de frasco que contenía un líquido rojo brillante. Esparció el líquido sobre los matones y estos comenzaron a sanar en un instante, como si estuvieran volviendo mágicamente a su estado original.

—¿¡Pero esto qué es!? —gritó el más joven de los guardias al supuesto «milord» cuando vio a los matones quejándose en el suelo.

—Preguntadles a ellos. Los veía algo desentrenados, así que les hice el favor de darles una lección especial, ni más ni menos. ¿Verdad, chicos? —preguntó el chaval de negro a los matones. Rápidamente, estos palidecieron del miedo y comenzaron a asentir una y otra vez—. Pues eso, todo en orden.

—Oye, tú, los forasteros no deberíais…

El guardia trató de llevarle la contraria, insatisfecho con la respuesta, pero el chico lo agarró del cuello de la camisa y se lo acercó a la cara.

—Y tú deberías cumplir con tu deber. ¿Acaso no eres un guardia? Pues protege al pueblo. Si solo usas la fuerza contra los tuyos, no eres más que un matón —advirtió el chico con tono amenazante y lo liberó.

—¡Cabrón!

La soberbia con la que le había hablado el chico hizo que el joven guardia se enfadara, pero cuando estaba a punto de explotar, un guardia mayor que él lo detuvo agarrándole del brazo.

—¡Detente! ¡No te metas con alguien tan peligroso! —advirtió el guardia mayor.

—Pe-pero…

—¡Déjalo en paz o acabarás muerto! —insistió, con un tono firme y enérgico.

El joven guardia se quedó pasmado, pero luego dio un paso atrás a regañadientes. En ese momento se dio cuenta de que el rostro del guardia mayor estaba empapado en sudor.

—¿Puedo irme ya?

—Sí, adelante. Aquí nadie ha visto nada. Tampoco hay heridos, así que nuestra presencia aquí no es necesaria —respondió el guardia mayor. Agarró el brazo de su compañero con fuerza y ambos regresaron a su puesto de vigilancia.

—Asta, lleva a este chico con Rose y preguntadle qué le ha pasado.

—¡Como ordene, milord! ¿Y qué haréis vos? —respondió con elegancia la mujer de pelo morado, con una mano sobre el pecho.

—Todavía tengo asuntos que zanjar con estos. Me reuniré con vosotros en un rato.

—¿Todavía no habéis terminado? Pobres infelices.

La mujer llamada Asta observó a los rufianes con una expresión de profunda lástima. Los malhechores estaban rogando por su vida una y otra vez, pero el chico les apuntó con su palo de madera, amenazante.

—A callar —dijo, deteniéndose por un segundo—. Escuchadme bien, porque no pienso repetirlo: ni se os ocurra volver a tocarme los cojones. Ya sabéis qué os espera como os vayáis de la lengua —exclamó, con tanta frialdad que los rufianes se quedaron congelados.

—¡S-sí, señor! —respondieron entre lágrimas el hombre calvo y sus compañeros.

—Perfecto. Ahora llevadme con vuestro jefe.

—L-lo que usted diga. Por aquí, por favor.

Y así, el chico se fue junto con los matones. Mientras tanto, Asta se acercó a Syla y le dijo:

—Vamos, querido. Ven conmigo.

Y se fue en una dirección distinta a la del joven de pelo gris, sin siquiera esperar la respuesta de Syla.

Desde el lamentable incidente del conde Geddy pasaron dos semanas, tiempo suficiente para que todo el pueblo perdiera el interés por el suceso. Durante ese periodo hice todo lo posible por no salir demasiado y quedarme en la posada. A no ser que Faf me insistiera en salir, yo de ahí no me movía. Y, como Rose había alquilado la posada entera, podía pasarme todo el día sin aguantar a los poplarianos y sus estupideces.

Como Faf ya estaba dormida, me disponía a sentarme a leer un rato cuando alguien llamó a la puerta. «Será Rose», pensé. Ella trataba de arreglar lo de Geddy, a sabiendas de cómo se las gastaba en el pueblo, pero a mí, la verdad, me daba totalmente igual. Por muchas veces que me pidiera ayuda, pasaba de mover un dedo por una panda de bobalicones incapaces de tomar una sola decisión por su cuenta. Prefería centrarme en el libro, como siempre, pero siguieron tocando a la puerta.

—Mmm... *toy* llenita —dijo Faf con inocencia, dando vueltas en la cama.

No me parecía bien interrumpirle el sueño a una niña, por lo que no me quedó más remedio que levantarme. Me acerqué sin prisa, abrí la puerta y confirmé lo que suponía: se trataba de Rose. Estaba muy rígida y forzaba una sonrisa.

—Estoy haciendo una tarta, pero me faltan algunos ingredientes. ¿Podrías ir a comprarlos por mí?

A petición de Faf, había pedido prestada la cocina de la posada para hacerle un pastel, cosa que llamó la atención de Rose, que me pidió que le enseñara a prepararlos. Le di un libro de cocina para principiantes y desde entonces se pasaba todo el día en la cocina preparando dulces.

—Ya veo... ¿Y no se lo puedes pedir a Anna?

—¿En serio crees que sería seguro mandarla a ella tal y como están las cosas ahí fuera?

—Ya... es verdad.

Tras unas cuantas semanas conviviendo con Anna, me di cuenta de que me había equivocado con ella. Como siempre solía llamarme renegado, pensaba que tenía la mente contagiada con la podrida forma de pensar de la nobleza ameliense, pero recientemente había podido comprobar que era todo lo contrario. No solo se enfadaba conmigo; de hecho, perdía los estribos con facilidad cuando veía lo mal que se trataba a los zoomínidos y mestizos en el pueblo. Es decir, que si salía sola a la calle, las posibilidades de que se metiera en líos eran considerablemente altas.

—Sabes que no tengo a nadie más a quien pedírselo.

A excepción de Anna, su cuidadora, y yo, su guarda, Rose había ordenado a sus caballeros que regresaran a Balse. Por supuesto, ellos se habían negado al principio, pero Rose insistió mucho en que no se tenían que preocupar por ella y, al final, acabaron cediendo y nos quedamos solo nosotros en Poplar. Había que admitir que para ella resultaba más peligroso tener a los caballeros cerca, así que esa había sido una buena decisión para reducir el contacto con posibles traidores. También estaba Asta, pero era una mujer muy orgullosa que jamás acataría ni una sola orden de Rose. De hecho, sencillamente no acataba órdenes de nadie que no fuera yo mismo. En fin, que siendo su guarda no podía hacer algo tan sumamente estúpido como permitir que la princesa se expusiera al peligro, así que no tuve más remedio que ceder:

—De acuerdo, voy. ¿Qué tengo que comprar?

—He oído que hay un chico que vende frutas deliciosas cerca de las murallas del pueblo. Me gustaría que me trajeras unas cuantas de esas.

Por fin sustituyó su sonrisa forzada por una expresión de sincera felicidad, mientras inclinaba la cabeza para darme las gracias.

—De acuerdo.

Pensándolo bien, Rose quería hacer dulces para dárselos a Faf, así que tenía sentido que yo, su padre sustituto, me encargara de hacer las compras.

Al bajar la escalera, me encontré con Asta, que estaba leyendo en el primer piso. Por alguna razón, desde el día en el que entré en su habitación le había dado por leer a solas en el comedor del primer piso. Y no solo eso, sino que también empezó a seguirme cada vez que salía de la posada, costumbre que se repitió ese día.

Cuando llegué a la muralla de la entrada del pueblo, lo primero que me llamó la atención fue un grupo de personas que se habían reunido en torno a algo.

—¡Devolvedme mis frutas! —gritó un niño. Me acerqué y vi a un grupo de matones musculosos golpeando a un niño mestizo. Por un momento pensé que todos los presentes se iban a quedar igual de callados que los guardias de los alrededores, pero me sorprendió ver que gritaron con desprecio a los matones. Para mayor sorpresa, se trataba de humanos, tan humanos como los propios matones, pero no pudieron hacer la vista gorda ante la barbaridad que le estaban haciendo al niño mestizo, pese a que eran conscientes de que ellos también podrían correr peligro.

Lo más normal era que nadie moviera un dedo, pero Poplar fue la primera ciudad en la que veía a personas que no estaban preparadas para lo peor, personas carentes de la determinación de un guerrero, arriesgar su propia vida sin razón aparente. Al parecer, me había equivocado con la gente de Poplar. Tal vez de puertas afuera actuaban como hipócritas para cuidar su imagen, pero en el fondo también consideraban a los zoomínidos como parte del pueblo.

Sin saber bien por qué, en cuanto me di cuenta de cómo eran aquellas personas en realidad, mi cuerpo se movió por sí solo. Estaba sorprendido, pero de mí mismo. Yo ya no era un niño, hacía mucho que había perdido el interés por convertirme en un héroe o un justiciero. De hecho, mi forma de pensar se alejaba tanto del sentido común de los humanos que a veces me consideraba malvado. No ganaba nada ayudando a un niño y era improbable que mi espíritu justiciero resurgiera tras tanto tiempo desaparecido.

Aun así, hice que todos los matones mordieran el polvo y me condujeran a su guarida. Estaba seguro de que, una vez escuchase lo que tuvieran que decir, estaría metido hasta el fondo en otro follón que no era asunto mío. Pero bueno, qué más daba. A fin de cuentas, tampoco tenía nada mejor que hacer. Además, ya me había metido en un lío, ¡y las cosas jamás se deben dejar a medias!

Derribé a patadas la puerta de la residencia que los rufianes usaban de guarida y puse el primer pie dentro.

—¡Ma-matadlo!

Los rufianes de dentro me lanzaron hechizos de fuego, aire, tierra, agua, etc., pero repelí todas y cada de ellas con la Raikiri. Acto seguido, un gran tornado de viento abrasador devastó los alrededores de la guarida, y de los escombros en llamas se pudieron escuchar los quejidos de los rufianes.

—¡Duele! ¡Duele mucho!

Todos rompieron a llorar solo por unas pequeñas heridas. Tal y como había imaginado, ni uno de ellos tenía la determinación de un guerrero. No eran más que un hatajo de cobardes que disfrutaba metiéndose con aquellos que eran más débiles. Fruncí el ceño, mostrando la enorme repugnancia que sentía hacia ellos, y utilicé Línea mortal para derrumbar lo que quedaba de mansión.

—E-eres un monstruo… —dijo, nervioso, un hombre musculoso con barba desde la parte central de lo que apenas hacía unos segundos todavía era su escondite. A juzgar por su ropa lujosa y extravagante, probablemente se trataba del jefe.

Ordené al calvo y a sus compañeros, los matones que me habían traído hasta allí, que usaran los limos curativos en todos los heridos esparcidos por el suelo, y que luego los reunieran ante mí. Cuando ya estaban todos, me dispuse a empezar el interrogatorio, pero un grito me interrumpió:

—¿¡Qu-qué familia te ha enviado!? ¡Que sepas que a nosotros nos protege la afiliación con el clan Tao!

Para sorpresa de nadie, resultó que el calvorota de lujo sí que era el jefe de los matones, y no paraba de quejarse de forma cómica.

Si la memoria no me fallaba, el clan Tao era un gran sindicato clandestino que había extendido su influencia por todo el este de Butō hasta convertirse en uno de los clanes más grandes e influyentes.

—¿Y qué pasa?

—¿¡Cómo que «qué pasa»!? ¿¡Acaso no sabes de quiénes estoy hablando!?

—Claro que lo sé. Es una de las tres grandes potencias clandestinas, ¿no?

No lo estaba diciendo para hacerme el duro, pero por mucho que se los conociera como los reyes del mundo clandestino, solo eran reyes de un submundo de escorias como pandillas y matones. Eran renacuajos en comparación con figuras como el Héroe o incluso el Rey Demonio. Como esas escorias no le importaban a nadie, ni siquiera a los Tao, me resultaba más sencillo hacer las cosas a las malas.

—¿E-estás loco? —dijo el líder de Parazait, sin dejar de mirarme atónito.

—Qué asco dais los humanos. Pero bueno, da igual. Dime, ¿vais a hablar o no? —respondí, acariciándole la cara con la punta de la Raikiri.

—También contamos con el apoyo del conde Geddy. ¡Como nos hagas algo, te las verás con él!

—Oh. Así que el conde está metido en todo esto…

«Qué idiota. Acaba de confesar y ni siquiera se ha dado cuenta. Pero bueno, venía con la intención de hacerle escupir todo lo que sabe, y que me haya soltado eso no cambia las cosas. Ah, es verdad. Lo usaré a él», pensé, y saqué el bestiario del cazador de la bolsa de objetos.

—¡Ey, Belce! ¡Sal, que te necesito!

Al instante, surgió del libro una enorme mosca con una corona en la cabeza y erguida sobre dos patas. Tenía también una capa roja en la espalda, un babero alrededor del cuello y un chupete en la boca.

—Kish, kish. Gran graaaan *sheñol*, ¿*necheshita* algo? —dijo, inclinándose ante mí, realizando una reverencia con la mano derecha sobre la izquierda. Desde que se unió, le había caído muy bien a Belce y de vez en cuando le daba por aparecerse ante mí. Con el paso del tiempo, comencé a entender más o menos el tipo de monstruo que era Belce. Para ser franco, era el monstruo más perverso que había conocido en el interior de la mazmorra, y no había conocido precisamente a pocos. Lo peor era que, consciente o inconscientemente, él no se esforzaba en ocultarlo. Por eso, el resto de monstruos del bestiario, como Girimekhala por ejemplo, evitaban acercarse a él. A Belce tampoco le gustaba aparecer delante de los demás, así que normalmente se dedicaba a disfrutar de su vida de insecto dentro de su propio mundo.

—Hazles confesar todo lo que tenían planeado hacer en Poplar. Usa el método que quieras, pero asegúrate de que sigan vivos y de una sola pieza.

—Muuuuuuy bien. *Ashí she halá*.

Al escucharnos, el jefe de los Parazait empezó a gritar aterrorizado mientras el hombre mosca se le acercaba con una sonrisa malévola deformándole el rostro. La verdad es que no me hacía especial ilusión ver lo que Belce estaba a punto de hacer, así que decidí retirarme hasta que todo hubiera terminado.

—¡*E-eshto esh* todo lo que *shé*! —gritó el jefe de Parazait. Tenía tanto miedo que ni siquiera alcanzaba a vocalizar en condiciones. Los músculos del rostro los tenía extrañamente hinchados, y, para colmo, le estaba dando un espasmo.

Había pasado una hora, y pasó otra hora más antes de que todos los miembros de Parazait hubieran escupido.

—Tal y como pensaba, Geddy y esos mocosos de Coin están confabulados, aunque no esperaba que el alcalde también.

Su plan era el siguiente: el conde Geddy llegaría a Poplar con la excusa de firmar un trato con el que conseguirle frutas al idiota de su príncipe. Al probar una, diría que estaba podrida para poder exigir una compensación económica exagerada, y en ese momento llegarían los de Coin para hacerlo rectificar y ganarse la confianza del pueblo. Una vez hecho esto, le quitarían los derechos de producción de las frutas a los Zaruba, la familia que siempre las cosechaba, y también a los zoomínidos y a los mestizos. Por último, con el objetivo de eliminar a las razas no humanas, los bandidos asaltarían Poplar y se llevarían a los zoomínidos y a los mestizos para venderlos como esclavos en otros países. Coin organizaría el ataque de los bandidos para que se centraran en los zoomínidos y, finalmente, se encargarían de echar a los bandidos.

Eso era todo. Qué asco.

—Bueno. Esto cambia un poco las cosas.

Me esperaba que fueran retorcidos, pero no hasta ese punto. Mi desagrado hacia ellos no hacía más que aumentar, así que cogí el bestiario.

—¡Adelante, Girimekhala! —dije, e invoqué al dios pérfido.

—Heme aquí a sus órdenes, mi señor.

De una bruma negra apareció el monstruo de nariz larga, se arrodilló ante mí e hizo una solemne reverencia. En cuanto lo vieron, los matones finalmente se desmayaron.

—Al parecer, hay más bandidos por aquí que planean atacar el pueblo. ¡Ve con los tuyos e investiga a fondo lo que está pasando!

La facción de Girimekhala estaba conformada por un gran grupo de guerreros que rivalizaba con otras facciones como la del dragón Ladón. Eran el grupo perfecto para llevar a cabo esa misión.

—¡De inmediato! —gritó con fuerza, se irguió y desapareció como si fuera humo.

Esos bandidos iban a pagar por haberme cabreado. Planeaba mandarlos al infierno a todos ellos, pero no sin antes hacerlos caer en la más absoluta desesperación. «Bien, bien, ¿qué espectáculo les podemos preparar?», pensé, sumido en mis maquinaciones.

Interior de la cueva al noroeste de la arboleda de Silke.

El hombre con gafas de sol y el cuerpo lleno de tatuajes tarareaba despreocupadamente mientras avanzaba por una cueva cuyas paredes estaban cubiertas de lapislázuli. Era tan espaciosa que a nadie le hubiera extrañado que en su interior merodearan enormes criaturas. Una vez llegó al final de la cueva, se encontró en un espacio natural tan grande como el salón de un palacio y recubierto por el azul de las piedras preciosas.

—Si no te importa, te voy a revivir en un santiamén —dijo, moviendo los dedos mientras recitaba una suerte de hechizo. Poco después, un círculo mágico de forma esférica se manifestó en el centro de la sala y empezó a retorcerse descontroladamente como un gusano en el suelo.

—¡¡*Ooooooooooooooooooooooooooooh*!!

Desde el interior del círculo mágico se escuchaba el rugido de una bestia que sonaba más y más fuerte. En su superficie aparecieron grietas, y de ellas largas garras que rebanaron el círculo mágico. A través de las aberturas de la esfera, se podía distinguir el cuerpo de una bestia intentando escaparse de su interior. Era un monstruo con cuerpo de tigre, cola de serpiente, alas de murciélago y cabeza de mono.

Taotie, la gran bestia, levantó la mirada y miró al hombre con gafas.

—¿Sois vos el desaforado que me *á liberrado demi* letargo?

—El mismo. Tú obedéceme y te dejaré vivir —respondió el hombre con soberbia.

—¿¡Creéis acaso que voy a *rebaxarme e* obedecer a un insignificante *home commo* vos!?

La ira de la bestia hizo que toda la sala temblara, pero la única reacción del hombre fue rascarse la oreja con el dedo meñique, sin que la actitud colérica de la criatura pareciera importarle demasiado.

—En nombre de Dirma te ordeno: inclínate ante mí —declaró el hombre. Al instante, unas invisibles manos gigantes agarraron a Taotie por la cabeza.

—¡Gah, hah! ¡Imposible! ¿¡Por qué *non* puedo contrariar un mísero mortal!?

—Arriba.

—¿¡Ogh!?

El enorme cuerpo de Taotie flotó en el aire.

—Enróllate.

Taotie se retorció sobre sí mismo como si fuera un trapo, entre crujidos.

—¡Guaaaaaaaaah! ¡*Có-cómmo* deseéis, acepto! ¡Me rindo, me doblego! —gritó con fuerza.

—Vaya, qué obediente.

El hombre chasqueó los dedos y la fuerza invisible que tenía atrapado a Taotie se desvaneció.

—Tsch. *Commo* mínimo hágame *vuesa* merced el favor de *baxarme* con mayor cuidado.

—Tu primer trabajo será atacar el pueblo de al lado. ¡Haz lo que te plazca, pero mátalos a todos!

—Poco llevo despierto y no tengo qué comer. ¿Podría alimentarme *dellos homes* y *mugeres* que lo *fabitan*?

—Por supuesto. Ve y zámpatelos vivos o tostados, como prefieras —respondió, asintiendo con una radiante sonrisa mientras Taotie se arrastraba a través de la cueva, destruyéndola a su paso.

En ese preciso momento, en ese preciso lugar, se reunieron absolutamente todos los actores que conformarían la historia del monstruo más terrorífico y cruel que haya visto el mundo: el conde Geddy y los hombres de Coin, el alcalde del pueblo, sus secuaces los bandidos, la pobre bestia legendaria que había sido despertada como parte de un siniestro plan y un miembro de una poderosa orden. Todos ellos se dirigían hacia su propia destrucción.

—Entiendo. En ese caso será un placer ayudarte en lo que sea.

Tras estructurar mi plan, compartí algunos de los detalles con Rose. Tal y como esperaba, ella aceptó llevarlo a cabo con una gran sonrisa. Su clara predisposición me dejó bastante claro que desde el principio quería que me involucrara, y por eso me había mandado a comprar la fruta. Aunque tengo que decir que me lo olía desde que Nemea me informó de que estaba investigando junto con Anna los problemas que azotaban Poplar.

—Todavía no me puedo creer que un noble y uno de los cuatro gremios sagrados se hayan confabulado para arruinar el pueblo —susurró Anna. No quería aceptar la realidad, pero tras el intento de secuestro de Rose por parte de la nobleza, ya no le quedaban fuerzas para dudar de él. Estaba tan contrariada que ya no sabía en qué creer.

—¿Y tú qué harás, Kay?

—Seguir con el plan, por supuesto.

Gracias a Girimekhala, tenía información muy jugosa entre manos. Si hacía buen uso de ella, podría preparar un escenario perfecto para llevar a esa escoria directa a su destrucción.

—Claro, me lo imaginaba. Lo cierto es que te agradecería que compartieras conmigo todos los detalles del plan —dijo Rose, tan preocupada como siempre. Yo ya sabía que si le daba todos los detalles se negaría a ayudar, así que me opuse:

—No puedo. Al menos, no todavía. Eso sí, lo primero que haré será sacar a la luz las intenciones de todos los involucrados en esta conspiración.

Rose se quedó mirándome con escepticismo, pero acabó cediendo tras soltar un gran suspiro.

—Está bien, confío en ti —dijo para zanjar el tema.

Tres días después, todos los preparativos se habían ultimado. Para poner el plan en marcha era indispensable que todo el pueblo, desde humanos hasta zoomínidos y mestizos de ambos se enteraran de lo que estaba pasando, así que me aproveché de la influencia de Rose e hice que todos se reunieran en La Plaza, la posada del pueblo. Al cabo de un rato ya habían llegado cientos de ellos.

—¿Crees que podrás convencerlos? —me preguntó Rose en voz baja.

—Claro que sí. Van a hacerlo quieran o no.

«Eso sí, no soy tan iluso como para pensar que se van a tragar sin rechistar todo lo que les diga un forastero como yo», pensé. Después de responder a Rose, chasqueé los dedos y Asta puso un poco de su energía mágica en una pequeña caja negra que dejó en el suelo. En ese mismo momento, la caja empezó a proyectar imágenes en el aire.

Se trataba de un objeto especial que había encontrado en el laberinto y servía para almacenar y reproducir escenas reales. Con él en mano, me infiltré en la reunión secreta del alcalde con sus secuaces y grabé las conversaciones confidenciales que habían tenido para que el pueblo viera la verdad con sus propios ojos. Las imágenes mostraban el interior de la casa de campo del conde Geddy, al suroeste de Poplar. Al parecer, la había adquirido a través de uno de sus amigos de la alta nobleza.

Las imágenes provocaron una conmoción en la posada en cuanto todos pudieron ver a los cinco hombres que estaban reunidos en la lujosa mansión de cuatro pisos. Uno de ellos era el conde Geddy. También estaban allí los dos cabecillas de Coin: Cider, la Espada espinosa, su líder, y Cover, el segundo al mando. Los restantes eran el alcalde y el jefe de los Parazait.

—¿Cómo avanza el plan?

—Perfecto, señor. Tal y como se había planeado, se hizo uso de la magia de descomposición que nos facilitó y pudimos arrebatarle a los Zaruba sus derechos de cultivo. Con mi permiso y el de su alteza el príncipe, el monopolio de frutas de Poplar ahora es todo suyo.

—Conseguir esa magia costó lo suyo, ¿sabes? Es muy rara y cuesta un ojo de la cara. Pero bueno, ahora que tengo el control sobre las Frutas de Dios creo que ha sido una buena inversión.

—Además, les estamos quitando el sustento a esas bestias apestosas con la ayuda de los de Parazait. También estamos sembrando la desconfianza entre la gente de a pie, pero bueno, ya solucionaremos eso cuando hayamos sacado a esas bestias del pueblo —dijo el alcalde mientras se acercaba a la boca su copa con licor de frutas.

—No os preocupéis. En tres días llegarán los bandidos de las montañas a asaltar el pueblo. Mientras atacan, capturaremos a todas esas alimañas y se las venderemos a los traficantes de esclavos en Butō. El problema es que, si los atraemos nosotros, levantaremos más sospechas. Ya nos tienen puesto el ojo encima: si no actuamos con cautela, el plan se irá al traste —dijo el jefe de los Parazait.

—Ya lo sé, pero lo tengo todo controlado. Coin se encargará de atraerlos, ¡y luego acabará con ellos! Mientras tanto, id preparando una buena coartada —dijo Cider, golpeándose el pecho con la mano. Su resplandeciente sonrisa dejaba ver una dentadura impoluta.

—Si todo sale bien, al fin podremos recuperar las Frutas de Dios y acabar con esas bestias apestosas. Estoy seguro de que el príncipe Gilbert nos lo agradecerá mucho —declaró Geddy sin intentar esconder ni un ápice de su avaricia.

—El conde tendrá el monopolio, el alcalde se librará de las bestias y los de Coin recibiremos una suculenta recompensa por haber acabado con los bandidos en cuanto hagan su parte del trabajo. Es perfecto, estaremos matando dos… ¡qué digo dos! Tres, tres pájaros de un solo tiro —dijo Cover el Sabio lleno de confianza, mientras celebraba su victoria con el licor de frutas de Poplar.

—¡Brindemos por el príncipe y por nosotros, el pueblo sagrado del dios Ares!

Y la conversación culminó con un brindis por parte de Geddy.

—¡Escoria! —gritó Anna. Se levantó del asiento, irritada.

Y, como era de esperar, lo mismo ocurrió con todos y cada uno de los presentes con sangre de bestia en las venas. Su cara reflejaba perfectamente la enorme indignación que sentían en ese momento. Al principio, Rose se quedó mirando hacia abajo, apretando los puños con fuerza, pero luego levantó la mirada y vio con sus propios ojos lo enfadado que estaba el pueblo de los zoomínidos.

—Damas y caballeros, esta es la verdad tras el incidente de la fruta podrida del otro día. Todo ha sido una farsa premeditada — declaró Rose despacio y claro, eligiendo las palabras con mucho cuidado y manteniendo una expresión seria.

—El desgraciado del alcalde nos ha traicionado —insultó un enojado humano de mediana edad. Su reacción era natural, ya que su esposa era una zoomínida.

—¿Y ahora qué va a pasar con nosotros? —preguntó con el rostro pálido una joven zoomínida. Estaba tirándole de la manga a su pareja, un humano que reaccionó levantándose de su silla enérgicamente.

—No tienes nada que temer, ¡no dejaré que ese desgraciado destruya nuestra familia! —dijo a su pareja—. ¿¡Y los demás qué!? ¿¡Vais a permitirlo!?

—¡Por supuesto que no!

—¡Cómo puede ser que esta gentuza pertenezca a Coin! ¡El Héroe Mashiro jamás admitiría a un puñado de ladrones! ¡Qué rabia me da haber admirado a esa panda de traidores! ¡No se lo perdonaré!

Cuando vio cómo las voces de protesta se intensificaban cada vez más, Rose asintió y dijo:

—No os preocupéis. Me encargaré personalmente de informar a su majestad el rey y después...

Pero la detuve antes de que se le escapara una tontería.

—Mejor que no sigas. Tú déjamelo a mí —dije con tono severo. Entonces la cogí de la mano derecha con fuerza para que no dijera una sola palabra más.

—Un acto criminal tan grave no puede quedar impune, y menos si es llevado a cabo por un miembro de la nobleza. ¡Lo primero es hacérselo saber al rey, así que no tomes decisiones que no te corresponden! —me dijo Anna, tan indignada como esperaba. Tengo que decir que no estaba del todo equivocada. Pocos eran los que podían juzgar a los nobles en el país. El enemigo no se estaba conteniendo a la hora de recurrir a la violencia y el juego sucio, y si cometíamos un error al elegir el curso de la acción, podíamos poner en peligro a la princesa Rose. Visto así, era normal que Anna opinara de esa forma.

—Kay, ¿te importaría explicarme por qué crees que no deberíamos decirle nada a su majestad? —preguntó Rose, mirándome seriamente.

—Porque quiero que todos reciban su merecido. Si los denuncias al rey, los únicos que serán ejecutados serán los bandidos y el alcalde, pero lo más probable es que Geddy solo reciba algún castigo menor, ¿no crees?

—Así es. La Alianza de sangre tiene demasiada influencia en el reino, y como el funcionamiento de este objeto que proyecta imágenes escapa a nuestra comprensión, seguramente se saldrían con la suya argumentando que hemos usado magia para mostrar imágenes falsas. Geddy se libraría, pero al menos ya no podría meterse con la gente del pueblo.

—No estoy de acuerdo. Las sabandijas avariciosas como él tienden a sucumbir ante deseos de venganza. Créeme, no se rendirá tan fácilmente. Además, creo que a los de Coin tampoco se los castigará como es debido por culpa de su estrecha relación con el Héroe.

—Es… probable. Pero si no podemos contar con la autoridad de su majestad, entonces, ¿qué nos queda?

—Destruirlos, está claro. Hasta que no quede ni uno.

¿Contar con la autoridad de Su Nosequién? ¿Para qué? Ni que fuera tan vago como para perderme la satisfacción de darles un merecido castigo por mi cuenta.

—Lady Rose, permítame que le aclare este malentendido: milord es la encarnación del mal, y ahora que se ha entrometido, nadie podrá evitar que imparta sentencia de muerte a esos miserables gusanos. No estamos esperando que decida si va a castigarlos, sino cómo va a hacerlo. Pero diría que…

Al escuchar las palabras de Asta, el rostro de Rose se puso tenso de inmediato.

—¡Kay! ¿¡Qué es lo que tramas!?

—¿Qué pasa? Solo va a ser un pequeño festival.

—¿Cómo que un festival?

—Tal y como suena. Los invitados serán el memo de Geddy y el grupo del Héroe. Ah, y también el imbécil del alcalde. Ya tenemos todo listo para recibirlos, ¿verdad?

—¡Sí, señor!

De repente, un grupo de hombres ataviados con túnicas negras que se escondían tras las paredes dieron un paso al frente y se inclinaron ante mí. Cuando se quitaron las capuchas, volvió a levantarse un tumulto en la posada. Y no era para menos, porque uno de ellos era una cara conocida por todos los que habían visto la proyección: el líder de Parazait.

—Kay, ¿quiénes son estos?

—¿No te has dado cuenta? Son los de Parazait. Ahora trabajan para mí.

Por segunda vez en pocos minutos, todos los presentes en la sala se quedaron perplejos.

Mi primera opción había sido entregarlos al gremio de cazadores. Parecía una medida un poco extrema, pero teniendo en cuenta su historial delictivo, hubiera sido piadoso por mi parte dejar que fueran otros quienes los juzgasen. En su lugar, después de que Belce se divirtiera un poco a su costa, se los entregué a Girimekhala para que les diera caña y los metiera bien en cintura. Habían salido del correctivo convertidos en soldados leales a mi séquito y totalmente incapaces de cualquier oposición. Aunque, bueno, si intentaban algo, bastaba con matarlos.

—Kay, ¿qué has...? —dijo Rose, incapaz siquiera de terminar la frase.

—¿No os lo he dicho ya? Milord no es normal. Su forma de pensar no pertenece a este mundo, al igual que su fuerza. El festival que piensa realizar está lejos de lo que alguien en sus cabales podría idear.

Mientras miraba hacia la profundidad del bosque, Asta susurró a Rose algunas infamias sobre mi persona.

—¿¡Pero qué demonios es lo que piensas hacer!? —preguntó Rose, pálida, pero no le respondí. En vez de eso, miré a la familia Zaruba y luego me fijé en los otros zoomínidos.

—Quiero que los zoomínidos aplaquéis a los bandidos.

Al escucharme, un escándalo se levantó de golpe por toda la sala.

—¡Para el carro, chaval! ¡No sabemos luchar! ¿¡Cómo quieres que los derrotemos!? —dijo enfadado el padre de Syla, un hombre con orejas de oso.

—Ya lo sé. Por eso, solo por esta vez, os echaré una mano.

—¿De qué estás hablando?

—De que os voy a dar el poder necesario para que podáis defenderos.

Estaba claro que los artífices de todo ese problema eran débiles, demasiado débiles. Por eso no tenía sentido que yo peleara contra ellos. Incluso unos novatos podían acabar con los bandidos si se los entrenaba un poco y se les prestaba algún que otro objeto o arma del fondo del laberinto. Además, si todo salía bien, podría darle un uso efectivo a *ese grandullón*.

—¡A mí no me jodas! ¡Hay demasiadas mujeres que nunca han sido entrenadas y niños que no tienen la fuerza necesaria para pelear! ¡Prefiero hacerlo yo solo antes que mandar a mi familia a una muerte segura! —se quejó el humano rubio, alzando la voz.

—Y me parece muy noble por tu parte, pero no tendría sentido. Son los propios zoomínidos quienes tienen que defender su pueblo. Tú, el chaval de allí, seguro que me entiendes —pregunté a Syla, que estaba entre los brazos de su madre.

—Sí, estoy de acuerdo. Tenemos que defender Poplar para que nuestros vecinos humanos nos acepten.

Los niños son muy observadores, y los de los zoomínidos lo eran aún más. Los humanos poplarianos todavía les guardaban recelo, así que iba a aprovechar la situación y ayudarles a dar un primer paso para ser aceptados como habitantes legítimos de Poplar. Iba a echarles una mano, pero en última instancia, resolver el problema dependería de ellos.

—No os voy a obligar a hacerlo, la decisión es vuestra. Podéis pelear, pero también podéis huir del pueblo y no habrá nadie que os juzgue por ello. Ahora bien, ¿por qué creéis que he decidido ofreceros mi ayuda, pueblo con sangre de bestia?

—¿Porque está en nuestras manos la preservación del pueblo?

—Exacto. Su objetivo es deshacerse de vosotros, pero pensadlo, estamos hablando de bandidos. Lo que os quiero decir es que una vez se den cuenta de que ya no quedan zoomínidos, irán a por los humanos y a por sus hogares. ¿Acaso vais a permitir que destruyan Poplar?

Todos bajaron la mirada y se quedaron callados. En ese momento era muy consciente de lo cruel que estaba siendo al plantearles tan dura elección, pero era necesario para que ellos mismos eligieran el camino que deseaban seguir: salvar el pueblo o abandonarlo. No había más opciones.

—¡Yo pelearé!

La primera en levantarse fue la misma mujer a la que hasta hacía un rato le estaban temblando los brazos.

—¿¡Salipa!? ¿¡Qué haces!?

El hombre rubio puso cara de preocupación y ansiedad y trató de cuestionar la decisión de su pareja, pero ella siguió hablando:

—¡Tengo miedo a pelear! ¡Tengo muchísimo miedo! ¡Pero lo que más miedo me da es pensar en perderte! ¡Por eso pelearé!

—¡Yo también lo haré! ¡En este pueblo hay muchos humanos que siempre me han tratado bien! ¡Además, me gusta Poplar, es mi hogar!

Syla también se sumó a la decisión de Salipa, y más voces decididas se sumaron una tras otra. Todo había salido como esperaba. Había muchos zoomínidos en el pueblo, así que era casi imposible que decidieran marcharse y dejarlo a su suerte. Con esa parte del plan bajo control, la condición más importante se había cumplido. Ya solo quedaba una cosa más por hacer.

—Muy bien. Si ya lo tenéis claro, voy a explicaros el plan. No creo que haga falta decirlo, pero nada de lo que os voy a decir puede salir de aquí. Y en cuanto a los humanos presentes, vosotros también participaréis. No hay más que hablar.

Cuando los vi asentir a mi declaración, extendí los brazos todo lo que pude y continué:

—Esta es vuestra batalla. La batalla en la que recuperaréis la libertad y el futuro que siempre os han pertenecido de forma legítima. No negaré la posibilidad de que alguno de vosotros no sobreviva y es probable que se os haga difícil trabajar con mis subordinados, pero os aseguro que después de esta batalla os esperará un futuro muy gratificante.

Tras mi discurso, procedí a explicarles mi estrategia.

Yermo desolado.

Kay, el chico de negro, contó su plan a todos los zoomínidos del pueblo. Syla pensaba que seguramente no todos estuvieran convencidos de la veracidad de sus palabras, pero no tardarían en comprender que nada de lo que les había contado era una exageración.

—¿Dónde estamos?

Tan pronto el señor Kay dijo que les iba a presentar a uno de sus compañeros, el paisaje de la posada del pueblo se convirtió en un paraje carente de vegetación de ningún tipo.

—¡Todo el mundo en fila!

Una gran voz resonó tan fuerte en el aire que les hizo daño en los oídos. Syla, sin pensárselo dos veces, se llevó las manos a las orejas y, en su busca del origen de aquel vozarrón, se encontró, en mitad del desierto, con un monstruo con cabeza de león y cuerpo de humano que llevaba una armadura dorada. El monstruo estaba quieto, sin inmutarse.

—¿Qui-quién es usted? —preguntó el padre de Syla, aterrorizado.

—¡He dicho que todos en fila!

Una vez más, su poderosa voz resonó con tanta potencia que sintieron que se les iban a romper los tímpanos. Movidos por puro instinto, todos se irguieron.

—¡Me llamo Nemea y soy el Rey de las Bestias Divinas! Mi señor me ha encomendado la misión de meteros en cintura. Por ende, invertiré todo el tiempo que sea necesario en forjaros como guerreros —dijo el hombre con cabeza de león, y acto seguido se dirigió a una niña de unos trece años con el pelo blanco como la nieve que volaba a su alrededor—. Norn ¿todo listo?

—¡Listo y más que listo, señor! ¡Yo me encargo! Mi territorio ya está a tope. Cinco mil minutos aquí, un minuto fuera —respondió la niña de forma un tanto torpe. El señor Nemea asintió satisfecho.

—La orden de mi señor es absoluta, ¡así que me comprometo a curtiros hasta un mínimo aceptable, no me importa lo difícil que sea! —gritó el señor Nemea. Los ojos se le estaban poniendo rojos y empezaba a adoptar la expresión de una bestia.

«Esto no puede ser verdad… El señor Nemea se está volviendo loco», pensó Syla.

—Se-señor, escúchenos primero. Los zoomínidos de…

La tenue voz del padre de Syla se pudo oír en el páramo desolado, pero no alcanzó a terminar de hablar. El entrenamiento infernal acababa de empezar.

Trescientos mels al norte de Poplar.

Los bandidos que Parazait había contratado para atacar Poplar habían acampado al norte del pueblo y estaban esperando la señal que daría comienzo al asalto.

—He ido a echar un vistazo y qué pasada de lugar, macho. La pechá de tías buenorras que hay es pa mear y no echar gota. Podremos usarlas pa divertirnos un rato y luego las vendemos por una buena pasta —dijo un hombre con capucha marrón a otro vestido igual, pero cuya capucha tenía forma de oso.

—¿De *verdá*? Mira por dónde, este curro va a valer la pena y *tó*.

—Pero jefe, nos dijeron que solo podíamos atacar a los zoomínidos.

—Pero ¿tú eres tonto o qué? ¿Desde cuándo somos una organización? ¡Que somos bandidos, coño! ¡Los tratos nos la traen floja!

Nada más responder, los demás bandidos se percataron de una nube de humo que se elevaba por detrás de las murallas del pueblo.

—Es la señal —dijo el jefe, y se dirigió a sus subordinados—: ¡Escuchad, desgraciados! ¡Como jefe vuestro que soy os doy permiso para robar, matar, violar y destruir todo lo que os dé la gana!

Y así, gritando como salvajes, los bandidos empezaron el asalto al pueblo.

En la parte sur de las murallas de Poplar había tres barrotes de metal que cerraban el paso al canal de riego del pueblo. Las barras parecían haber sido forzadas y estaban medio abiertas, y, además, los guardias que debían vigilar la zona tampoco estaban.

«Ja, qué fácil va a ser esto», pensó el jefe de los bandidos mientras sonreía lleno de confianza. Estaba agachado, comprobando que no hubiera nadie en los alrededores, cuando de repente vio a un zoomínido aparecer bajo la luz de la luna. Era un niño de unos doce años con una capucha negra que se mecía a merced del viento nocturno.

—Venga ya, no me jodas que me va a tocar enfrentarme a un puto niño.

El hombre cogió el hacha de guerra que cargaba sobre el hombro y se la mostró al niño para asustarle.

—¡Ja!

Pero su enemigo, que debía de ser una presa débil, se estaba riendo de él. En cuanto el jefe de los bandidos se dio cuenta, un impulso salvaje le invadió el corazón.

—¡¡Cabrón!!

El hombre se acercó al niño dando potentes pisotones que hacían temblar el suelo, y cuando acortó lo suficiente la distancia bajó con fuerza el hacha de guerra. Sin embargo, su presa esquivó el ataque por muy poco margen, pero con facilidad. Y, justo después...

—¿Eh?

El hombre vio cómo la oscuridad del cielo y el suelo grisáceo rotaban, intercambiándose sin control, una y otra vez. Cuando dejó de dar vueltas, chocó de espaldas contra el suelo. No había podido hacer nada para defenderse y se había quedado sin aliento, así que intentó recuperarse tomando aire.

—Deberías mejorar tu defensa. O, al menos, aprender a sujetar mejor el hacha —dijo el niño con tono de decepción, mientras le pisaba la espalda. La humillación que estaba sintiendo hizo que el bandido empezara a enfurecerse aún más.

—¡Maldición!

Intentó quitárselo de encima, pero su cuerpo no se movió ni un ápice.

—He usado mi energía mágica para fortalecer las extremidades. Inténtalo todo lo que quieras, pero tú de aquí no te mueves.

La pierna del niño estaba presionando en un ángulo poco convencional, que, de algún modo, conseguía que el hombre no fuera capaz de moverse.

—La verdad es que no hace falta utilizar una técnica tan avanzada con un despojo como tú, pero quiero que el señor Kay vea el resultado del entrenamiento. Lo siento, pero te va a tocar aguantar unas cuantas tundas más.

Justo después el niño movió los brazos tan rápido que parecieron desvanecerse y el hombre sintió de inmediato un gran dolor por todo el cuerpo. Ese sufrimiento desmesurado fue lo último que el jefe de los bandidos pudo recordar.

—¡E-es un monstruo! —gritaban de miedo los bandidos mientras intentaban huir de una zoomínida que blandía una espada larga. Cuando la mujer desapareció como si fuera niebla, lo único que los bandidos llegaron a comprender era que todos habían caído contra el suelo. Apenas conscientes, uno de ellos se levantó y miró a su alrededor. Allí estaba la hermosa zoomínida, de pie bajo la luz de la luna y con su cabellera roja extendiéndose a ambos lados de la boca y de los ojos, también rojos.

—¡Aaaaaaah!—gritó el bandido, huyendo de la mujer.

—¡Un guerrero no debe darle la espalda al enemigo, por mucho miedo que tenga! —gritó ella, enfadada, y casi al instante el bandido se desmayó y cayó al suelo—. ¡Madre mía, qué cobardes que sois todos! ¡Si lo que os falta es experiencia no huyáis y mostradme de lo que sois capaces!

—¿¡Qu-qué cojones pasa con la gente de Poplar?! ¿¡Por qué son como una manada de monstruos!? —dijo Mowri, el subalterno de la banda de los bandidos. Se estaba dejando el aliento corriendo a todo trapo para huir del pueblo lo más rápido posible.

El pobre no entendía lo que estaba pasando. Había escuchado que su parte sería sencilla, que solo se tendría que enfrentar a unos debiluchos, a gente que a duras penas podía pelear, pero la realidad era que todos los zoomínidos de Poplar habían resultado ser auténticas bestias indomables. Todos y cada uno de ellos. Mowri había sido un mercenario antes de convertirse en un bandido, y por eso le daba la impresión de que sus oponentes tenían mucho entrenamiento a sus espaldas. No, de hecho, no cabía la menor duda de ello, pues sus movimientos eran los de un profesional con muchos años de experiencia. Y no se trataba solo de guerreros con un don natural, sino de valientes guerreros curtidos en cien batallas a lo largo de varias guerras.

Aquellos zoomínidos eran, simple y llanamente, unos monstruos. Ya no había posibilidad de victoria, pero tampoco de una derrota que permitiera su propia supervivencia. No deberían haber cometido la estúpida locura de buscar pelea en un pueblo como aquel.

Mowri corrió hasta que tuvo la muralla casi al alcance de su mano. Pero, justo enfrente, vio a una anciana caminando con la espalda encorvada.

«¡Maldita sea! ¡Otra vez no!», pensó. Por mucho que pudieran parecer débiles, por mucho que Mowri quisiera verlos como los seres insignificantes que se suponía que eran, los zoomínidos de Poplar engañaban a la vista: todos eran monstruos de los pies a la cabeza. Como consideraba la victoria algo imposible, Mowri decidió entrar a una casa para tomar como rehén a algún humano. Pero de repente, alguien lo agarró de la muñeca con fuerza.

—¡Eeh! —profirió un grito asustado que le salió del alma. Aunque no era de extrañar, pues ni siquiera había sido capaz de notar en qué momento la anciana se había acercado tanto.

—Jovenzuelo, ¿por qué huyes? Ven y ayuda a esta pobre viejecita con su entrenamiento.

La anciana le propinó una patada que lo hizo salir disparado como si fuera una pelota hasta acabar chocando con la muralla del pueblo. Después le hundió el puño en el abdomen. El dolor fue lo último de lo que Mowri procesó antes de perder el conocimiento.

Estaba contemplando con gran satisfacción la batalla de los bandidos en el pueblo desde la posada de Poplar cuando a Asta, con una mueca de disgusto, le dio por compartir su opinión:

—Vaya, al final ni les ha hecho falta usar armas.

—Es verdad. Nunca pensé que los bandidos fueran tan débiles.

—¡Superdébiles! —repitió Faf, alegre, y alzó el puño derecho mientras se aferraba a mí con el brazo izquierdo. Qué buena chica que era, me daban ganas de acariciarle la cabeza.

—Creo que ese no es el problema, milord —dijo Asta sorprendida, y giró la cabeza de un lado a otro con cara de indiferencia.

—¡Exacto! ¡El problema no son los bandidos, sino los poplarianos! ¿¡Qué demonios les has hecho!? ¡Ahora parecen monstruos! —preguntó Rose, horrorizada, mientras me agarraba del cuello de la camisa y me agitaba hacia delante y atrás una y otra vez.

—¿Es que no me escuchas? Solo he dejado que uno de mis subordinados los entrenara un poco —respondí, con la intención de evadir su pregunta. Rose estaba más rara de lo normal, tenía los ojos enrojecidos y sudaba a mares.

—¿Entrenar? ¿¡Esperas que me lo trague!? ¿¡Cómo es posible que estén barriendo a los bandidos solo por haber entrenado unas pocas horas!?

Tras quedarse sin palabras, Rose se alejó de mí tambaleando, se puso en cuclillas y se agarró la cabeza con fuerza. No era la primera vez que Rose se movía de esa forma tan extraña. Serían cosas de la edad, supuse. Asta, por su parte, la siguió con una mirada llena de lástima.

—Parece que ya solo queda un bandido más. Están a punto de acabar y todavía no han llegado los otros juguetes. ¿Qué va a hacer ahora, milord? —preguntó, como si pudiera leerme la mente.

—La verdad es que no esperaba que durasen tan poco. Tendré que pensar el próximo movimiento. ¿Sabes qué? Si hubiera tenido más tiempo, me habría gustado capturar unos cuantos goblins y entrenarlos para que lucharan contra los bandidos.

—¡Ni se os ocurra, por favor! ¿¡No os imagináis lo que pasaría si llega a liberar a unos monstruos tan destructivos después de haber recibido su entrenamiento!? ¡Arrasarían con todo a su paso y no pararían hasta dejar los campos secos como un desierto! —me negó Asta, con un ligero espasmo en las mejillas.

—¡Tiene razón, es mejor que no lo hagas! ¡Es más, por favor, no hagas nada más! —pidió Rose una y otra vez con lágrimas en los ojos.

¡Qué mujeres tan exageradas! Los goblins, entrenados o no, seguían siendo goblins: simples alimañas, no una amenaza potencial.

«En fin, ¿ahora qué puedo hacer? Todavía queda un rato hasta el momento decisivo». Entonces tuve una idea. Decidí pedir la colaboración de dos cazadores que estaban viendo la batalla de los zoomínidos contra los bandidos. Me estaba saliendo del plan, pero prefería eso a quedarme sin hacer nada.

—¡Ha llegado el momento de enfrentarse a los hipócritas de Coin! ¡Dile a Syla y Salipa que finjan debilidad, y que esperen al momento adecuado para ponerse serios!

—¡A sus órdenes! —respondió Nemea con un saludo respetuoso. Se alejó, mientras murmuraba algo por lo bajo, para darle las nuevas instrucciones a Syla y Salipa. Saltaba a la vista que se habían vuelto bastante fuertes. Acompañados de un escolta, no iban a tener ningún problema para llegar a su destino.

Quería aprovechar la presencia de los dos cazadores de alto rango que estaban allí. Podía resultarme de gran utilidad tener como testigos de la farsa que el conde Geddy y Coin habían urdido a dos miembros del gremio de cazadores con tanta influencia. Además, en el hipotético caso de que los de Coin fueran más fuertes que mis subordinados, los cazadores no tendrían problemas para acabar con ellos. Así mataba dos pájaros de un tiro.

—Bueno, se acerca el momento decisivo. Ya va siendo hora de que yo también entre en escena —dije, y me di cuenta de que estaba sonriendo. Acto seguido, me fui de la posada.

Sede de los cazadores de Poplar.

En Poplar no existía un gremio de cazadores como tal, pero muchos de ellos solían pasarse por el pueblo. Por eso había una sucursal que les brindaba apoyo y administraba la recolección de materiales y la mensajería con la sede principal en el caso de que hubiera algún problema en el pueblo. En el interior de la sucursal de Poplar estaba Orga Evanth, aventurero de rango A, y frente a él se encontraba Johnson, el primer jefe del departamento de investigación de la sede principal de cazadores de la ciudad neutral de Babel. Su departamento se encargaba de investigar crímenes y desacatos cometidos por cazadores del gremio. Aunque por lo general no había necesidad de que se pasara por la oficina cada vez que ocurría algún crimen, esta vez había hecho una excepción porque el maestro del gremio, de quien fue aprendiz, se lo había pedido aprovechando que estaba cerca de Poplar.

—¿Tú crees que las cosas se van a poner feas?

Orga se había encontrado por casualidad con su viejo amigo de camino a Balse. En ese momento, Johnson le rogó que le prestara su ayuda, y Orga sabía que semejante petición, viniendo de él, solo podía deberse a una situación muy excepcional.

—Feas, ¿eh? Cómo te lo digo… —dijo Johnson, con expresión preocupada. Parecía un asunto serio.

—¿Qué pasa? Vamos, suelta. Nada de secretos, que, si no, no podré ayudarte.

—Sí, lo sé. Te lo voy a contar solo porque confío en ti.

Johnson empezó a explicarle todo lo que sabía a su amigo. La situación general no era demasiado difícil de entender de por sí. La conspiración de Geddy con los cazadores de Coin no había sido ninguna sorpresa, y hasta sospechaba que el alcalde y alguna mafia de rango B estuvieran involucrados. Después de todo, esos actos tan mezquinos eran el pan de cada día en el reino. Sin embargo, a pesar de que a Johnson se lo conocía como una persona inmutable, hubo algo que sí que lo dejó atónito.

—¿Cómo? ¿Que fue Kay quien acabó con todos los bandidos? —preguntó Orga.

Kay Heinemann era el hijo de María Heinemann, además del poseedor del don de El Más Inútil del Mundo. Orga formaba parte del mismo equipo que María, por lo que no solo conocía a Kay, sino que había visto sus habilidades con la espada antes de que recibiera su don. En ese momento se había dado cuenta de que el muchacho no tenía talento. Entre eso y el don que había recibido no se podía creer que aquel chico hubiera sido capaz de acabar con tantos bandidos. Para colmo, ¿no se suponía que Kay debería de haber estado de camino a la capital? Al menos, según lo que le había dicho su amiga María. Entonces, ¿qué hacía en Poplar? La cabeza de Orga estaba llena de preguntas sin respuesta.

—No te lo puedo garantizar, pero es lo que dicen los rumores.

—Es que tiene que ser solo un rumor. ¿Y dónde está Kay? Tengo que llevarle a la capital de inmediato.

En una ocasión, Orga cuidó de él cuando era pequeño, así que Kay era como parte de su familia. No iba a permitir que le pasase nada malo.

—Cálmate primero. Aún tengo que terminar mi investigación, pero creo que el chico está involucrado en el caso de la estafa colectiva.

—Pero ¿qué estás diciendo? ¿En serio te parece que un chaval como Kay se puede haber metido en un caso tan complicado?

—¡Por eso te digo que me dejes terminar! Sea verdad o no, todo el mundo está diciendo que los de Coin se han confabulado con el conde para invitar a unos bandidos a asaltar el pueblo y así poder vender a los zoomínidos como esclavos.

—Se han pasado totalmente de la raya. En fin, ¿me has llamado por eso?

—Así es. Si lo que se dice de Coin es cierto, estarían cometiendo el mayor de los crímenes para un cazador. Y, si ese es el caso, tendremos la obligación de intervenir.

—Ya, si yo lo entiendo, pero ¿qué tiene que ver Kay con todo eso?

Orga sabía lo bueno que era Kay, y por eso no le entraba en la cabeza que pudiera estar involucrado. Era impensable que estuviera ayudando a llevar a cabo un plan tan deleznable.

—Sí, a eso voy…

Johnson se detuvo justo antes de llegar a la parte más importante, aunque en realidad parecía no tener ni idea de qué decir o cómo decirlo.

—Pero dilo. Incluso si es una tontería sin pies ni cabeza.

—No es que quiera ocultarte nada, es que es tan increíble que no sé cómo tomármelo…

—Pues no te comas la cabeza y suéltalo de una vez y ya veremos después qué es lo que hacemos —insistió Orga.

Johnson asintió preocupado.

—Por lo visto, Kay se ha convertido en el guarda real de la princesa Rosemary y, además, es el líder de los zoomínidos.

—¿Qué?

Esta vez Orga no pudo controlar su asombro, y lo cierto era que le sobraban motivos. Para convertirse en el guarda real de un candidato al trono era necesario ser alguien con una gran habilidad en absolutamente todos los ámbitos. No quería menospreciar a Kay, pero, a sus ojos, era un chico que no destacaba en nada.

—Sé lo que estás pensando, pero nos lo ha confirmado la propia princesa, así que no hay duda de que se trata de la verdad.

—…

Tal y como había dicho Johnson, todo era demasiado repentino. Un sinsentido enorme frente al que Orga no sabía ni cómo reaccionar. ¿María se habría enterado ya? Porque de saberlo se habría puesto a llorar y luego habría empezado a buscar la forma de detenerlo. Así de profundo era el amor que esa mujer sentía por su hijo.

En ese momento, un joven funcionario del gremio de cazadores de Balse entró en la habitación.

—¡Coin ha empezado a moverse! —exclamó.

—¿Y dónde está ahora?

—Uno de sus miembros se ha movido hacia el sur del pueblo. Ha abierto una de las barreras de metal del canal y ha disparado una señal de humo hacia su interior. También hemos verificado la presencia de varias sombras, probablemente de bandidos. Parece que el asalto al pueblo está a punto de comenzar.

Ahora todo tenía sentido. Iban a dejar que los bandidos asaltasen el pueblo a su antojo. Ellos llegarían después, los expulsarían y todos los venerarían como sus salvadores. Era una estrategia muy mediocre.

Los líderes de Coin apenas acababan de ser nombrados cazadores de rango C, pero el Héroe los había reconocido como líderes de uno de los cuatro gremios sagrados, y eso era algo que implicaba necesariamente que se trataba de cazadores habilidosos, en especial su líder, Cider, de quien se decía que tenía una gran habilidad con la espada, la cual impregnaba con magia para mejorar sus cualidades. Además, Cover, segundo al mando, también era uno de los mejores cazadores en cuanto al uso de la magia. Ninguno de los dos tenía necesidad alguna de verse envuelto en una trama criminal, pues, de haber seguido el camino natural, en unos pocos años se estarían bañando en oro y fama.

Sin embargo, habían tenido la mala suerte de que en ese momento Orga y Johnson estuvieran en el pueblo. Orga era un cazador de rango A, así que su habilidad no se podía comparar de ningún modo con la de un par de jóvenes cazadores como ellos dos. Johnson no era muy conocido porque solía actuar más como agente en la sombra, pero tenía una fuerza de combate comparable con la de un cazador de rango A. En pocas palabras, los líderes de Coin se habían confiado demasiado por la habitual ausencia de cazadores en el pueblo, pero para su desgracia, ese no era el caso aquel día.

—¡Johnson, andando!

—Claro, espérame.

Salieron rápidamente de la habitación y corrieron hacia el lugar de los hechos.

Los bandidos habían entrado en el pueblo. Todos iban armados, tenían experiencia y no había ninguno que pareciera débil. Nada más verlos, cualquiera habría pensado con frustración que la devastación del pueblo estaba irremediablemente a punto de comenzar. Y eso era lo que se suponía que iba a pasar, pero el panorama que se encontró Orga resultó ser muy distinto.

—Pero ¿qué está pasando? —se preguntó Orga por enésima vez al ver cómo los zoomínidos atacaban y perseguían como fieras a los bandidos, que trataban de huir por sus vidas. Y así una y otra vez.

Tanta fuerza y destreza no eran fruto de ningún don, ni tampoco de ninguna magia de fortalecimiento. Era experiencia de combate pura y dura. Pero es que parecía un chiste de mal gusto. Lo normal era que gente como los zoomínidos de Poplar necesitasen al menos cuarenta o cincuenta años para acercarse a ese nivel. Si se hubiera tratado de uno solo de ellos, la situación habría sido perfectamente plausible, pero lo que dejó perplejo a Orga fue que todos estaban igual de curtidos.

Los monstruosos zoomínidos fueron aplacando a los bandidos uno tras otro. Poco después, casi todos desaparecieron de repente y solo quedaron una mujer y un niño. Para sorpresa de Orga y Johnson, los zoomínidos eran capaces incluso de borrar su presencia, como ellos mismos estaban haciendo en ese momento. El problema era que aquella no era una técnica que ellos hubieran adquirido como fruto del entrenamiento, sino como parte de una habilidad que habían conseguido hacía muchos años. En cambio, los zoomínidos sí que la habían desarrollado tras un larguísimo entrenamiento. Incluso para un cazador novato, resultaba evidente qué técnica requería de más esfuerzo.

«Pero ¿¡qué le pasa a la gente de este pueblo!? ¡Maldición!», pensó Orga. Tanta destreza solo era posible tras años bajo la tutela de un maestro especializado en el combate. Y, aun en ese caso, sería necesario un entrenamiento intensivo en el que solo se descansase para comer, beber y dormir. Pensar en la cantidad de personas que habían sobrepasado tales límites con solo esfuerzo y constancia hizo que una inexplicable sensación emergiera del fondo de su corazón.

—¡Orga, no te detengas!

La voz de Johnson lo sacó de su ensimismamiento. El niño y la mujer que se habían quedado comenzaron a correr en dirección opuesta como completos novatos. A Orga le pareció extraño, sobre todo después de haber visto pelear a los otros zoomínidos.

—¡Separémonos! ¡Yo voy tras el chico, tú ve tras la mujer!

—¡De acuerdo!

Existía la posibilidad de que fuera una trampa, pero los zoomínidos no parecían tener intención de hacer daño a Orga y Johnson. Por eso, incluso si ese fuera el caso, no era muy probable que intentaran matarlos.

Orga borró su presencia y empezó a perseguir a la mujer. En cuestión de pocos minutos, un grupo de encapuchados ataviados con túnicas negras cortó el paso a la mujer. Como sospechaba, era una trampa, pero Orga pensaba que era para capturar a la mujer. Aún no podía imaginar que los payasos encapuchados eran los que habían caído en una trampa.

—¡No hagas nada raro si no quieres salir malparada! —dijo uno de los hombres. Era una frase bastante típica. Lo irónico era que no sabía que se la había dicho a la persona más fuerte de los alrededores.

—Po-por favor, no me hagáis daño… —dijo la mujer en voz baja.

Entonces, los hombres la ataron de pies y manos, la metieron en una especie de caja de madera y finalmente se quitaron sus ropas negras.

«Coin», pensó Orga. Los pudo reconocer porque ya los había visto antes en la capital. Si la mujer que habían atrapado hubiera resultado ser débil de verdad, él no habría podido hacer nada para salvarla. Pero Orga sabía que en realidad la mujer tenía una destreza en combate mayor que la suya propia, y por eso decidió quedarse a observar hasta el final sin entrometerse.

Tras atrapar a la mujer y meterla en una caja, los miembros de Coin caminaron hasta la residencia de un noble al suroeste de Poplar y se detuvieron enfrente de una lujosa mansión de cuatro pisos. Al entrar, dejaron la caja de madera en el suelo.

En el centro de la habitación estaba sentada con total tranquilidad la escoria que parecía haber ordenado secuestrar a la mujer. A su lado había un chico atractivo de pelo verde: el segundo al mando de Coin, Cover el Sabio. A pesar de que se autoproclamaba el Sabio, no era más que un bufón, un idiota sin remedio. Debía de estar pensando que se saldría con la suya, pero Orga no iba a permitirlo. Su destino ya estaba sellado.

—Conde, hemos traído al animal que pidió.

—¿Por qué habéis tardado tanto? ¡Daos prisa y abrid la caja!

Los de Coin acataron la orden y sacaron de la caja a la zoomínida.

—¡Es esta, sí! ¡Justo esta! ¡Desde el primer momento que la vi la he deseado! ¡Sería una pena dejar que un sucio plebeyo de pueblo se quedase con esta preciosidad, así que estará mejor en mis manos!

La lujuria del conde le retorció el rostro mientras se iba acercando a la mujer, que todavía estaba atada de pies y manos.

—Señor Geddy, nosotros también nos la estamos jugando al hacer esto. Por favor, espero que no se olvide de su parte del trato —dijo Cover, y Geddy asintió desganado varias veces.

—Ya lo sé, estamos en el mismo barco. Os cederé el cuarenta por ciento de las ganancias por las frutas de Poplar, pero ¡a cambio tenéis que seguir trabajando para mí!

—Por supuesto que sí, señor. Ahora, si nos disculpa… Imagino que querrá divertirse con su nuevo juguete, así que nosotros nos retiramos —dijo Cover, y se despidió agachando ligeramente la cabeza, pero con la espalda recta.

—Haces honor a tu título, ¿eh? Ah, sí, déjame a alguien para que me proteja, solo por si acaso.

—Descuide, ya le tenemos a alguien asignado. No queremos que le ocurra nada a un socio tan importante.

Cover se fue de la habitación, dejando atrás a unos cuantos escoltas.

—¡Ven conmigo, monada!

Geddy tiró de la cuerda atada al cuello de la mujer y la arrastró hasta un cuarto oscuro. Una vez en su interior, le quitó las ataduras y la lanzó contra una cama lujosa.

—¡Aléjate de mí! —gritó la mujer, acurrucada en la cama y llorando de miedo.

—¡Así me gusta! ¡Resístete, resístete! ¡Eso solo me pone aún más caliente!

Geddy comenzó a acercarse mientras se relamía los labios y levantaba la voz.

—¿Por qué? —preguntó de repente la mujer en voz baja.

—¿Mm? ¿Qué?

—¿¡Por qué nos haces esto!? —gritó, esta vez con lágrimas recorriéndole las mejillas, a lo que Geddy respondió, con el rostro lleno de malicia:

—¿No puedo? Si no sois más que alimañas.

—¿Perdona?

—Exacto. Solo sois animales, bestias, infieles incapaces de recibir la bendición del gran dios Ares. Por ende, debéis obedecernos a nosotros, sus amados elegidos.

De nuevo, otro más que se guiaba por ese estúpido razonamiento. Era verdad que aquellos a los que el caprichoso de su dios otorgaba un don podían adquirir habilidades inusuales, pero eso no los hacía destacar en todo. Bastaba con comparar las atrofiadas mentes llenas de estupideces de las que hacían gala esos idiotas con la forma de luchar de los zoomínidos para entender que la diferencia saltaba a la vista.

—¿En serio os creéis que podéis hacer lo que os plazca con nosotros solo por el hecho de que no hayamos recibido la bendición del Ares ese?

El tono de voz de la mujer había cambiado. Hasta el ambiente se había vuelto más frío.

—¡Exacto! ¡El valor de todas las personas en este mundo se decide por obra de Ares! ¡Nuestro gran y único dios! ¡Por eso, tenemos derecho a someter a todos aquellos que no posean su bendición! ¡Es decir, que habéis nacido para ser nuestros esclavos! —concluyó el conde Geddy con determinación.

Orga empezó a sentir cómo el frío le recorría el cuerpo. Incluso el aliento se le congelaba cada vez que respiraba. Los escoltas de Coin, que hasta hacía un momento estaban observando con una sonrisa, también comenzaron a tiritar. «¡No me lo estoy imaginando!», pensó el cazador.

—¡Ja! ¡Ja, ja! ¡Ja, ja, ja, ja, ja, ja!

De repente, la mujer sobre la cama había empezado a reírse.

—¿De qué te ríes? —preguntó Geddy, arqueando una ceja. Al escuchar la pregunta, la mujer dejó de reírse de golpe.

—¿Le habéis escuchado? ¿Qué os ha parecido?

Una sensación de inquietud inundó la atmósfera de repente y aparecieron tres figuras amorfas que emanaban un aura densa y ominosa. Una de ellas se erguía en el techo, otra flotaba en el aire y la última estaba sentada sobre el escritorio con las piernas cruzadas.

En ese instante, Orga agradeció poseer el coraje suficiente como para contener el grito que el miedo estuvo a punto de arrancarle de la garganta.

—¿Ustedes saben quién es ese tal Ares? —preguntó una de las siluetas. Era una figura humanoide de color blanco que flotaba en el aire.

—No. Aunque probablemente se refiera a algún soldado celestial —negó otra de las siluetas, con hastío. Era una sombra vestida de negro que se encontraba erguida en el techo, cargando a la espalda un arma circular carmesí.

—Conozco a Deus y a Thor, pero no me suena ningún diosecillo con ese nombre, ¡así que ni lo sé ni me importa! —gritó otra de las siluetas sin esconder su indignación. Era un joven extraño, iba con la parte superior del cuerpo desnuda y tenía ocho ojos en el rostro.

—Es verdad. Aunque, mira, me sorprende que este insecto esté hablando de un dios único teniéndonos justo en frente. Parece que se muere de ganas por ir de viaje hacia el otro lado —dijo la silueta blanca, amenazando al conde Geddy con la mirada.

—¡Mo-monstruos!

El conde se cayó al suelo del susto y empezó a retroceder.

—Paramecio asqueroso, ¿a dónde te crees que vas?

De repente, la zoomínida lo agarró del hombro. Y, en cuanto vio el rostro de la mujer...

Ni siquiera Orga pudo contener un leve grito y cayó de espaldas. Y con razón. Después de todo, pudo ver cómo las comisuras de la boca de la mujer se levantaban de lado a lado, aproximándose a las orejas y dejando al descubierto unos afilados colmillos, mientras que en sus cuencas sobresalían un par de ojos con pupilas de un negro azabache, que miraban al conde como si fueran a apuñalarlo.

—¡Escoltas, venid a ayudarme! —suplicó Geddy a los miembros de Coin que estaban frente a la puerta de la habitación, pero no consiguió nada con ello.

—¡Aaaaah!

El conde estaba tan horrorizado que profirió un sonoro grito de terror. Las cabezas de los tres escoltas flotaron y giraron en el aire mientras que sus torsos se derretían hasta transformarse en líquido rojo. Al mismo tiempo, la mujer que el conde tenía enfrente comenzó a transformarse en una bestia con una enorme nariz, que agarró a Geddy del cuello de su camisa.

—¡Te mereces un castigo por haber osado ante nuestras narices llamar dios absoluto de nuestro mundo a ese tal Ares! ¡No es más que una piltrafa en comparación con nuestro gran señor! ¡Pecador, no conocerás nuestro perdón ni misericordia! Mis señores, ¿¡tenéis idea alguna de qué hacer con esta escoria!? —dijo el monstruo de la gran nariz, levantando la voz.

—¡Para pecadores como él, solo existe un castigo apropiado! ¡El mundo de eterna pesadilla, del cual jamás regresará! —dijo el ser de ocho ojos, y de un salto sobre el escritorio se colocó en el flanco izquierdo del conde.

—¡Aquel que se burle de nuestra fe será castigado con la miseria eterna! —exclamó con suma naturalidad el ser sin rostro mientras seguía en el techo, y acto seguido descendió al flanco derecho de Geddy.

—¡Ni la muerte te librará del dolor, del miedo y de la desesperación que te aguardan! —dijo la silueta blanca, descendiendo un poco, y se puso detrás de Geddy mientras lo miraba con ojos llenos de locura.

Y así, Geddy se vio rodeado por los cuatro monstruos.

—¡Gyaaaaaaaaaaaaaaaaa!

Sus lamentables gritos reverberaron por toda la mansión. Orga no pudo procesar lo que acababa de ver y cayó al suelo, desmayado.

Siguiendo las órdenes del señor Kay, Syla caminó por todo el pueblo ignorando los cuerpos inconscientes de los bandidos. Pronto los miembros de Coin verían que había pasado algo y tomarían cartas en el asunto. Entonces el señor Kay aprovecharía para poner en marcha el último paso del plan, el gran final del festival.

El señor Kay había ordenado al entrenador Nemea que instruyera a los zoomínidos durante varias décadas en aquel espacio misterioso. Los demás maestros fueron doce dioses conocidos como los Zodiacos, un grupo con aspecto de animal que era mucho más fuerte que el dios de la montaña al que el pueblo de los zoomínidos solía venerar. La superioridad de los Zodiacos quedó patente cuando el dios de la montaña inclinó su cabeza de ciervo ante un pequeño ratón al que llamaban el Devorador transgresor.

El señor Nemea era el líder de esos doce dioses, así que era un ser muy superior a los zoomínidos. Por ende, aquel al que el señor Nemea jurara lealtad tenía que ser una existencia aún superior. Por tanto, no sería de extrañar que el señor Kay fuera un dios supremo. No, de hecho, tenía que serlo.

«¡Nuestro pueblo tiene un gran aliado!», pensó Syla. Si el señor Kay no hubiese llegado a Poplar, seguirían siendo los mismos seres indefensos de siempre. Pero eso se había acabado. Gracias al señor Kay, habían aprendido trucos con los que podrían sobrevivir en ese mundo tan cruel y podrido. Sus métodos no eran como los de los dioses malignos, que concedían poderes a aquellos que los veneraran, sino que surgían fruto del esfuerzo. Y, al ponerla en práctica, los zoomínidos pudieron entender el gran valor de esa doctrina de forma más que suficiente. Para su pueblo, el señor Kay se había convertido en un dios al que venerar, y su plan, en un regalo de su existencia suprema. Cometer un error era inaceptable, había que cumplir la misión a cualquier precio.

Al salir del callejón y llegar a la calle principal, Syla se vio rodeado de personas con el emblema de Coin bordado en la túnica. Los muy tontos habían caído en la trampa.

—¡Tú debes de ser una de esas sucias ratas que han atacado este honrado pueblo junto con los bandidos! ¡Soy Cider, la Espada espinosa! ¡El gran líder de Coin! ¡Y voy a acabar contigo! —exclamó, extendiendo los brazos. Estaba exagerando tanto como un mal actor de teatro.

Todavía era de noche, pero los humanos del pueblo salieron de los bares y de sus casas para ver qué estaba ocurriendo.

Era el momento de que Syla dejara a esos tipejos al descubierto y todo llegase a su fin.

—¿Yo? ¿Junto con los bandidos? —preguntó una vez se hubo reunido suficiente gente, de forma que todos entendieran lo que estaba pasando.

—¡Como has oído! ¡Los bandidos a los que hemos interrogado lo han confesado todo! ¡Sabemos que estáis compinchados con Kay Heinemann, el renegado que porta el don de El Más Inútil del Mundo! ¡Juntos habéis conspirado para llamar a los bandidos y hacer que ataquen este pueblo! ¡Pero no os saldréis con la vuestra, porque nosotros, los miembros de Coin, ya los estamos capturando! —gritó Cider con una postura teatral. Tenía la mano izquierda en el pecho y la derecha tras la espalda.

Los poplarianos se quedaron perplejos tras escuchar el discurso de sus venerados héroes. Cider pensaba que todos iban a creer sus palabras al instante, pero los espectadores no se estaban tragando el numerito del todo.

—Admito que me creí lo de la fruta podrida, pero esto ya se pasa de castaño oscuro. ¿Tú qué crees? —dijo un chico de pelo moreno que estaba viendo el espectáculo desde lejos a una chica de melena castaña.

—Sin duda. ¿Qué sentido tiene llamar a unos bandidos para que ataquen el pueblo sabiendo que tenemos a los de Coin? —respondió la chica de forma despreocupada, con el dedo índice en la barbilla.

—¿Eso significa que Coin nos está mintiendo?

—Eso parece. Serán desgraciados…

—¡Ya, pero es que eso también es rarísimo! ¡Se supone que Coin es uno de los gremios sagrados del gran Héroe!

Las dudas comenzaban a extenderse por todo el lugar, cuando de repente…

—¡No estoy dispuesto a pasar por alto semejante difamación hacia nuestro gremio!

Dos hombres se abrieron paso entre la multitud junto con un grupo de escoltas. Uno de ellos era el segundo al mando de Coin, Cover, y el otro era el alcalde del pueblo de Poplar.

—¡En nombre de nuestro gremio, Coin, hemos jurado ser la espada y el escudo del gran Héroe Mashiro! ¡Jamás mentiríamos, y mucho menos buscaríamos cometer injusticia alguna! Entiendo de corazón que quieran creer en sus antiguos vecinos, pero todo lo que ha dicho Cider es verdad: tanto este chico como los demás zoomínidos se han aliado con Kay Heinemann para atraer a los bandidos. Os pido que creáis en nuestras palabras —rogó Cover, inclinando la cabeza enfrente de todo el pueblo. Un gran silencio se apoderó del lugar al instante y los poplarianos escépticos dejaron de mirar a Syla para centrarse en Cover. Lo más probable era que a algunos les costara confiar de forma ciega en las palabras de Coin, mientras que otros simplemente se negaban a creerlo.

—¡Yo también estuve presente en el interrogatorio! ¡Dicen la verdad! ¡Todos los bandidos confesaron que los zoomínidos les permitieron entrar en nuestro pueblo! Yo también quise creer en nuestros vecinos… pero ¡no podemos ignorar la verdad! —El alcalde apretó los puños con fuerza mientras derramaba unas pocas lágrimas. Tras limpiárselas con la manga de la camisa se irguió de nuevo y, con la mano derecha levantada hacia el cielo, continuó con voz alta y clara—: ¡Estos traidores decidieron vendernos a Kay Heinemann, el infiel! ¡Los zoomínidos no son como nosotros, solo son bestias irracionales! ¡Conciudadanos de mi amado pueblo, estoy seguro de que ahora que entendéis la verdad estaréis de acuerdo con que debemos deshacernos de estas criaturas a toda costa!

—Alcalde, pare el carro. ¿De verdad Syla y los demás han sido capaces de hacer algo así?

—¿A que es raro? ¿Cómo iba el viejo Zarl a aliarse con bandidos, con lo testarudo que es? Es que no hay por dónde cogerlo.

—Pero si… pero si lo han dicho los de Coin… y también el alcalde.

—En primer lugar, ¿quién es ese Kay Heinemann?

—Mira por dónde, ¿me estás diciendo que soy el artífice de este incidente y que además ordené a los zoomínidos que negociaran con bandidos? Interesante, cuéntame más —dijo una voz en medio de la confusión. Syla miró en dirección a su origen y pudo ver al señor Kay de pie en medio de la multitud, con una aterradora sonrisa en la cara.

El señor Kay se había tomado la molestia de usar a los miembros de Parazait para informar al conde Geddy y sus secuaces de que iba a ser él quien controlara a los zoomínidos, y así preparar el escenario.

—¿¡Quién eres tú!?

—Kay Heinemann, en carne y hueso —respondió a Cider, sin dudar. De inmediato se formó un gran revuelo entre la multitud. Al verlo, Cider sonrió.

—¡El destino al fin nos ha reunido, avaro infiel! ¡Soy Cider, la Espada espinosa! ¡Haré que la justicia caiga sobre ti por haber intentado convertir este pueblo en un mar de sangre! —gritó Cider en voz alta, haciendo una pose exagerada.

—¿Te crees un justiciero? ¡Pues venga! ¡Desenvaina! El joven Espadachín Imperial y su sirviente no estuvieron a la altura, pero tú eres un cazador de rango C. Seguro que contigo me divierto —contestó el señor Kay en voz más alta.

Cuando lo oyeron, los zoomínidos estuvieron a punto de decir cosas como «¡Cider no durará ni dos segundos!», pero, antes de siquiera poder hacerlo, el señor Kay desenvainó una extraña espada y apuntó con ella hacia Cider. Tras décadas de entrenamiento, se habían vuelto capaces de entender cuán impecable había sido aquel movimiento. Fue tan natural que parecía imposible que existiera alguien capaz de llevar el dominio de la espada más allá de niveles que parecían inalcanzables. Sin embargo, entre los presentes había un ignorante que era incapaz de verlo.

Cider seguía sonriendo, pero las arrugas de su frente denotaban su ira latente.

—Tú, El Más Inútil del Mundo... ¿contra mí, el gran Cider de la Espada Espinosa? ¿De verdad te crees que somos comparables? —preguntó, mofándose.

—Claro, y ojalá estés a mi nivel.

—¡Agallas no te faltan! ¡Por lo que veo, necesitas que alguien te enseñe modales! —gritó Cider, y desenvainó las dos espadas delgadas y curvas que llevaba a la espalda. Después bajó un poco la cadera y adoptó una posición de combate. El señor Kay lo observó sorprendido.

—¿Eso es todo?

El señor Kay adoptó una expresión que mostraba un desagrado tan profundo como visceral. Hasta ahora había estado tan jovial como quien pasea por el campo, pero de golpe le invadió la ira y pasó a mirar a Cider con absoluto desprecio.

—¿Qué te pasa? ¿Acaso el inútil se ha dado cuenta al fin de la brecha que hay entre nosotros? Entonces tendré que elo…

—Cállate. Ya me has demostrado de qué eres capaz —respondió, asqueado, y en ese mismo momento su figura se desvaneció. En un abrir y cerrar de ojos el cuerpo de Cider salió girando por los aires hasta que cayó boca arriba. Intentó respirar lleno de desesperación y con el cuerpo dolorido, pero el señor Kay le pisó la cara con fuerza y le destrozó la barbilla.

—¡Quita tus sucios pies del señor Cider!

Todos los miembros de Coin rodearon al señor Kay y le apuntaron con sus armas, pero eso solo provocó que la expresión de desilusión en su rostro se hiciera aún más patente.

—No me cabe la menor duda de que solo habéis subido de rango gracias a la influencia del Héroe. Aun así, me parece decepcionante que los cazadores dejaran que un aficionado que solo sabe agitar la espada ascendiera a rango C.

—¡Espinas de Esclavitud! —consiguió gritar Cider, terminando de arruinarse la mandíbula.

De repente, un montón de espinas envolvieron al señor Kay para inmovilizarlo.

—¡El hechizo de restricción de alto nivel de Cider no te dejará mover ni un solo músculo! ¡Ahora, atacad! ¡Que todos los magos disparen a la vez! —ordenó Cover a sus subordinados mientras le apuntaba con el bastón, muy seguro de que ya había ganado.

—Pe-pero el señor Cider también saldrá herido.

—No te preocupes. Cider tiene una gran resistencia mágica. Le causará alguna que otra herida, pero luego podremos curarle con magia. ¡Este infiel es una amenaza demasiado grande, así que tenemos que asegurarnos de erradicarlo! ¡Es ahora o nunca!

—*¡Eggagagoj!* —intentó protestar Cider, todavía contra el suelo, pero con la mandíbula en ese estado no pudo articular ni una sola palabra más.

—¿¡Veis!? ¡Cider nos está dando permiso! ¿¡Acaso vais a ir en contra de su voluntad!?

—...

Los miembros de Coin se quedaron inmóviles, sin saber cómo rebatir las palabras de Cover, pero incapaces de actuar.

—¡Daos prisa! —exclamó con fuerza Cover y todos empezaron a conjurar sus hechizos. El señor Kay suspiró profundamente y dijo:

—Mira, tu propia gente te ha abandonado.

—*¡¡Gug geh!!*

Cider gemía y se revolcaba con violencia en un intento de escapar, pero el señor Kay se limitaba a mirarle con pena. En ese momento, los de Coin terminaron de conjurar sus hechizos.

—¡Pilar Ígneo!

Un montón de torres giratorias de fuego salieron disparadas hacia el señor Kay a gran velocidad.

—¡Lo hemos conseguido! —celebró Cover, eufórico, en cuanto vio que los conjuros habían impactado en el blanco. Su voz se podía oír por todos lados mientras la nube de polvo se disipaba poco a poco.

—Me temo que no.

El polvo se disipó justo después de que se oyeran esas palabras, y todos pudieron ver que detrás de Cider se encontraba el señor Kay, que lo agarraba por el cuello. Saltaba a la vista que había usado el cuerpo de Cider como escudo. Mientras que el señor Kay no tenía ni un rasguño, Cider estaba cubierto de quemaduras y sufría espasmos a causa del dolor.

—¡Im… imposible… Mis Espinas de Esclavitud son… magia de alto nivel!

—Ya veo. Asta, ¿tú qué opinas? —preguntó, girando la cabeza hacia la derecha, y luego tiró el cuerpo del cazador al suelo. Asta apareció a su lado al instante, como si siempre hubiera estado allí.

—Es un insulto siquiera considerarlo magia —negó la señora, frunciendo el ceño.

—¡Cobarde! ¿¡Cómo te atreves a usar a Cider como escudo!? ¿¡Es que no tienes ni una pizca de honor!?

—¡Ja! Creer que a milord le importan esas chorradas… Ahora sí que lo he visto todo —comentó la señora Asta, riéndose de él y menospreciándolo, mientras lo observaba como la patética criatura que era.

Todos estaban desconcertados, confusos, atónitos… y Syla podía entender por qué.

—La cosa se está enfriando un poco. Menos mal que el plato principal está a punto de llegar. Asta, te toca.

La señora Asta bajó la cabeza y chasqueó los dedos. Entonces, una imagen se proyectó en el aire y acaparó la atención de todos los presentes.

Cuando las imágenes terminaron de reproducirse el silencio reinaba en el ambiente. Todo el mundo estaba callado, mirando a los miembros de Coin y al alcalde con profundo resentimiento. Ya no había forma de defenderlos. Sabían toda la verdad tras la conspiración e incluso que el conde había mandado secuestrar a Salipa. Cualquiera podía encajar las piezas por su cuenta y entenderlo todo con claridad.

—¡Coin, el alcalde y el conde ese! ¡Sois unos desgraciados! ¡Que os jodan a todos!

—¡Ya me olía raro desde que dijeron que las frutas de los Zaruba sabían mal, con lo perfeccionistas que han sido siempre, pero no me esperaba que estuvieran tratando de vendernos a los bandidos!

—¡Los actos de Coin y el alcalde son imperdonables!

Uno a uno, todos comenzaron a gritar enfadados. En vano, el alcalde insistió en su inocencia:

—¡E-esas imágenes son falsas! ¡Todo es mentira! ¿¡Es que acaso vais a dudar de la palabra de uno de los cuatro gremios sagrados!?

—¿¡Acaso nos tomas por tontos!? ¡Las imágenes son irrefutables!

Las palabras del alcalde solo sirvieron para echar más leña al fuego. El ambiente era tan tenso que parecía que el suelo estuviera temblando a causa de la ira y el odio del pueblo.

Incapaz de soportarlo más, el alcalde se tiró al suelo y gritó de miedo.

—¡Atención!

De repente, un enérgico grito se alzó sobre las voces de la turba como el sonoro tañido de una campana y provocó que los gritos de odio se convirtieran en gritos de temor. Delante del señor Kay apareció el entrenador Nemea, el hombre con cabeza de león.

Después, el señor Kay se acercó a Cider, que todavía estaba en el suelo, respirando a duras penas, y lo cubrió con un líquido rojo que sacó de un pequeño frasco. Al instante, el cuerpo de Cider se curó y volvió a su estado original. El pueblo no podía dar crédito a lo que veían sus ojos. El señor Kay se le acercó, lo agarró de la camisa a la altura del pecho y lo golpeó varias veces en la cara. Al recuperar el conocimiento, Cider gritó nada más ver que tenía al señor Kay frente a sus ojos.

—Escuchadme bien, tanto tú como todas las demás piltrafas, porque solo lo voy a decir una vez: Coin es el escudo y la espada del Héroe Mashiro, ¿no? Da igual lo verdes que estéis, eso os convierte en futuros héroes también, y los héroes tienen el deber de proteger al pueblo de cualquier peligro. Ahora ha llegado el momento de probarlo. No importa lo estúpidos o débiles que seáis, os habéis hecho llamar héroes, así que os toca demostrarlo y cumplir con vuestro deber —dijo el señor Kay a todos los presentes tras dejar caer a Cider—. Sabed que se me acaba de informar de que un enorme grupo de monstruos pequeños están acercándose junto a uno mucho más grande. En otras palabras: el pueblo está en peligro.

—¿¡Po-por qué!? ¡¿Y eso qué tiene que ver con nosotros!? —preguntó Cider lleno de preocupación. El señor Kay sonrió con malicia, como si fuera un Rey Demonio sacado de una historia de fantasía.

—Porque los de Coin vais a plantarles cara —anunció el señor Kay con un tono de pesadilla. En ese momento, las campanas comenzaron a sonar por todo Poplar y un joven guarda del pueblo llegó a la plaza con la cara pálida y tan nervioso que no paraba de tropezar.

—¡¡Varios monstruos se están dirigiendo al pueblo!! ¡Entre ellos hay uno gigantesco! —informó al alcalde.

—¿Entonces… es cierto? —preguntó Cider al guarda, nervioso. Aún pálido, este asintió una y otra vez.

—¡Así es! ¡Los hemos visto con nuestros propios ojos! ¡No seremos capaces de detener su avance nosotros solos! ¡Solicitamos el apoyo de Coin! —dijo el guardia. Aún confundido, Cider se negó moviendo la cabeza de un lado a otro.

—Ni hablar… ¡Estoy harto de este pueblo! —gritó con fuerza, levantándose.

—¿Quién ha dicho que podías negarte? Acabar con los monstruos es el trabajo de un héroe —dijo el señor Kay, mirando de reojo a la señora Asta. Tras una pequeña reverencia, ella chasqueó los dedos y todos los miembros de Coin, entre los que se encontraban Cider y Cover, desaparecieron como por arte de magia.

La gente del pueblo estaba boquiabierta. Poco después, el señor Kay extendió ambos brazos y dijo en voz alta:

—¡Reuníos, habitantes de Poplar! ¡Observad la llegada del gigantesco ejército de bestias! ¡Tigres implacables, ser-

pientes gigantescas, simios temibles y murciélagos voraces!
¿¡Serán los aguerridos héroes de Coin capaces de detenerlos!?
—exclamó, tal y como haría un resuelto trovador.

Y así fue cómo la historia que cierto monstruo escribió,
con Poplar como escenario, entró en su fase final.

Antes de que pudieran darse cuenta, los miembros de Coin
se encontraron al otro lado de la puerta del pueblo. Frente a
ellos, un apabullante ejército de demonios que avanzaba en
dirección al pueblo se extendía en el horizonte.

Los tigres corrían feroces por el bosque, las serpientes des-
lizaban sus enormes cuerpos por el suelo, los monos gigantes-
cos saltaban de árbol en árbol y los murciélagos surcaban los
cielos a pesar de su gran tamaño. Y en el centro del ejército de
bestias se alzaba un monstruo colosal que se acercaba como
una temible señal del fin de los tiempos. Tenía cuerpo de tigre,
cabeza de mono, cola de serpiente y alas de murciélago.

—Ugh…

Todos los miembros de Coin gimieron como si quisieran
gritar, pero fueran incapaces de hacerlo. Allá donde mirasen
se encontraban con el mismo escenario infernal. Se podía es-
timar la presencia de unos mil enemigos en total. Además, era
como si todas las bestias nacieran del cuerpo del monstruo de
treinta *mels* de alto, cuyos pasos hacían que el suelo temblara.

—¿Cómo se supone que vamos a derrotar a esa cosa?

Era imposible no hacerse esa pregunta. Para vencer a todas las bestias sería necesario el grupo del Héroe al completo,

los cinco gremios y todo el ejército de Amelia. Era una locura siquiera pensar que Coin tenía alguna posibilidad de derrotarlos por su cuenta.

—¡Uh… aaaaaaaaaaaaaaaaah!

Incapaz de soportar ni un minuto más de aquel escenario de pesadilla, uno de los miembros de Coin trató de huir, despavorido, pero enseguida se chocó con un muro invisible y cayó de culo contra el suelo.

—¡No puede ser! ¿¡Por qué hay una barrera!?

—Prohibido desertar del campo de batalla.

De repente, la voz de Kay Heinemann resonó dentro de sus cabezas.

—¿Tenemos que luchar? —preguntó Cover con voz temblorosa.

—Exacto. He pedido a mis subordinados que construyan esta barrera para proteger al resto de Poplar. Es lo suficientemente fuerte como para soportar los ataques de esos monstruos de pacotilla, así que si queréis salir vivos de aquí, estáis obligados a derrotarlos.

—¡De-déjate de bromas! —gritó Cover.

—¿Te parece que esté de broma? Voy muy en serio. Ahora mismo solo tenéis dos opciones: «adaptarse, sobrevivir y vencer» o «desesperarse, perder y morir». Id pensando cuál de las dos os gusta más —dijo Kay Heinemann, y acto seguido cortó la comunicación.

—¿Cómo vamos a poder con esas cosas? —dijo uno de los miembros de Coin, derrumbándose de rodillas.

—¡N-no lo sé, pero no pienso morir! —exclamó Cover con los ojos enrojecidos—, ¡Señor Kay, por favor! ¡Escúcheme! ¡Soy inocente! ¡Todo fue obra de Geddy, el alcalde y Cider! ¡Por favor, sáqueme de aquí! —gritó, sin un solo ápice de vergüenza.

—¿¡Qué coño estás diciendo!? ¡Pero si todo el plan fue idea tuya, para empezar!

—¡Maldito traidor!

Todos los miembros de Coin le gritaron con ira, mientras que Cider se limitó a observar la deplorable actitud de su compañero. Pero, de repente, una figura de negro descendió desde el cielo a toda velocidad y aterrizó justo detrás de Cover.

Cider y los demás se quedaron petrificados y hasta Cover dejó de gritar. Ese último se dio la vuelta lentamente, solo para toparse con la boca abierta de un enorme murciélago.

—¡Aaaaaaaaaaaah! ¡Gaaaaaah, aaaaaaaah! —gritó Cover con fuerza, pero el murciélago se aseguró de que aquel alarido fuera lo último que saldría de su boca al arrancarle la cabeza de un bocado.

—¡Maldita seaaaaaaa!

Sintiéndose desesperado e impotente, Cider sacó su espada espinosa. Aprovechando que el monstruo estaba absorto devorando el cuerpo sin cabeza de Cover, Cider le asestó un tajo en el cuello que logró cortarle la piel.

—¡*Orrrrrrgggghhhhh!* —gruñó con fuerza el murciélago. Sin sacarla del cuello del monstruo, Cider cargó la espada de energía mágica y esta emitió un destello dorado hasta que finalmente consiguió realizar un corte profundo en el cuello de la criatura. Al final, el murciélago abrió la boca y escupió el cadáver de Cover.

—*Guuuh, gaah…*

Cider usó toda su energía mágica y le rebanó la cabeza, que tras saltar por los aires ardió por el efecto de la espada espinosa. Con las rodillas aún temblando, se dio la vuelta y se dirigió a sus compañeros:

—¡Podemos hacerlo! ¡Adoptad la segunda posición! ¡Vamos a salir con vida de este infierno! —exclamó, haciendo gala de a una determinación que hasta ese momento parecía haber olvidado.

—¡A la mierda, di que sí!

—¡Salgamos con vida de aquí!

Cider gritó a los miembros a los que acababa de motivar y apuntó con la espada hacia el ejército de monstruos que tenían en frente. Estaban a punto de lanzarse hacia la batalla más desfavorable de sus vidas.

«¿Cuánto tiempo ha pasado?», pensó Cider.

Los miembros de Coin que quedaban con vida estaban rodeados por un gran número de monstruos y tenían el cuerpo lleno de heridas. Teniendo en cuenta eso y lo que había costado acabar con un simple murciélago, solo se podía pensar que sobrevivir tanto tiempo había sido un milagro. Aunque lo más probable era que simplemente hubieran tenido la suerte de que el enemigo no quisiera matarlos tan rápido. Todos los monstruos estaban torturando hasta la muerte a cada uno de sus compañeros para luego devorarlos uno a uno, como si estuvieran disfrutando del sufrimiento que provocaban. Coin ya estaba al límite, y Cider sabía que había llegado su hora. Sin más fuerzas a las que recurrir, lo único que le quedaba era blandir la espada y resistir todo lo posible.

«¿Dónde me equivoqué de camino?», pensó Cider. Al principio, cuando todavía era un cazador novato, no tenía dinero ni tampoco era muy conocido. Sin embargo, tenía compañeros, amigos con los que se divertía y hacía el ganso, y no necesitaba nada más. Pero de un tiempo a esta parte, su máxima prioridad se había convertido en conseguir riqueza y renombre, hasta el punto de recurrir a acciones deshonestas si con ellas lograba su objetivo.

Por otro lado, la falta de escrúpulos de Cover no era ninguna novedad, pero conspirar con un grupo de bandidos era demasiado hasta para él. Lo mismo se podía decir del resto de Coin. Probablemente todos cambiaron el día en el que el Héroe los reclutó y pasaron a relacionarse con ese príncipe tan egoísta y despiadado. Desde aquel momento parecían haber sucumbido ante la irrisoria ilusión de verse como elegidos del gran dios Ares, sintiéndose bendecidos con el poder de hacer lo que quisiesen con los demás.

Pero ahora, todas las maldades que Cider y su grupo cometieron habían salido a la luz para traerles la perdición. En ese momento se dieron cuenta de que todo había sido una patraña que los había ensalzado en sus propios aires de grandeza, porque si en algún momento hubieran recibido una bendición auténtica, jamás habrían acabado de esa manera. Al mismo tiempo Cider entendió lo que Kay Heinemann intentaba decirles. Para hacerse llamar héroes hay que acabar con el mal y salvar a los demás, sí, pero cualquier persona con una gran habilidad en las artes marciales y con el suficiente poder, ya sea un guerrero o incluso un Rey Demonio, podría llegar a encajar en esa definición. Para ser un héroe verdadero no basta con el valor de luchar, también se necesita un altruismo genuino que te lleve, de corazón, a dar la vida por los demás.

Por fin lo entendía... pero ya era tarde. Aun así, Cider decidió cumplir el papel que él mismo había asumido. Entonces, respiró con fuerza y llenó de aire sus pulmones.

—¡Todos los hombres a las armas! ¡Esta será la última batalla de Coin, así que hagamos que valga la pena! —dijo, lo más alto que pudo.

—¡¡¡¡¡Sí!!!!! —gritaron sus compañeros. Cider levantó la espada y se lanzó contra el enorme enemigo.

Por desgracia, Cider se estaba quedando sin energía mágica. Como consecuencia, la piel del simio repelió la espada con suma facilidad. Con una mueca de placer en el rostro, el monstruo alzó el brazo derecho.

Cider ya estaba listo para morir. Sin embargo, cuando el monstruo dejó caer su enorme brazo un joven zoomínido lo detuvo.

—¿¡*Guuh gi*!?

El simio de gran tamaño abrió los ojos de par en par y se quedó pasmado. Acto seguido, el chico lo mandó volando por los aires de un solo puñetazo. A su paso, el monstruo se llevó a un gran número de criaturas y, al mismo tiempo, una lluvia de flechas de luz cayó sobre sus cabezas. No quedaron más que unos trozos de carne inerte.

—Todavía no podemos olvidar lo que nos habéis hecho, pero tengo que admitir que habéis peleado con honestidad —dijo el chico, y de repente más zoomínidos completamente armados aparecieron alrededor de Cider y los demás.

—¿Qué hacéis... aquí? —preguntó el propio Cider.

—Somos zoomínidos del pueblo de Poplar, así que no os creáis que venimos a salvaros. Solo queremos que recibáis el castigo que os merecéis —respondió el chico sin quitarle el ojo de encima a los monstruos restantes.

—¿Estás seguro? Te recuerdo que iban a venderos a los comerciantes de esclavos.

Cider se dio la vuelta de inmediato y vio que detrás de él se encontraba Kay Heinemann. Estaba quieto, blandiendo con una sola mano una espada que parecía provenir de otro mundo. Los zoomínidos se giraron e hicieron una reverencia ante Kay Heinemann sin prestar atención a los monstruos que los rodeaban. Y, como es natural, los monstruos no tardaron en atacar.

Una gran serpiente se arrastró desde el suelo para intentar morder al zoomínido más cercano, un simio gigante atacó con sus enormes garras y un feroz murciélago descendió a toda velocidad desde el cielo.

Y todos ellos acabaron convertidos en polvo.

«¿¡Qué… qué acaba de pasar!?», pensó Cider, que no había sido capaz de ver nada. Apenas había parpadeado y al instante los monstruos que se estaban abalanzando sobre Kay se habían vuelto picadillo.

—Perdonad, tenía que limpiar esto de enemigos —dijo Kay Heinemann mirando a los monstruos restantes. Esas siete palabras fueron suficientes para que todos los monstruos se quedaran tiesos como estatuas, como si no pudieran moverse. Kay dejó de darles importancia y centró su atención sobre los zoomínidos, que seguían arrodillados ante él. Tras un pequeño respiro, hizo un gesto con la mano y se pusieron de pie con la espalda erguida. Entonces, un zoomínido con orejas de oso, Zarl Zaruba, dio un paso al frente y dijo:

—Aún les guardamos rencor, pero si los dejamos morir así, ¿qué nos diferenciaría de ellos?

—Entiendo. Bueno, en ese caso dejaré el resto al gremio de cazadores.

—Le agradecemos de corazón su comprensión y rogamos que nos perdone.

Todos los zoomínidos inclinaron la cabeza en señal de disculpa. Kay Heinemann apoyó la espada en el hombro y dijo, sonriendo:

—Coged el relevo de estos pseudohéroes y mostradme el resultado de vuestro entrenamiento.

—Cla-claro que sí, señor.

Kay Heinemann se puso un poco nervioso cuando todos los zoomínidos respondieron rojos como tomates y sumidos en las lágrimas, pero agitó la cabeza muy rápido unas cuantas veces y volvió a sonreír.

—Adelante, mis valientes, ¡que dé comienzo el segundo asalto! ¡Proteged el pueblo con todas vuestras fuerzas y haced que se os reconozca como poplarianos! —dijo en voz alta, animando a los zoomínidos. Un segundo después, rugieron como animales salvajes y dio comienzo la feroz contraofensiva de los zoomínidos.

Rosemary lot Amelia estaba en la posada, esperando alguna noticia que confirmara si todo había ido bien.

«¡Por Ares! ¿¡Cómo puede ser tan egoísta!?», pensaba.

Kay no le había detallado los entresijos del plan. Solo sabía que los zoomínidos habían acabado con los bandidos haciendo gala de su enorme poder. Con el pueblo libre de peligro, Kay ordenó a Rose que no hiciera ninguna tontería y esperase mientras él castigaba al conde Geddy y a Coin.

Rose siempre tuvo interés legítimo por conocer a El Más Inútil del Mundo y amigo de la infancia de su mejor amiga para saber de qué tipo de persona se trataba. Por eso, cuando regresaba de una reunión secreta real con el reino de Butō, decidió pasar por la ciudad amurallada de Lemures y satisfacer al fin su curiosidad. Así, tras hablar con el anterior Espadachín Maestro y abuelo de Kay, se enteró de su viaje a la capital y le pidió que la dejara acompañarlo.

Viajando junto a él lo entendió todo. Hasta la noche del ataque del imperio, Kay era un chico débil del que todos se burlaban, de eso no había ninguna duda. Pero esa noche todo pegó un giro de ciento ochenta grados. A partir de ese momento, el Espadachín Imperial no era más que un niño a sus ojos, y lo mismo se podía decir del Invocador Supremo y su Rey de los Espíritus, que habían caído ante un monstruo que Kay invocó usando un objeto extraño. Había pasado de ser una persona dulce e incapaz de hacerle daño a una mosca a alguien frío, que mataba a sus enemigos sin piedad y que era capaz de humillar a dos de los grandes generales del imperio de Glitnir. No obstante, todavía conservaba aquella amabilidad de la que tanto le había hablado Lena. No sabía qué le había pasado en tan poco tiempo, pero tenía muy claro que no había cambiado por completo y que en el fondo seguía siendo el mismo de siempre.

«Es verdad. Arnold dijo algo sobre que Kay había vivido muchos más años que nosotros», pensó. Si Arnold estaba en lo cierto, ¿no debería Kay haber nacido hace mucho tiempo? ¿Acaso sus recuerdos de antaño habían vuelto? No tenía sentido. María, su propia madre, le había contado todo sobre él, y podía asegurar que tenía más o menos la misma edad que Lena.

Rose seguía sumida en sus pensamientos cuando la puerta se abrió con fuerza y un hombre de mostacho corto entró en la posada. Se trataba de Johnson, el cazador que el maestro del gremio de Balse había mandado para que investigara la situación. Rose le había enviado un mensaje al maestro del gremio describiendo lo que estaba sucediendo en Poplar, y gracias al buen trato que se profesaban, este no tardó en enviar a un cazador que estuviera por los alrededores a investigar.

—¿Y esa cara? ¿Ha pasado al…? —preguntó Rose.

—¡Princesa! ¿¡En serio no sabe nada!? —dijo Johnson, con los ojos rojos, mientras se acercaba a Rose.

—¿Eh? ¿A qué se refiere? —preguntó Rose, confundida.

—¿En serio no…? No, no sabe nada. Entonces todo forma parte del plan de Kay —dijo Johnson, pálido, mientras se pasaba la mano por el pelo. Su actitud preocupó a Rose.

—¿Me va a explicar qué es lo que pasa?

Johnson se sentó y Rose dirigió la mirada a Anna para indicarle que le sirviera una taza de agua. Johnson bebió un poco y explicó:

—E-el sello de una de las cuatro grandes bestias demoníacas se ha roto. Alguien ha liberado a Taotie —dijo, nervioso por tener que pronunciar aquel aterrador nombre.

—¿¡Taotie!? ¡No puede ser! ¡Ni siquiera el Héroe que peleó contra él pudo eliminarlo! ¡No le quedó más remedio que sellarlo! —gritó con sorpresa. Pero justo en ese instante Rose entendió lo que Asta había querido decir hacía un rato. Entonces, en lugar de sorprenderse, un escalofrío le recorrió la espalda. Pero no, aún se negaba a creerlo. Ni siquiera Kay podía ser capaz de usar a un monstruo legendario para sus planes.

—Me temo que es verdad. Kay está obligando a los de Coin a que le planten cara, pero no creo que aguanten mucho más.

—¡Por supuesto que no! ¡Si de verdad estamos hablando de Taotie, para derrotar a semejante calamidad tenemos que pedir ayuda al Héroe de inmediato!

—Primero, debemos minimizar las víctimas en la medida de lo posible. ¿Podría pedir refuerzos a la Corona?

—Por supuesto. Contactaré con mi padre de inmediato y haré que dé la orden. Mientras tanto, debemos intentar resguardar a los poplarianos con ayuda de Kay. Me gustaría que los cazadores de rango A nos ayudasen. ¿Sería posible contar con el señor Orga y usted?

—¡Por supuesto! ¡Me reuniré con él lo antes posible y los detendremos todo lo que podamos!

—¡Muchas gracias! Yo intentaré alcanzar a Arnold en Balse. ¡Anna, prepara los caballos!

—¡S-sí, señorita! ¡En-enseguida!

Anna se apresuró a cumplir con la orden, pero alguien la interrumpió:

—No será necesario.

De repente, se escuchó una voz grave y masculina y en la habitación apareció una niebla negra de la que surgió una criatura con nariz larga. Tras ella, apareció un mono que se erguía a la perfección sobre las dos piernas.

—Pero bueno, maese Girimekhala. ¿Acaso se le ha olvidado que yo, el gran Wukong, estoy a cargo de este lugar? Maese Nemea me ha encomendado la protección de esta infanta amiga de su eminencia. ¡No te entrometas, malandrín! —gritó el primate a la criatura nariguda.

—Tranquilízate, muchacho. No pienso entrometerme en tu trabajo ni en el de los demás Zodiacos. Solo he venido a darle un mensaje a la señorita Rose, y de paso a entregarle esto —dijo Girimekhala, colocando en el suelo al elfo de pelo verde que cargaba sobre sus hombros.

—¡Orga!

Johnson salió corriendo hacia él y entonces Girimekhala juntó las palmas.

—¿¡Ah!? ¿¡Dónde estoy!?

El sonido del aplauso hizo que Orga despertara al instante. De inmediato, este pegó un salgo como si fuera un resorte y miró a su alrededor. En cuanto vio a Girimekhala se quedó mudo, y se puso más tenso aun cuando vio al mono que sostenía un largo bastón.

—Princesa… Rose… ¿Quiénes son estos? —preguntó Johnson en voz baja.

—¡Muestra un poco más de respeto, Johnson! ¡No tenemos derecho a pronunciar sus nombres ni dirigirnos a ellos! —reaccionó Orga al instante.

«¿Mostrar respeto?», pensó Rose. Pero si él era un elfo. Los elfos, por lo general, eran una raza muy orgullosa, semejantes palabras no eran propias de uno de ellos. De hecho, varias de sus compañeras de clase eran elfas y jamás mostraban respeto hacia nada ni nadie, ni siquiera hacia los espíritus de alto rango. ¿Eso significaba que Girimekhala estaba incluso por encima de ellos? Pero eso no encajaba con lo que solía decir Kay. Siempre decía que Girimekhala era solo un monstruo, y el propio Girimekhala jamás lo había negado.

—¿Oh? ¿Así que sabes qué tipo de seres somos? En ese caso, parece que puedo afirmar que los orejas largas sois igual de inteligentes en todos los mundos.

Girimekhala comenzó a reír mientras que el mono, Wukong, bebió un poco de vino rojo del recipiente que llevaba en la cintura. Luego, Girimekhala miró a Rose.

—Todo forma parte del festival organizado por nuestro dios. Por favor, manténgase al margen —dijo, con tono imperativo y sin intención de dar más explicaciones.

—Pero estamos hablando de Taotie. Si no hacemos nada, tanto Poplar como los demás pueblos cercanos acabarán destruidos.

Taotie era una bestia demoníaca de leyenda que el anterior Héroe no tuvo más remedio que sellar usando el poder que el dios Ares le había prestado. Incluso contando con la ayuda del Héroe Mashiro, derrotarlo era una tarea imposible. Lo único que podían hacer era tratar de detenerlo temporalmente.

—No hay nada de lo que preocuparse.

Asta apareció en la entrada de la posada, apoyando uno de sus delgados brazos sobre su esbelta cintura. Por un momento,

Rose pensó que habría regresado junto con Kay, pero como no estaba a la vista, seguramente había salido al encuentro de Taotie.

—Llegas en buen momento, Asta. Tenemos que unir fuerzas para frenar a…

—Acabo de decir que no hay nada de lo que preocuparse.

Asta chasqueó los dedos y en el aire apareció una pantalla que mostraba lo que estaba sucediendo frente a la entrada del pueblo. Concretamente, la imagen apuntaba a los zoomínidos entrenados por Kay, que estaban empleando sus armas más poderosas para derrotar a la horda de monstruos.

Syla, con su capa llena de manchas rojo carmesí, se desvaneció y se convirtió en un rayo de luz que aplastó los cuerpos de serpientes, tigres y monos gigantes mientras las flechas de luz de Salipa derribaban a los murciélagos del cielo uno tras otro.

Una zoomínida de avanzada edad, equipada con unos nudillos de acero, golpeó con gran fuerza a uno de los enormes tigres, haciendo que este rodara por el suelo, arrastrando a su paso a los monstruos con los que chocaba. Mientras tanto, el padre de Syla y una docena de zoomínidos plantaban cara al enorme Taotie en igualdad de condiciones.

—¡Condenados *mangurrianes* de pacotilla!

Taotie intentó atacar a toda velocidad usando su cola de sierpe, pero la cercenaron antes de que lograra impactar. Gracias a su hacha transparente, Zarl creó una oportunidad para atacar que un zoomínido rubio y pequeño aprovechó para propinar una patada giratoria al cuerpo de Taotie.

—¡Ohhhhhhhhhhhh!

Histérico, el monstruo giró sobre el suelo varias veces entre gritos de dolor. En ese momento, una lluvia incesante de lanzas y flechas mágicas cayó sobre él.

Dolorido y lleno de sangre a causa de las heridas que tenía por todo el cuerpo, Taotie trató de levantarse, pero el grupo de Zarl no le dio tregua.

—Quién me diría que les costaría tan poco…

A decir verdad, con lo grande que era y la gran cantidad de monstruos que lo acompañaban, esperaba que Taotie diera más guerra, pero la victoria de los zoomínidos se había decidido en cuanto pusieron un pie en el campo de batalla. Era obvio que el resultado habría sido diferente si los hubiera dejado a su suerte, pero con la ayuda de las armas raras que había encontrado en la mazmorra sí que pudieron hacer frente a ese monstruo.

—Y sanseacabó. Fin del combate.

Con extrema cautela, los zoomínidos se acercaron a Taotie, tan moribundo que no podía levantarse del suelo. Todo había terminado. Lo más probable era que, una vez le asestaran el golpe de gracia, la molesta horda de monstruos desapareciera con él. Tras eso, solo quedaría buscar y acabar con los culpables de la liberación de Taotie, sobre los que Girimekhala me había informado. Sin embargo...

—¡Dirma! ¡Acuda en mi socorro! —gritó Taotie con todas sus fuerzas.

—Hay que ver, ¿no te da vergüenza perder contra unos cachorritos?

De repente, un hombre con gafas de sol y el cuerpo lleno de tatuajes apareció desde la sombra de Taotie.

«¿Qué tipo de técnica habrá usado para ocultarse en la sombra?». No había notado su presencia por culpa de la gran cantidad de monstruos que seguían emergiendo de la sombra de Taotie. Aunque también podía ser que simplemente fuera tan débil que no podía distinguirlo del resto. Lo más probable era que el gusano ese fuera el responsable de la liberación de Taotie.

—¡*Matallos*! ¡Extermina *aquestas* alimañas!

—Ni hablar, estoy ocupado analizando sus armas. Hazlo tú mismo, cabrón —respondió el hombre, que se rascaba la oreja con el dedo como si la cosa no fuera con él.

—¡*Mangurrián*! ¿¡Acaso osáis traicionarme!? —respondió muy cabreado.

—La madre que te parió. Ah, ya sé, ¿y si aprovecho para probar el juguetito que me encontré en unas ruinas hace poco? La verdad es que es un desperdicio usarlo con un montón de cachorritos, pero creo que vale la pena si a cambio puedo arrebatarles las armas —dijo el hombre de las gafas de sol, con una sonrisa. Sacó una esfera carmesí del bolsillo derecho, la apretó contra la frente de Taotie y murmuró unas pocas palabras.

—¿¡Qu-qué es *aquesto*?! ¡*Guhhh, mmm...!* —protestó Taotie. Sin previo aviso, de la esfera surgieron unas manos de color carmesí que envolvieron el cuerpo de Taotie por completo y empezaron a alterar su forma como si estuviera hecho de arcilla.

—¡Claro, ya decía yo! ¡La bola es un objeto fortalecedor! Aunque se ve que también cambia la forma del objetivo. Algo malo tenía que tener.

Dirma aplaudió para darle la bienvenida a la nueva forma de Taotie. Casi de inmediato, la esfera roja se partió en pedazos como si fuera un cascarón y de su interior surgió un ciempiés con incontables ojos y bocas humanas. Los monstruos que habían salido de Taotie también cambiaron de forma y se convirtieron en ciempiés gigantes, pero de menor tamaño.

—¡*Gyaaaaaaaaaaaaaaaaaaa!*

Taotie soltó un potente y desagradable chillido. A simple vista parecía más fuerte que antes, pero… digamos que «aunque la mona se vista de seda, mona se queda». La diferencia de fuerza no era nada que mereciera la pena destacar. Aun así, no estaba seguro de si los zoomínidos podrían derrotarlo.

El monstruo barrió el suelo con su cola y golpeó a Zarl con fuerza, lanzándolo contra las murallas del pueblo. A causa del impacto, Zarl escupió sangre por la boca e intentó de ponerse de pie, pero acabó derrumbándose boca abajo contra el suelo.

—¡Papá! —gritó Syla. En ese momento, el enorme ciempiés se deslizó por el suelo hasta situarse justo frente a él. Los incontables ojos del monstruo se clavaron en el chaval y un sinfín de bocas empezaron a reírse a su costa.

—¡Guh!

Syla reaccionó dando un salto hacia atrás y el ciempiés se deslizó para alcanzarlo. El monstruo sonrió con sus cien bocas adoptando una expresión de placer, y en su extremo frontal aparecieron unas grandes fauces con las que se dispuso a arrancarle la cabeza a Syla.

«Ni el padre ni el hijo van a reaccionar a tiempo. Han llegado a su límite». Sin demora, salté hasta Syla y le agarré con el brazo derecho mientas que con el izquierdo apretaba lo que parecía ser el cuello de la boca que pretendía devorarlo.

—¿Cómo? ¿Y tú quién eres? —preguntó Dirma, pero en lugar de responder respiré muy hondo, y grité:

—¡Nemea, saca a todos de la barrera y cúralos! ¡Yo me encargo del resto!

—¡A sus órdenes!

En un abrir y cerrar de ojos todas las personas que estaban frente a la entrada del pueblo desaparecieron, tanto los zoomínidos como los miembros de Coin.

—¡Tsch! Se han ido con el rabo entre las piernas. ¿Ahora cómo se supone que voy a hacerme con sus armas? Oye, chaval, ¿ha sido cosa tuya?

No respondí.

—Como quieras. Te torturo, hago que los vuelvas a llamar y todos felices. Taotie, rodea al necio este —ordenó Dirma mientras yo seguía callado.

En un momento me vi rodeado por miles de ciempiés monstruosos.

—Qué asco.

Esas palabras me salieron de dentro.

—¿Ah?

—El hilo de esta historia iba a ser que los zoomínidos del pueblo defendieran su hogar y a sus habitantes. En otras palabras, tenían que ser ellos los que derrotasen a ese monstruo. Nadie más tenía que interferir en el festival, y eso nos incluye a ti y a mí.

—¿Mm? ¿Qué coño estás diciendo? —preguntó Dirma, entrecerrando un ojo.

—Que por tu culpa ahora me tengo que encargar de salvarle el pellejo a esos pusilánimes.

Se había echado a perder la valiente resolución de los zoomínidoss de pelear a muerte si era necesario, y por eso no podía evitar sentirme mal por ellos.

—¿De verdad te crees que un mocoso como tú puede con mi obra maestra? No te flipes, chaval, que me parto —dijo Dirma, riéndose y mofándose de mí.

—¿Llamas obra maestra a eso? Si lo único que has hecho es volverlo más fuerte. Con eso me has dejado bien claro lo mediocre que eres. Pero bueno, adelante, demuéstrame de qué estás hecho —dije, provocándole con la mano para que viniera a atacarme.

Poco tardó en responderme, lleno de ira.

—¡Ja! ¡El piltrafilla se pone gallito! ¡Eh, crías de Taotie, devoradlo hasta que no queden ni los huesos! —ordenó a los miles de ciempiés que me rodeaban.

Al instante, miles de retoños monstruosos se abalanzaron sobre mí con el objetivo de acabar con mi vida. Cogí la vaina de la Raikiri con la mano izquierda y con la derecha sujeté la empuñadura. Luego, me incliné hacia delante y dije:

—Auténtica esgrima estilo Kay: segunda forma, Destello eléctrico.

Y, en cuanto desenvainé la hoja, varios haces de luz atravesaron el cielo a toda velocidad. Un instante después, yo ya estaba debajo del gigantesco Taotie, entre sus cientos de patas.

—¿¡Qué!? ¿¡Cuándo has llegado hasta aquí!?

Tanto Dirma como Taotie dieron un salto hacia atrás.

—¡Devoradlo! —ordenó Dirma, pero los clones de Taotie no se movieron—. ¿¡Qué pasa!? ¡He dicho que ataquéis! ¡Arreando! —ordenó Dirma una vez más.

—No te molestes. Ya están muertos.

Clavé la Raikiri en el suelo y los miles de ciempiés explotaron en pedazos que volaron por los aires y acabaron desparramados por el suelo.

—¿Qué? —dijo Dirma, atónito, en medio de la lluvia verde de sangre de monstruo.

—Ya estoy muy viejo como para ponerme así, pero has conseguido tocarme los cojones. Más te vale ir preparándote, porque ya no pienso tener ni una pizca de misericordia contigo —declaré desenvainando la Raikiri de nuevo, y apunté con ella hacia Dirma.

El viento sopló y él comenzó a sudar a mares, con la mandíbula tiritando de miedo. En un abrir y cerrar de ojos salió disparado de un salto y dijo:

—¡Te lo ordeno en el nombre de Dirma! ¡Taotie, emplea todas tus fuerzas hasta que hayas conseguido pararlo o hayas muerto en el intento!

Tras esas chirriantes palabras, Dirma huyó corriendo, y poco después el cuerpo principal de Taotie comenzó a estremecerse. Los vasos sanguíneos se le dilataron hasta volverse visibles, todo su cuerpo se volvió rojo y empezó a moverse con mucha más agresividad al mismo tiempo que daba comienzo su contraofensiva. Se suponía que se había vuelto más fuerte, pero lo cierto era que no podía notar diferencia alguna en sus golpes.

—Ridículo —dije, decepcionado—. Auténtica esgrima estilo Kay, primera forma: Línea mortal —respondí con mi técnica más básica, tan básica que me resultaba tan intuitiva como respirar. De inmediato, el cuerpo de Taotie se llenó de líneas negras que se multiplicaron de forma casi infinita, hasta que su cuerpo se partió en pedacitos y se desmoronó.

Ese imbécil de Dirma me había hecho enfadar de verdad. No era tan blando como para dejarle escapar, así que decidí que lo iba a perseguir hasta tenerlo entre mis manos.

—Ey, salid, ¡es hora de cazar! ¡Acorraladlo, pero no lo matéis! ¡Ese idiota es mío! —ordené, y me uní a la cacería.

La figura llena de tatuajes que llevaba gafas de sol corría a toda velocidad por la montaña para escapar del chico de cabello gris.

—¡Venga ya! ¿¡Qué hacía un monstruo como ese en un pueblo de debiluchos!?

El objeto que Dirma había usado en Taotie se llamaba Orbe del Soberano, un objeto muy raro que fortalecía al usuario. Los resultados habían superado toda expectativa y Taotie había obtenido la fuerza necesaria para darle guerra al propio Dirma. Pese a ello, el chico de cabello gris cenizo lo había aplastado como a un mosquito. Es más, era tan fuerte que podría haberlo matado al instante, pero prefirió ordenar a los zoomínidos que lo hicieran en su lugar.

Los zoomínidos de Poplar no eran rival para Taotie. Era cierto que estaban bien curtidos en las artes marciales, pero todavía no habían sobrepasado el límite de lo humano. A pesar de todo, habían logrado arrinconar a Taotie en su primera forma gracias a las armas que llevaban y a las ridículamente poderosas habilidades de estas. Dirma no pudo analizarlas a fondo, pero estaba seguro de que se trataba de objetos legendarios, armas que cualquier nación u organización habría querido conseguir a toda costa.

Lo más probable era que el chico de cabello gris se las hubiera dado a los zoomínidos para que se enfrentaran a Taotie. Ya de por sí se salía bastante de lo normal el poseer tantas armas como aquellas, con un valor tan ridículamente grande que se habrían librado guerras para conseguir una sola de ellas, pero lo más raro de todo era que se las hubiera prestado a los zoomínidos. Eso tenía que formar parte de la «historia» que el chico había mencionado.

Para él, todo aquello no debía de ser más que un juego. Esas armas eran sus juguetes, y su objetivo, ayudar a crear una historia en la que un montón de debiluchos armados con armas legendarias derrotaban a una criatura también legendaria. De ser ese el caso, aquel chico no podía ser una persona normal, sino alguien de una naturaleza cercana a la de Dirma y a la de los otros miembros de Terror. Es decir: un monstruo de cabo a rabo.

Dirma no tenía un pelo de tonto. No era tan orgulloso como para plantarle cara a un monstruo al nivel de un miembro de Terror. Su máxima prioridad en ese momento era reunir al resto y acabar con esa abominación entre todos.

«¿Niebla?», pensó. En algún momento, Dirma había entrado en una zona en la que la bruma reducía considerablemente la visibilidad. Pero ¿adónde había ido a parar? No sabía dónde estaba y no podía haberse perdido en una zona tan sencilla. Por eso, no tardó en llegar a la conclusión de que había algo raro en aquella niebla. Dirma no dio un solo paso más. Sentía que varias presencias lo estaban rodeando, y eran tan imponentes que se le ponía la piel de gallina.

En ese momento, tres figuras se mostraron ante él. Una de ellas tenía forma humana, pero su cuerpo era totalmente blanco; otra vestía de negro; y la última era un monstruo de ocho ojos. Cada una de esas extrañas criaturas apareció respectivamente desde lo alto del cielo, en la frondosidad de las ramas y entre el mar de árboles.

«¡N-no me jodas! ¡Estos monstruos no son de este mundo!», pensó. Dirma jamás en su vida había visto a seres tan poderosos. Al menos, no desde la vez que conoció al capitán de Terror.

—¿Ya lo habéis arrinconado? Buen trabajo.

El chico de cabello gris ceniza apareció de entre los árboles, con una espada de otro mundo apoyada en los hombros. Todas las demás criaturas en el suelo y en los árboles se postraron ante él a su paso, eliminando con ello cualquier atisbo de duda que pudiera quedar sobre quién era el líder de tan poderoso séquito.

—Me rindo. Haré lo que digas sin rechistar —dijo Dirma, alzando las manos en señal de rendición. Por supuesto, no era más que un truco. Ni en sus mejores sueños Dirma era tan ingenuo como para pensar que un monstruo como ese aceptara que se fuera de rositas por mucho que no opusiera resistencia. Solo pretendía ganar tiempo para poder usar su as bajo la manga: su forma original. Si la combinaba con el Orbe del Soberano, obtendría el poder suficiente para pelear contra ese monstruo.

Debido al experimento con Taotie, Dirma sabía que usar el orbe eliminaba la capacidad para razonar del objetivo, pero, gracias a «Mantra», su habilidad para crear y manipular fenómenos mágicos y físicos a través de las palabras, podría eliminar esa desventaja. Así pues, se dispuso a sacar el orbe de su bolsillo sin que sus perseguidores se dieran cuenta, y...

—Déjate de chorradas. Si ese es tu as bajo la manga, úsalo, rápido.

Dirma se sobresaltó al oír la invitación del chico, que lo observaba con una mirada fría como el hielo.

—¿Estás seguro? Es probable que después de usarlo no me puedas ni toser.

Dirma pensó que esa era la mejor forma de provocar a un tipo que parecía igual de fuerte que el capitán de Terror. Tal y como esperaba, el chico se quedó mirándolo unos segundos.

—No te lo pienso repetir más: úsalo. ¡Si me muestras una transformación que valga la pena, tal vez me tranquilice un poco y te conceda el favor de matarte de un golpe! —ordenó amenazante, apuntándole con su extraña espada.

—¡Tú te lo has buscado!

Lo iba a apostar todo con ese movimiento, pero, si ganaba, Dirma se convertiría en una bestia sin parangón en el mundo. Una que superaría incluso al capitán.

Dirma canalizó la energía en las caderas, adoptó una postura de concentración y liberó todos los sellos de su cuerpo.

Mientras lo hacía, usaba su energía mágica sobre el Orbe del soberano.

—¡Te lo ordeno en nombre de Dirma! ¡Dame todo tu poder sin privarme de la razón! —dijo, usando un poderoso Mantra en el orbe carmesí, que al instante se le incrustó en el pecho.

Todos los tatuajes que el hombre de las gafas de sol tenía en el cuerpo comenzaron a brillar con un intenso carmesí. Manos rojas salieron del orbe que tenía incrustado y cubrieron todo su cuerpo. El sonido de la carne al estrujarse y los huesos al partirse comenzó a sonar y no se detuvo hasta que en la esfera roja aparecieron aberturas, de las que salieron cuatro brazos afilados. Finalmente, de la esfera salió con lentitud un hombre vestido con un traje rojo y una máscara extraña.

—¡Maravilloso! ¡Me siento a rebosar de poder! ¡Ya no te tengo miedo! ¡Ni el mismísimo capitán es rival para mí! ¡Ahora soy el ser más poderoso del mundo!

Tener frente a mí a otro payaso como Dirma alardeando a gritos hizo que me invadiera de nuevo una profunda decepción. Solté un sonoro suspiro. Ya me había imaginado que algo así acabaría ocurriendo desde el momento en el que Girimekhala me informó de que alguien había liberado a ese tal Taotie, pero, aunque me lo viera venir, no pude evitar enfadarme.

Cuando vi a ese cretino arruinar la culminación del enorme esfuerzo e increíble valentía de los zoomínidos me hirvió la sangre. Desde ese instante decidí que no lo iba a perdonar.

No obstante, yo no era ningún demonio y me planteé mostrarle piedad y darle una muerte rápida si conseguía sorprenderme, pero supongo que esperé demasiado. Sobre todo porque ni hubiera sabido decir si era igual o incluso más débil que esa mosca cojonera a la que llamaban Taotie.

—¿Has terminado ya con tus pamplinas? Que no tengo toda la noche.

—¡Ja! ¡Hoy será la última vez que tu boquita de oro suelte un comentario petulante! ¡En nombre de Dirma, ordeno que tu brazo explote!

Una corriente de energía mágica voló hacia mí. Tenía que tratarse de su habilidad. Aunque fue inútil, porque la corté con suma facilidad con la Raikiri.

—¿Eso es todo?

—¡Im-imposible! ¡Explota! ¡Derrítete! ¡Autodestrúyete! ¡Quémate! ¡Rómpete!

Dirma me disparó corrientes de energía mágica una y otra vez, pero las corté todas sin que llegasen a tener efecto alguno.

—¿¡Por qué?! ¿¡Por qué mi Mantra no funciona!?

A juzgar por su sorpresa, esa chorrada era su as bajo la manga.

—Será imbécil.

Frustrado, me desplacé hasta su espalda de un salto mientras él seguía pronunciando sus Mantras y luego usé la Raikiri para cortarle de raíz los cuatro brazos. Dirma profirió un gran grito de dolor, y acto seguido lo agarré por la cabeza con las manos y acerqué lentamente mi cara a la suya.

—La madre que te parió… ¿En serio esta chorrada es tu técnica secreta?

—Mi Mantra no es ninguna chorrada… —respondió Dirma con resentimiento, soportando a duras penas el profundo dolor que sentía.

Lancé su cuerpo hacia delante, en línea recta, y atravesó numerosos árboles hasta que se estrelló en un acantilado lejano y generó un cráter con el impacto.

—Argh…

—Supongo que se acabó…

Tal y como pensaba, ese tipo era tan mediocre que ni siquiera valía la pena matarlo con mis propias manos. Por eso decidí retomar el plan original y dejar que el experto hiciera su parte.

—¡Belce!

—Graaaaaan *sheñol*, ¿qué *deshea*?

Llamé al hombre mosca y este salió de mi sombra.

—Haz que suelte todo sobre qué planeaba hacer en Poplar y quiénes son sus cómplices o compañeros. Después, puedes hacer lo mismo de siempre. Muéstrale lo que es un verdadero infierno.

—Kish, kish, kish. ¡*Aaaaashí she halá*! —respondió Belce con felicidad, y se convirtió en una niebla negra que voló hasta el cráter en el que estaba ese mentecato. Agité la cabeza de un lado a otro para ver si conseguía quitarme el cabreo que llevaba encima y miré a mis alrededores.

—¡Buen trabajo a todos! ¡Esto hay que celebrarlo con un banquete! —dije para animarlos. La facción Girimekhala entera gritó con gran entusiasmo, y el sonido de sus voces retumbó a través del cielo nocturno.

Después, decidí volver a la posada en la que estaban Faf y Rose.

Salón del primer piso de la posada de Poplar.

La proyección de imágenes de Asta había terminado.

—No tiene ni pies ni cabeza… —dijo la princesa de Amelia con una gota de sudor bajándole por la mejilla. Ya se había mentalizado de que nada de lo que hiciera Kay la iba a sorprender, pero su convicción se vino abajo en cuanto Asta comenzó a mostrarle aquellas imágenes.

Incluso cazadores veteranos como Orga y Johnson se quedaron pálidos cuando presenciaron la batalla de los zoomínidos contra ese monstruo de poder inimaginable. Habían arrinconado y casi derrotado a Taotie, y probablemente lo habrían logrado de no ser por la intrusión de aquel hombre lleno de tatuajes, que transformó a la bestia y a sus clones en monstruos con incontables caras y bocas y aspecto de ciempiés.

Taotie dejó al padre de Syla al borde de la muerte y casi devora al propio Syla. Su fuerza había aumentado de manera descomunal. Aun así, Kay llegó, observó y acabó con todos ellos en un abrir y cerrar de ojos.

—Asta, ¿qué forma de Taotie era más fuerte? ¿Su forma original o la forma de ciempiés?

—La de ciempiés, por supuesto —respondió Asta de inmediato.

Rose sonrió, incómoda. Kay tenía la fuerza suficiente para acabar en un instante con un monstruo legendario capaz de provocar una hecatombe. Ya sobrepasaba por mucho el límite de lo humano.

—¿Kay siempre ha sido así de fuerte?

—Oh, por favor. Cualquier rufián del bestiario habría podido vencer a esa desfachatez de demonio. Jamás fue rival para milord, es el más fuerte del mundo.

Rose se quedó sin palabras. Por otro lado, por fin podía entender por qué Girimekhala le había dicho que no había necesidad de informar al rey ni al ejército real porque tenían a Kay. Tras aquellas palabras, Girimekhala se marchó. Wukong probablemente había regresado a su puesto como guarda, porque tampoco lo había vuelto a ver por allí.

—Su Alteza, creo que tenemos un asunto muy serio del que hablar —dijo Johnson, forzando una sonrisa más que obvia.

—Supongo que se trata de Kay…

—¿De qué si no? —contestó Johnson, forzando su sonrisa aún más.

—Supongo. Ja, ja...

Rose rio mientras intentaba sonreír con cordialidad. De todos modos, ella sabía que de nada serviría lo que pudiera decir, puesto que ella misma no sabía mucho sobre Kay. Pero si querían conversar sobre él con Rose, quería decir que probablemente hubieran decidido no revelarle al mundo su existencia, aunque fuera por razones diferentes.

En ese momento Faf bajó al primer piso, restregándose los ojos.

—Rose, ¿dónde está mi amo? —preguntó, tirando a Rose de la falda.

—Kay ha salido a solucionar unas cosas importantes, pero volverá pronto. ¿Qué te parece si lo esperamos merendando unas gominolas?

—¡Bieeen! ¡Quiero chuches!

La expresión somnolienta de Faf se tornó deslumbrante en un santiamén, y como de costumbre levantó su puño al cielo. Rose cogió su pequeña mano derecha mientras la miraba, sonriendo.

—Pero primero vamos a preparar algo de té. ¿Me ayudas?

—¡Claro que sí! —respondió Faf, levantando de nuevo el puño derecho.

—Alteza, déjeme ayudar también.

Anna, que había estado paralizada por culpa de la enorme cantidad de sinsentidos que había escuchado ese día, al fin volvió en sí y se ofreció a ayudar a Rose.

—Gracias, Anna —respondió Rose, y junto a Faf y Anna se dirigió a la cocina.

Entrañas desparramadas por el suelo, trozos de carne pegados a las paredes, sangre esparcida tiñéndolo todo de rojo... La muerte dominaba el interior de la mansión.

En el centro de una sala, un hombre con un ojo tapado por unas gafas de un solo cristal negro que vestía un traje completamente blanco estaba sentado en una silla. De repente, el hombre cerró el libro que estaba leyendo.

—Dirma ha muerto —declaró sin rodeos.

—¿Lo dices en serio, capi? —preguntó con sorpresa un joven alto y apuesto que tenía la cabeza envuelta con un turbante.

—No me cabe la menor duda. Su presencia ha desaparecido de este mundo —volvió a afirmar el hombre vestido de blanco con un tono que expresaba una clara indiferencia.

—Yaaa, pero ¿eso significa que ha aparecido alguien capaz de cargárselo?

—Es lo más lógico.

El hombre de blanco se levantó, se dio la vuelta y miró a las otras cinco personas que estaban allí.

—Ya sabemos qué hacer: vamos a matarlo —ordenó el hombre, sin aparente interés.

—Pero, capi, ¿no vamos a ir a por el otro «cliente»?

—Eso ya no importa. De todas maneras, al otro lo mataremos también.

—Buah, entonces, ¿una masacre? ¡Bien, bien! ¡Me gusta cómo suena eso! —dijo el joven del turbante, levantándose con emoción.

—Los de Terror jamás dejamos una derrota impune, ¡sea quien sea el oponente! —dijo el hombre de blanco con tono amenazante. Se dirigió a los otros—: Tenéis mi permiso. ¡Matadlos a todos!

Mientras caminaba hacia la salida su voz resonó por toda la mansión como el rugido de una bestia. Así, el grupo más aterrador del mundo, Terror, empezó a moverse.

EPÍLOGO

Pasaron unas cuantas semanas desde el incidente de Coin

No sé muy bien qué le hizo la facción de Girimekhala a Geddy, pero, según Norn, consiguió enfurecerlos y por eso lo tuvieron viviendo una pesadilla durante horas. Como resultado, una vez lo liberaron lo confesó todo. Gracias a su testimonio, el alcalde, varios de sus cómplices y el propio Geddy fueron arrestados. Lo más probable era que les cayera la pena capital.

Por otro lado, me encargué personalmente de entregar a los miembros de Coin y Parazait al gremio de cazadores. Después de todo, los de Coin seguían siendo cazadores. Aunque se merecían que los ejecutaran por haber intentado vender a unos pobres zoomínidos a los esclavistas, se les concedió una pena diferente debido a su papel como meros cómplices del plan y por haber acatado las órdenes del gremio. Según Johnson, gracias al historial de logros de Coin al menos se les podía perdonar la vida. En cuanto a Parazait, acabó convertido en un grupo que en adelante se encargaría de los trabajos con los que el gremio no se quisiera manchar las manos. Aunque, bueno, oficialmente estaban bajo el mando de una organización neutral, pero seguían siendo fieles soldados de Girimekhala, así que no habían perdido su valor como peones.

Como no había conseguido que los zoomínidos derrotaran a Taotie, pensaba que mi misión había fracasado. Sin embargo, me sorprendió comprobar que fueron aceptados en Poplar. La prueba definitiva de su aceptación llegó tras la expulsión del anterior alcalde: por primera vez en la historia de Poplar, una mestiza de zoomínido y humano asumió el puesto de alcaldesa. Todo gracias a Rose, quien sugirió una elección democrática. El resultado fue que Salipa recibió un abrumador apoyo, convirtiéndose en todo símbolo de reconciliación entre humanos y zoomínidos.

Por cierto, yo pensaba que Johnson me iba a echar un sermón o algo así por haber hecho lo que me daba la gana, pero al final no me dijo nada. Y lo mismo pasó con Orga. Esperaba que me acosara a preguntas, sobre todo en relación con Taotie, pero ni siquiera lo mencionó. Se limitó a sonreír y a decirme que no volviera a hacer que mi madre se preocupase, aunque me dio la impresión de que más que una sugerencia se trataba de una amenaza velada. Orga era una persona muy especial para mí, casi tanto como mi madre, y por eso decidí que a partir de ese momento intentaría dejar de hacer cosas raras mientras lo tuviera cerca.

Al cabo de unos días Arnold llegó al pueblo y finalmente pudimos seguir nuestro camino hacia Balse. Me dirigí a mi carruaje, junto al que me esperaba una fila de zoomínidos erguidos con los talones juntos y la mano derecha sobre el pecho.

—¡Señor Kay! ¡Por favor, visítenos de nuevo algún día! —gritaron con un profundo agradecimiento.

«Ya empezamos…», pensé. Así se habían comportado desde que Nemea los entrenó. A saber qué ideas les había metido en la cabeza para que me trataran como si fuera un ser superior.

—Gracias, y cuidaos. No olvidéis que el esfuerzo siempre tiene su recompensa —dije en medio de sus lloros. Les di las gracias por todo y entré en el carruaje.

—¿Tengo monos en la cara? —pregunté a Rose, que estaba a mi lado, observándome con una sonrisa. Que fuera una chica rara y pesada no era ninguna novedad, pero ese día me estaba empezando a desconcertar.

—No es nada. Solo sigo pensando en la suerte que tengo de tenerte como guarda real.

—¡Guarda real *provisional*! ¡No me hagas repetírtelo más veces!

«En cuanto encuentre uno definitivo, me marcharé y me iré de viaje. No hay más vuelta de hoja», pensé.

—Sí, sí, ya lo sé. Pero confío en que podré contar contigo mientras siga fiel a mí misma —dijo Rose.

Esas palabras se sumaron a su eterna lista de sinsentidos.

Cuando llegamos a Balse ya había anochecido, así que buscamos una posada. Dejé a Faf en mi cama, le acaricié un poco la cabeza y se quedó dormida como un tronco. Luego salí a tomar el aire y acabé en una calle tranquila y vacía en la que me puse a pensar en lo que Rose me había dicho en el carruaje.

Para ser sincero, ya era demasiado viejo como para entender cómo había acabado metido en ese enredo. Debía de tener alguna razón para aceptar la propuesta de Rose, porque de lo contrario no habría dudado en dejarla pasar. Sobre todo, porque así me habría evitado un montón de problemas, empezando por la dichosa guerra por el trono, que era el epicentro de todos mis problemas desde que salí del laberinto. Por muy verde que estuviera para afrontar el peligro que la acechaba, no creía que le brindara mi ayuda solo por pena. Pero, pese a todo, acabé aceptando.

Pensándolo en frío, la cosa no cobraba más sentido. Si tanto me preocupaba la situación de Lena y el peligro que podían correr ella y su familia, bastaba con llevarla a un país en el que pudiesen estar a salvo. En el mundo había una gran diferencia entre lo que el fuerte podía hacer y lo que el débil podía aguantar, y yo ya tenía la fuerza necesaria para marcar la diferencia. Y, aun así, no vi la necesidad de intentarlo…

—¿Será que le he cogido cariño a esta cría?

No quería admitirlo, pero esa parecía la explicación más probable. Esos sentimientos provenían del Kay Heinemann del pasado. Por mucho que ya no fuera la misma persona, seguía teniendo sus recuerdos, y los sentimientos son impulsos poderosos que nacen de la experiencia y los recuerdos. Pensé que ayudar a Rose era en realidad lo que el antiguo Kay Heinemann deseaba, y como no podía negar quién era en el fondo, no me quedaba más remedio que lidiar con ella. Porque, al fin y al cabo, seguía siendo Kay Heinemann.

—¿Y qué más da? No es como si supiera qué hacer con mi vida. No pierdo nada por seguirle la corriente un poco más, al menos hasta que encuentre a alguien más apropiado —me dije a mí mismo, y con eso bastó para convencerme. No necesitaba mucho más, puesto que, después de todo, era una persona egoísta. Los demás no me importaban siempre y cuando yo estuviera satisfecho con mi decisión.

—¡Amo!

De repente, noté un ligero peso por detrás de la cabeza. Era Fen, el pequeño lobo blanco, que me miraba con esos ojos tan redondetes que tenía sin dejar de menear la cola.

—¿Mm? ¿Qué pasa, Fen? ¿Estás aburrido?

Le acaricié con delicadeza su pequeña cabeza.

—¡Sol mío!

Justo entonces, una mujer de nueve colas apareció de improviso y me abrazó. Mientras, los limos curativos se amontonaban a mi alrededor.

—Hola, chicos. Perdón por no haberos llamado últimamente.

«Habré recuperado mis recuerdos, pero nada ha cambiado. Sigo siendo yo, a pesar de todo. Me dedicaré a vivir en compañía de mis amigos, y si algo o alguien decide interponerse en mi camino, lo destruiré sin pensármelo dos veces. Porque así soy yo», pensé.

Capital del reino de Amelia, Aramgard.

Una chica encantadora cuyo cabello negro con rayas rojas le llegaba hasta el suelo abrió con violencia una puerta de metal decorada con delicadeza y entró de sopetón en la habitación.

—¡Kiki! ¿¡Cómo está Rosi!? —preguntó Lena, que se acercó deprisa a Keith. Keith era un chico alto, llevaba su pelo azul atado hacia atrás y vestía una túnica del mismo color que su pelo.

—Por lo que he oído, está bien. No te preocupes.

—¿E-en serio?

—Al menos eso es lo que me ha dicho el señor Arnold. Él fue su guardián durante el viaje, así que le creo.

—Vale, menos mal —respondió Lena más calmada, y se dejó caer de culo contra el suelo. Keith forzó una sonrisa al ver su exagerada reacción, pero poco después recuperó la seriedad de hacía unos momentos.

—Lena, todavía hay algo que no te he dicho, pero primero tengo que pedirte que mantengas la calma —insistió Keith tranquilamente, captando la atención de Lena.

—¿Mm? ¿Qué pasa? —preguntó Lena, confundida.

—Parece que en la caravana en la que iba la princesa Rose también estaba Kay —respondió Keith, incapaz de esconder su desconcierto.

Aquella información pilló totalmente desprevenida a Lena.

—¿Eh? ¿Mm? ¿¡Eeh!? ¿¡Quééééééééé!?

El rostro de Lena se puso pálido en menos de un segundo. Luego agarró a Keith del cuello de la camisa y comenzó a agitarlo.

—¡¡Kiki!! ¿¡Cómo está K!? ¿¡Le ha pasado algo!? —preguntó desesperada.

—Por eso te he dicho que mantengas la calma. Él está bien.

—¿En serio? ¿Me lo juras? ¿¡Me estás diciendo la verdad!? —preguntó Lena una y otra vez, y Keith asintió todas y cada una de ellas.

—Ahora mismo Kay está en Balse con la princesa Rose —informó Keith.

Lena le miró fijamente a la cara durante unos segundos, pero luego soltó un gran suspiro, convencida de que su amigo no le estaba mintiendo.

—Espera, ¿qué hace K junto a Rosi? —preguntó con inocencia.

—Ni idea, pero ya sabes cómo es la princesa. Seguro que le picó la curiosidad después de todo lo que le contamos sobre él y quiso ir a conocerlo en persona.

—Jo, no vale. Ya podría habérmelo dicho. Ahora estoy triste —protestó Lena.

—Si te lo hubiera dicho, obviamente habrías querido ir tú también.

—Meeeeeh, no importa. Ahora que sé dónde está, puedo ir a verle.

Keith se quedó perplejo por la reacción de Lena.

—¡Espera! ¿¡Es que no te das cuenta de tu posición!? Si vas a Balse, lo más seguro es que…

—¡Tú tranquilo! ¡Me disfrazaré para no llamar la atención!

—Nada de «tú tranquilo». Que no podemos…

—Jo, vamos, no te preocupes. Que de todos modos tú también te vienes conmigo. Espérame aquí, voy a buscar un carruaje que nos lleve a Balse.

Lena salió de la habitación saltando como un conejito, mientras que Keith se quedó callado por unos instantes.

—Otra vez me voy a meter en problemas con el maestro... —exclamó Keith, cansado, pero enseguida comenzó con los preparativos del viaje.

El viaje de Lena y Keith a Balse ya estaba decidido. Esa decisión marcaría el inicio de un gran acontecimiento que tendría lugar en Balse. En ese lugar, en ese momento, los amelienses, los feroces guerreros de Terror, los demonios e incluso el mismísimo dios al que alababan se verían envueltos en una trama escrita por la bestia más poderosa y terrorífica del mundo.

Desde el equipo Monogatari Novels esperamos que hayas disfrutado de la lectura.

Si tienes alguna sugerencia o simplemente quieres darnos tu opinión sobre el libro, puedes escribirnos a:

𝕏 **@MonoNovels**

⬚ **@monogatari.novels**

✉ **info@monogataried.com**

¡No olvides seguirnos en redes sociales y en nuestra web para estar al tanto de todas nuestras publicaciones!
www.monogatari-novels.com